七五調のアジア

音数律からみる日本短歌とアジアの歌

岡部隆志・工藤 隆・西條 勉【編著】

大修館書店

目次

一　音数律から見たアジアの歌文化
——序にかえて

岡部隆志

1　アジア歌文化の共通性

私は日本古代文学の研究者であるが、ここ十数年中国西南地域の少数民族文化、特に歌文化の調査を行っている。何度も通ってみて、その歌文化の豊かさに驚嘆した。私たちが体験した彼らの歌とは、私たちの意味するところでの文学（詩歌）ではないし、カラオケで歌うような歌でもない。多くはいわゆる掛け合い歌である。恐らくはかつて日本の歌垣で男女が掛け合った歌のようなものである。掛け合い歌は、恋人や結婚相手を探す目的の歌会（歌垣）で歌われる場合が多いが、結婚式や葬式の時に歌われたりと、生活の様々な場面で歌われる。歌がそれだけ生活の中に機能しているということである。

このような歌文化は、現在改革開放政策による生活の激変で急激に失われつつあるが、少なくとも、かなり古い時代からこのような歌文化を持ち続けていたと考えられる。詩経「国風」からも豊かな民間歌謡があったことが推測出来るし、雲南省に居住する少数民族白族《ペー》はかつて唐の時代に建国した南詔国の主要民族だといわれているが、彼らが、大規模な楽士や踊り手を遣唐使として送った記録がある（『唐会要第三十三巻』）。また明の時代には、声による白語の歌を日本の万葉仮名のように漢字で記した歌碑（『山歌碑』）が残っている。

日本の七、八世紀は、実質的に和歌としての短歌成立の時代といっていいが、この時代は、漢字という文字によって和語を広範に記しはじめた時代である。一方、万葉集や風土記に筑波山の歌垣についての歌があるように、恋人や結婚相手を探す目的による歌の掛け合いは行われていた。つまり、豊かな声の歌文化が盛んであった時代である。万葉集に記載されている歌も、宴などで声で歌われていたと思われる。

日本の短歌の成立を考えるとき、やはり七、八世紀の豊かな声による歌文化、中国からの漢詩の影響、そして文字で歌を記していくという声の歌と文字との出会い、といったことが絡み合って、日本の定型詩である短歌が生み出されたのだと考えることができる。この日本のような声の歌と文字との出会いというのは、時代は違ったとしても、中国の辺境地域で起こっていたことである。

中国の国家は、漢字という文字文化によって成立する国家でもあったが、周辺に位置する辺境国家もしくは民族の多くは、中国国家の影響下において、文字言語としては漢字を用い日常語としては固有のそれぞれの言語を用いるという二重言語システムをとった。が、日本のように、漢字で固有の言語を表記していくなかでやがて独自の表記言語を作っていく国家も出てくる。漢字という文字とそれぞれの民族の声の言語との衝突・葛藤が宿命的にあったということである。

従って、アジア諸地域の豊かな声の歌文化は、その歌文化を文字で表記し詩歌としてとらえかえす必要が生じたとき、それは中国という大国の影響を受けたということでもあるが、当然漢字文化の影響をまともに受けることになる。その意味で、アジア諸地域の歌文化の共通性をまずは漢字文化との接触という点からとらえることができるだろう。漢字文化の影響による歌文化の変化は、中国の辺境にある国家や民族において起こり得たことであり、日本の短歌（和歌）の成立もこのような変化の一つである。

が、それなら、中国の文字文化との接触以前の、あるいは文字文化の影響を受けなかったアジア諸地域の歌文化はそれぞれ孤立していて共通性はなかったのだろうか。実は、中尾佐助が提唱した「照葉樹林文化論」は、チベット、雲貴高原、西日本へと分布する照葉樹林帯には共通した文化が見られると説き、その一つとして歌垣をあげた(1)。つまり、ある特定のアジアの地域において男女が歌を掛け合うという文化の共通性を指摘したのである。照葉樹林文化の共通性を稲作文化の共通性において読み替えようとする説も出てはいるが、いずれにしろ、この指摘は、文字と関わりのない、その意味では文字に接触する以前の歌文化までさかのぼり得るだろうアジアの歌文化が、孤立したものではないという指摘である。

照葉樹林文化論自体は見直しがなされているが、歌を掛け合う文化が照葉樹林帯のアジアの諸地域に広範に見られることはすでに確認されていることである。日本の歌垣もこの照葉樹林帯に見られる共通文化としてとらえられる。日本の歌垣がどの程度の古さを持つものなのかはわからないが、縄文文化と照葉樹林帯文化との類似性が指摘されていることからすれば、歌垣のはじまりは、文字と出会う時期のかなり以前にまでさかのぼり得ると考えられる。

以上のようにみれば、日本の歌文化は、短歌成立の時期よりかなり古い時代から大陸との共通性をもっていたと言えるだろう。むろん、アジアの辺境である日本列島には、アイヌ民族も居住し、歌垣文化とは違う歌文化を伝えていた。その意味で言えば、アジアの歌文化が多様であるように、日本列島の歌文化も一つではない。そのことを確認することも大事なことである。

日本の歌文化をアジアの中に位置づけていく視点として、漢字との出会いや、掛け合い歌すなわち歌垣に見てきたが、さらに、音数律から見ていくこともできる。

日本の短歌も中国の漢詩も五音・七音の音数律を持つが、最近、少数民族の歌文化の調査がすすみ、特に西南地域の少数民族の歌の音数律が、ほぼ五音と七音の組み合わせであることがわかってきた。この五音・七音という音数律の共通性はやはり日本の短歌が孤立したものではないということを意味するが、しかし、なぜ共通するのかその理由を語ることはなかなか難しい。

また、アジア諸地域の歌の音数律は本当に五音・七音なのかどうかも検討する必要がある。例えば沖縄の琉歌は八音・六音を基本としている。

そこで、沖縄の歌も含めてアジアの歌文化というまなざしから音数律の問題を考えようと、アジア民族文化学会で、私や工藤隆・西條勉が中心になり「アジアの歌の音数律」というテーマでシンポジウムをひらくことを企画した。アジアという視点からアジアの各地域の歌についてまなざすことは当然であるといえるが、音数律に焦点をあてて、アジアというまなざしからとらえ返す試みはいままでほとんど行われていなかったので、その意味ではこの企画は大きな意義を持つと考えたのである。

アジアという視点から各地域の歌文化について考え、アジアにおける歌文化というものの普遍性を照らし出す、というのがこの企画の大きな目標であったが、その手がかりとして音数律を据えたのである。それは、とりもなおさず、日本の短歌をそういった普遍性の中に置いて見ることであった。

音数律は、アジアの各地域における言語と歌との関係の中での、それぞれの地域の歌の固有性の問題なのか、それとも、地域やあるいは言語を異にしても、共通する歌文化の要素として取り出せるものなのか、そういったことに興味が湧く。むろん、沖縄の琉歌のように共通しない例もあるが、しかし歌を律する音数律という法則自体はそれほど違わないのではないかとも思える。

その意味では、音数律をきっかけに興味の範囲はいくらでも拡大し、歌とは何か、アジアとは何か、といった大きなテーマにまでいってしまう。あるいは、本質論として音数律とは何かというところまでに問題は発展する可能性がある。それはそれでおもしろいのだが、シンポジウムでは、まずは、アジアの各地域の歌の音数律について報告してもらい、できれば、音数律を通してそれぞれの地域の歌文化の固有性と普遍性について展開できればと考えた。

シンポジウムは、二〇〇七年秋と、二〇〇八年秋の二回行われた。この本に掲載されている論文はこのシンポジウムでの各パネラーの発表が基になっている(2)。シンポジウムでは、日本の短歌(和歌)、中国の漢詩、そして、中国各地の少数民族の歌、アイヌの神謡まで集めてみた。少数民族の歌では、雲南省や広西省など西南地域の少数民族の歌、あるいは北方のホジェン族、台湾のヤミ族、そして、陝西省の漢族が歌う歌なども対象に入れた。

以上の試みから見えてきたことは、ある規則性を持って音数律を取り出せる歌文化を持つのは、アジアでも、日本や中国西南地域であること。北方地域のアイヌやホジェン族には、定型の独立した短歌謡がない。ホジェン族には長編叙事詩があるが、その物語の中に歌が差し挟まれ、そこに緩やかな音数律を認めることが出来る、というものである。台湾のヤミ族の歌には定型としての音数律なるものは取り出せないが、決まった旋律や合唱形式という規則性はある。また、チベット、ブータンにも規則的な音数律を持った定型の歌があり、やはり掛け合いで歌われている。ところが、チベットもブータンも五音、七音ではなく、六音である。

断定はできないが、どうやら、日本を含む中国西南地域には五音、七音、もしくは、六音の定型音数律を持つ歌文化がある。その歌はだいたい掛け合いで歌われているということ。北方には掛け合いで歌われる歌が見いだせず、定型音数律の歌もまたないということ、がわかってきた。さらに、音数律という規則性そのものはそれほど厳密なものではないということ。つまり、緩やかな定型はあるにしても、五音、七音という決まりは同一地域の歌にしても守られていない場合があり、時代によっても揺れがある。漢詩の五音、七音の形式の影響については、漢文化の影響を強く受けた少数民族の場合はあり得るが、全部がそうだとまでは言えない。日本の短歌の五音・七音は、日本語の固有性の側で説明可能なことをシンポジウムパネラーの西條勉が指摘している。

２　アジアの中の短歌

日本の短歌を考えるうえで、こういう試みはいろんなことを教えてくれる。まず短歌は定型音数律を持つアジアの歌文化の一つであるということである。むろん、日本の場合は漢詩と同じように、音数律そのものが詩の規則性として機能しているところがある。それは文字による歌、という面が強いからだが、一方では、やはり声による歌という面をまだ失ってはいない。声による歌というのは、即興性や公開性、そして場の共有という面がある。それらは音数律を持つアジアの歌文化の大きな特徴である。文字による創作歌であっても、創作の場を共有し、即興的に作った歌を批評し合う歌会の場を大事にする日本の短歌は、ある意味で、アジアの歌文化の要素を色濃く受けついでいる、ということが言える。

少数民族の歌は掛け合い歌が多い。基本は男女の恋愛歌の掛け合いであるが、実は、歌の技や詩句の競い合いという面がある。だから、同性同士でも掛け合うし、男女の恋愛を目的にしない掛け合いも多い。うまい歌手とは歌の詩を巧みに作れるものであり、人々から尊敬される。その意味では歌の掛け合いの場は、短歌の技を競い合う日本の歌会そのものなのでもある。

二〇〇七年と二〇〇八年の三月に湖南省鳳凰県に居住する苗《ミャオ》族を調査した。彼等はまだ結婚相手を歌の掛け合いで選ぶ文化を保持している。男女は市などで出会い、歌を掛け合うのだが、興味深いのは二、三人のグループ同士で相対し、その中で一人が意中の異性と掛け合うのである。何故一対一でデートをしないのかと聞いたら、恥ずかしいからだと答える。歌は即興だが、おおよその内容は歌師と呼ばれる歌のベテランにあらかじめ教わるか、あるいは同行してもらい、アドバイスを受けながら歌う。そういった歌の掛け合いを何度か繰り返しながら結婚に至る、ということである。調査した地域の苗族では、歌という様式を通さないと自由恋愛は出来ない。言い換えれば歌が歌えないと恋愛は出来ないということである。歌が歌えない者は親の決めた相手と結婚するという。

この社会では歌師が重要な働きをしている。歌の指導者といった存在である。歌の文化を保持する少数民族ではこのような優れた歌い手を尊重する。雲南省の白族でもやはり優れた歌い手を歌師と呼ぶが、歌王と呼ぶ地域がある。歌王は、村の中で特に優れた歌い手を選んでそう呼ぶ。

皆から歌王と呼ばれると、彼等の社会の様々な歌の場面でリーダーの役割を果たす。特に、葬式などでは、故人を偲びその来歴などを何人かで掛け合いで歌い継ぐ。そのような場合は歌王が歌のリード役をするのである。

かつて日本でも歌は社会の中でこれらの少数民族のように生活の様々な場面で重要な働きをしていたであろう。いや、まだ現在でも地方に行けば生活の中で重要な役割を果たしている歌の伝統を確認する事が出来る。社会のいろんな場面で歌が機能していた、そういうアジア的な歌文化の中に日本の歌文化はあるのである。そして、明らかに日本の短歌はそういうところから生まれているのである。

日本の短歌（和歌）は日本固有の詩の文化として語られてきたし、特にナショナリズムや天皇制との関わりの中で論じられてきた。が、いったんアジアの中の歌文化の一亜種として見ることがあってもいいのではないかと、中国の少数民族の調査をしているといつもそう思うのである。

おそらく日本の著名な歌人たちは歌師であり歌王である。少数民族の歌師や歌王の周囲には歌を生活の一部としてあるいは自分を表現し相手に伝えたい衝動を持つ多くの人々がいる。少数民族の歌文化は決して失われようとしている特殊な習俗なのではない。歌は社会の大事なコミュニケーションの様式であり、人々は歌が好きで、うまく歌いたいと誰もが願い、優れた歌い手を尊敬する。当然、歌は芸術でもある。それは日本の短歌をめぐる状況と同じとは言えないが、違うとも言えないだろう。私たちは社会の中での歌のたくさんの機能を失ってしまったが、定型の歌が好きで、歌を作ることに喜びを見出し、優れた歌人を尊敬する人たちは多い。

別な見方をすれば、日本の短歌文化は、アジアの歌文化をみごとに保持して生きながらえさせた一例なのでもある。私の調査しているアジアの歌文化は、現在本当に消えつつある。現代の都市社会コミュニケーション文化にどっぷりと浸った少数民族の若者達は、声で歌われてきた歌が持つ社会的な価値を知ろうとしない。彼等の生活がすでに変わってきているからである。将来、わたしたちは日本の短歌の中にアジアの歌文化の名残を見出すことになるかも知れないのである。

話は最初に戻るが、アジアの各地の歌の音数律を調べてみて見えてきたこととして、短歌が五七五七七の定型であることはアジアのある一定の地域と共通した歌文化に属するということがある。そして、短歌をめぐるいくつかの状況証拠を積み上げれば、私たちの短歌は間違いなくアジアのなかの歌の文化だということも言える。

むろん、だから、現在の短歌への見方が変わるということではない。ただ、私たちの考える短歌というのは、私たちが考えるよりはもっと広がりを持っているものなのである。

3　音数律とは何か

音数律とは、一字一音として数えられる言語を前提とした言い方である。従って、音数律という概念自体は世界的な普遍性を持つわけではない。ロシアの歌には音数律はないというロシアの歌の研究者の発言がシンポジウムの会場からあったが、音数律が、アジアの歌謡や詩の言葉のリズムを形成する概念として現在用いられているのは、アジアの言語に音数律という概念を抽出可能とする共通性があるからだと言える。むろん、このことは、音数として取り出せるかどうかの問題として言っているのであって、音数律が取り出せないから音数律に対応するようなリズムがないというわけではない。どのような言語の歌であっても、ある規則性をもったリズムを持っているだろう。ただ、ここでは、言葉のリズムが音数律として取り出せることを、アジアのある地域の特徴であるとして話を進めていきたい。

音数律とは「音節を単位としてなりたつリズム」[3]であるが、より起源の問題として考えれば、言葉の、日常（実用性）とは違う価値を表出するリズム（韻律）を起源としていた。そしてそのリズムは旋律（音楽性）と分かちがたくあったと考えられる。

歌はこの世とは違う神の世界、言い換えれば非日常的世界の顕現という機能をもっていた。従って、韻律と旋律は、彼岸との境界性を保証するものだったろう。そのことだけを取り上げれば日常言語とは違う世界をもたらせばいいのであるから、歌の言葉は日常の世界の言葉である必要はないはずだ。つまり、何を言っているのかわからない無秩序な言葉であってもいい。が、それが言葉による表現でもある以上、ある理解可能な意味は求められたし、また、その言葉が一回で消えてしまうのではなく、反復可能であることも求められた。だから、歌の言葉は、無秩序な表出なのではなく、ある規則性を持った表出となる。その規則性を支えたのが、ある決まった韻律すなわち音数律である。韻律に一定の規則性があれば、言葉はその規則に沿って次から次へと繰り出される。韻律すなわち音数律は言葉を生み出していく仕組みであるという面を持つ。そして、その音数律が共同性を持てば、歌は繰り返され人々に記憶可能なものとなる。

旋律は、歌の音楽性そのものであるが、これは、歌が広く共有されることに力を発揮する。歌を共有することとは、旋律を共有することということである。少数民族の歌をいくつか調査したが、民族はたいてい固有の旋律を持っており、その旋律がその民族や地域のアイデンティティとなっている場合が多い。例えば雲南省のジンポー族の歌の調査の際に聞いた旋律は祝いの時も葬式の時も、また歌の掛け合いにおいても同じであった。従ってその旋律を共有することが、その地域のジンポー族のアイデンティティであることが理解出来た。一方、白族では、旋律は地域の名前を冠して「〜調」と呼ぶが、違った旋律同士の間では歌の掛け合いを行わない。同一民族でも地域が違えば歌文化に違いがあり、その違いは旋律の違いとなってあらわれるのである。このように、旋律は、歌の共同性を確保していくという機能を持つと考えられる。

このような韻律と旋律を持つ声の歌に対して、文字の歌（詩）において、韻律と旋律とはどのような現れ方をするのだろうか。文字の詩は読むものであるから、音としての旋律はとりあえず消えるであろう。つまり、旋律がなければ歌が表現されないということはなくなる。一方、韻律は、詩の言葉の規則性としての音数律を強く自覚していくと思われる。従って、これまで旋律や韻律が分かちがたく担っていた歌の境界性を、文字で書かれる歌では、音数律そのものが、言葉の境界性を保証する力を担うことになる。詩の境界性、それは言葉を非日常的な世界として顕現させることであるから、芸術性あるいは文学性と言ってもいいが、その芸術性、文学性を保証する力として現れたと言ってもよい。

声による歌は、どちらかと言えば言葉の表出は一回的（刹那的）である。それは、声も旋律も不可逆の時間そのものとして作用するからで、その意味では、刹那的であるがゆえに、その場の共同性を強め、歌われる場の境界性（非日常性）を高めていく働きを持つ。むろん、この場合、韻律は、これらの声や旋律と分かちがたくあって、声や旋律の一面でもあることを強調しておく。

一方文字によって詠まれる歌は、音楽性を切り離し定型を自覚的に構築することで、可逆的な時間を獲得し、同時に、歌の境界性そのものを担保する役割を負った、と言える。可逆的な時間の獲得は、言葉の推敲を可能にするから、旋律から切り離された言葉の機能をより自立させ、歌の言葉の表現を洗練し言葉の詩的な表出性を高めていったろう。音数律は一方で、歌の境界性を確保する言葉の制度としての側面を持った。つまり、ある型に従って言葉を当てはめていけば、それは詩であるという保証を、詩の制度として確立したのである。型という秩序はそれ自体誰にも共有出来るという意味では世俗的な制度のようなものだが、一方では、言説化できない世界を表出する詩的表現を可能にする。こういう型の持つ働きはある意味で矛盾しているが、この矛盾した機能は、歌の言葉が原初から抱え込んでいたものである。

このように考えていくと、音数律の規則性（定型）は、声による歌と文字による詩の両方にあって詩歌を構成する要になっており、比喩的な言い方をすれば、音数律は、声の歌と文字による詩とをまたいでいるのだと言える。これは、文字によって書かれる漢詩も日本の短歌もそうだが、言葉を歌として顕現させるための原初的な仕組みを失っていないということである。その原初的な仕組みとは、言葉を彼岸の言葉へと飛躍させる力と、この世の規則的な言葉の秩序に従わせる力とのそのアンビィバレンツな働きそのもののことである。歌における音数律の働きの本質とは、そのようなアンビィバレンツな働きそのものにあると言ってよい。

その意味において、ある一定の音数律（定型）を持つ声の歌も文字による詩歌も、隔絶と言えるほどまでの違いはないのである。

4 七・五調の問題

音数律の働きについて論じてきたが、実は本書にとっての大きな問題は、その規則性が何故「五音・七音」の共通性を持つのか、ということである。本書では「七五調のアジア」というタイトルにしたが、これは日本の短歌の音数律を意識したタイトルであって、実際、アジアの少数民族の歌は五音と七音の組み合わせの音数律（定型）が多いのである。

規則的な音数律という定型が成立する理由は、境界性の担保以外に、手塚恵子が指摘しているように[4]、社会的な機能としてもある。例えば、ある決まった音数律を持つことは、掛け合い歌のような場合においては、共通の掛け合いのルールとなる。従って、そのルールを共通に持つことが歌を共有することと一致し、いわばその音数律の規則を共有する共同体のアイデンティティ、あるいは、経済や婚姻の一つの指標になる。

が、以上のことは、ある決まった音数律を持つことの説明であって、その音数律が何故五音・七音になるのか、という理由の説明ではない。

この問題は、例えば日本の短歌は何故五七五七七なのか、という問題と同じである。この問題についての様々な説明の仕方は、本書の西條勉の論に詳しい。西條自身は、日本の和歌の定型音数律は、ウタフからヨム（詠・誦・読）への転換によって成立したと述べている。つまり、声や旋律という音楽の要素を切り離し、文字をヨムことにおいて自然にあらわれるリズムとする。従って、それは日本語に内在するリズムに基づくことになり、坂野信彦の説を参考に、日本語のリズムは四拍子八音であり、その八音の中に休止を入れて意味とのズレの調整をしたのが、五音・七音の音数律なのだと述べている。何故、五音・七音なのかをきわめて合理的に説明している。

それに対して、遠藤耕太郎は、古橋信孝の定型についての論を踏まえながら、五音・七音という短歌の定型音数律は中国の漢詩の影響によるのではないか、と述べる。古橋信孝の論とは、定型は神の言葉を装うことだからそのことが大事なのであって、五音・七音に固定化したのは、和歌を中国の漢詩に匹敵するような詩にするためで、日本語のリズムに適しているというのは俗説に過ぎないというものである。[5] 遠藤耕太郎は、白族の漢字で書かれた白語の詩を踏まえ、その白族の詩が五音・七音であることから、中国周辺国家が漢字文化の影響下に、漢詩の音数律を詩の制度として取り入れていった、という趣旨のことを述べている。

古橋や遠藤のように論じるためには、つまり、その言語の内在的な必然性に依拠するものではないとするなら、必ずしも五音・七音でなくてもよかったはずだ、ということでなくてはならないが、そのことについては詳しく論じられていない。

つまり、五音・七音という音数律の成立の根拠を、その言語の構造もしくは内在的なリズムから必然的にそうなる、と説明するのか、定型という型に沿うことが大事で、五音・七音といったある特定の音数律は、言語以外の外在的要因によって決まることもあり、その程度の規則性である、と説明するのかという違いとなるだろう。

ちなみに松原朗は、漢詩の音数律は、詩の修辞の規則を厳密に踏まえた中国語のリズムを前提にしていて、詩の修辞も言語のリズムも違う日本の短歌の音数律が漢詩の影響によるという考え方は成り立たないという趣旨のことを述べている。

少数民族の歌は確かに五音・七音が多い。しかし、そうでない例もある。中国西南地域と隣り合うチベット・ブータンの歌は六音である。白族は五音・七音の歌が中心だが、地域によってそうでない場合もある。漢字文化の影響といったこともあてはまる場合と当てはまらない場合もあるだろう。また、いくつかの言語の違う少数民族が、共通した音数律を持つことを考えると、言語に内在するリズムで音数律を論じることにも限界があるのではないかと思われる。そういったことを考えていくと、この、何故五音・七音なのかという問題はなかなか難しい。そう簡単には答えは出そうにもない。さらなる事例の検討と、それぞれの言語と音数律との対応関係を調べていくなかで、明らかになっていくと思われる。

5　アジア歌文化の多様性

アジアの歌の音数律というテーマでシンポジウムを開き、パネラーから様々な報告を聞き、アジアの歌文化の多様さと豊かさを改めて思い知ることとなった。そして、これも改めて感じたことは、アジアでは、声の歌文化と文字による歌（詩）の文化とが共存している、ということである。

文字文化の国と言われる中国にあって、文字による定型の漢詩文化を持つ漢族が、文字を持たない少数民族と同じように、定型を持つ声の歌文化を生活の中に根付かせている。壮《チワン》族の声の歌は厳密な規則によってかなり高度なテクニックを必要とする歌い方になっているが、これなどは、文字による詩の規則性と比べても劣るものではない。少なくとも、アジアの歌文化というおさえ方のなかでは、この両方は共存しているという見方も出来る。

むろん、声による歌と文字による詩の表現との間には、社会的な機能の違い、例えば相互的コミュニケーションや即興性、共同体のつながりの確保等、そして、やはり表現の質という点でかなりの違いはある。が、そうだとしても、両方とも、共通した音数律を持っているということは、歌が本来原初的に持っていた言葉の力をとどめようとしているからだ、と言えるだろう。規則性をもった音数律が、歌もしくは詩を歌や詩たらしめる力としてある、ということを失っていないということである。

一方、ホジェン族の歌謡やアイヌの歌謡は、定型を持たないが、リフレインを歌の調子を整える働きとして持つ（ホジェン族の歌謡）ことや、ある一定の拍数とメロディの呼応による安定したリズムを基調とする（アイヌの歌謡）ことなどを考えると、それなりの緩やかな規則性を持っていることがわかる。声による長編叙事詩を持つアジア北方文化の中で、その緩やかさは、それはそれで意味を持っているのだと思われる。

アジアの歌文化の多様さをまずは認識し味わうところから始めるべきなのだろう。音数律をテーマにしたのは、まずはこの多様さの中からアジアの歌文化とそして日本の短歌を解き明かす一つの道筋を見つけたいという思いからであった。その試みはまだ始まったばかりである。

注
（1）中尾佐助『栽培植物と農耕の起源』岩波書店　一九六六年
（2）アジア民族文化学会編『アジア民族文化研究7号』・『アジア民族文化研究8号』二〇〇七年三月・二〇〇八年三月刊
（3）西條勉「アジアの中の和歌」『アジア民族文化研究』二〇〇七年・本書の論文「アジアの中の和歌」
（4）手塚恵子『広西壮族歌垣調査全記録』大修館書店　二〇〇二年
（5）古橋信孝『日本文学の流れ』岩波書店　二〇一〇年

二　アジアの中の和歌

西條　勉

一　はじめに

最近アジア各地で、五音や七音からなる歌謡の報告が、行われるようになった。たとえば、大野晋が精力的に取り組んだ南インドの古代タミル詩、あるいは工藤隆が報告した中国少数民族の歌謡などが知られている(1)。

五音七音の詩形は、けっして、日本にだけ固有なものでないことが分かってきた。長いあいだ、詩歌文学史の基準とみなされてきた中国詩の五言七言も、それほど、特権的な形式ではないようだ。

音数律定型の問題は、現在、詩歌文学史の大きな問題になりつつある。

むろん、アジア諸地域の詩歌形式についての研究は始まったばかりである。詩歌の形式、つまり、韻律形式は、それを生み出すLangue（各国言語）の音声形式と表裏一体である。アジアの詩歌形式を知るためには、言語的特性を明らかにしなければならない。しかし、こうした方面の研究は、ほとんどがこれからの課題といってよい。アジア各国の詩歌における韻律形式の研究は、言語的な側面とのかかわりで検討する必要があるので、日本の詩歌定型を扱う本稿でも、そうした方向に議論を進めていきたいと思う。

日本のばあい、詩歌形式の成立はかなり古く、五音と七音を基調にした音数律定型は、万葉歌人が登場する七、八世紀にはすでに形式が定まっていた。以来、およそ一三〇〇余年にわたって、まったく形式を変えることなく、今日に至っている。

むろん、はるか古代の文学様式が、現代まで持続していることについては、言語的文学的な性格に帰因するとばかりはいえない。和歌をとりまく文化的・政治的な要素も大きくあずかっているにちがいない、しかし、和歌を、いわば万世一系的に永続させる要因については、文化の総体を見据えた多面的なアプローチが必要であろう。本稿では、和歌形式の言語的な側面にも目を向けてみたいと思う。

二　成立に関する諸説

五音七音を基軸とする日本の和歌形式は、いつ、どのようにして、成立したのか。とりいそぎ、成立に関する主要な説を振り返ってみることにしよう。

やまとうたは、人の心を種として、よろづの言の葉とぞなれりける。世の中にある人、ことわざしげきものなれば、心に思ふことを、見るもの聞くものにつけて、言ひいだせるなり。花に鳴く鶯、水にすむかはづのこゑをきけば、生きとし生けるもの、いづれか歌をよまざりける。力をもいれずして天地をうごかし、目に見えぬ鬼神をもあはれとおもはせ、男女のなかをもやはらげ、たけきもののふの心をもなぐさむるは歌なり。この歌、天地のひらけはじまりける時よりいでにけり。

一般に〈和歌《ヤマトウタ》〉という概念は、この文章によってはじめて確立されたといわれている。古今集仮名序に書かれていることばは、あたかも、和歌の永続性を裏づけるかのように、その後の歌学史において繰り返し想起され、そのつど、祖述されてきた。

近代になって、和歌の形式が西洋的な発想によって分析されるようになっても、このような前近代的な考え方は克服されなかった。それどころか、一見、合理的な装いのなかで行われる言説の内部に、古くさい思考様式をとどめているケースが少なくなかった。定型の構造に画期的な分析を加えた五十嵐力は、つぎのように述べている(2)。

一句の含む音数については、五音七音が日本の歌の隠されたる目標であつたので、それが無意識の間に於ける久しい模索によつて、いつの間にか探りあてられ、そして一たび探りあてられて後は、連綿不断に愛護されて、今日に至つたのである。

これは、五音七音のリズムが日本語にもっともふさわしい形式で、長いあいだの模索によって無意識のうちに探り当てられたのであり、和歌定型は自然にできたのだという考え方。ようするに和歌の起源について、合理的に実証したり論証したりすることは不可能であるという立場である。折口信夫が短歌形式を「民間に威勢よかつた形」[3]といったのも、特に、根拠をあげて論じたものではなかった。説明のつかないことがらを「民間」起源で合理化しただけである。おなじことを「民族様式」という語彙で捉えた大久保正の説明[4]をみても、和歌の民間起源説は、神授説の亜流といってよいかと思う。

文字化の問題にはじめて触れたのは、荷田在満《かだのありまろ》の『国歌八論』であった。在満は、まず「歌はうたふ物にこそありけれ」と言ってウタの本性を述べ、音数の揃わない記紀歌謡も「うたふ声の長短の程よからんがため」だったが、中国詩の受容が盛んになった近江朝になると「ひたぶるに詞花言葉を翫ぶ」ことがはじまったとみる。そして「うたはざるは詞を翫ぶのみなれば」という。間接的には、文字化のことを示唆していると思われる。近代になると津田左右吉が、中国詩を享受したことで記紀歌謡のような伝統的な口承芸能も「文字に書いて読むもの」[5]として作られるようになったのだろうと推定し、文字化の問題を正面から見据える方向をうち出した。その後、この考え方は久松潜一・武田祐吉らに受け継がれていった。[6]久松は「未定型の歌謡が、歌われなくなってから五七音が定型となった」[7]と述べている。これを和歌成立史のなかで展望したのが、つぎに引用する志田延義の説である。

歌謡として「うたふ」が故に「うた」とせられたものが、その胎内より「よむ」「うた」を生んだ。「うたふ」が伝承する意味を含み得たのに対して、「よむ」の方は、その「詠む」ことを「作る」ことに、即ち個人的な創作の意味に、近づかしめると共に、ものに書きつけ、表記し、これをその律構成に従つて「読む」手続きを含みもしくは予想せしめるものとなつた。

このような考え方は、今日でもほぼ通説として受け容れられている。特にウタフ（歌）からヨム（詠・誦・読）への転換のなかで定型が成立するという見通しは、和歌成立論の基本となった。五音七音の音数律は、ヨムことの地平において成り立っているわけである。ヨムことのなかで、日本語それじたいに内在するリズムがあらわれてくるわけである。

ヨムことの視点を導入した久松は、五七音が韻律の単位となった理由を、身体的な次元から説明しようとした。すなわち、わたしたちが一呼吸中に発することのできる音数を基本として、これに日本語の語彙構成、音楽的な拍節型式などを考慮して捉えなければならないことを示唆した。しかし、問題は単純ではないようで、たとえば、土居光知は、五音七音で構成される一行(Line)十二音は「一息でよむに長くも短くもない」[8]ので、優勢になったと述べる。この「十二音気息適合説」は、心理学的な実験[9]によっても検証されたが、仮にそのようなことがあったとしても、なぜ十三音でなくて十二音なのか、また、六音六音、四音八音でないのは、なぜか、といった素朴な疑問が残る。後述する四拍子論という観点から、別宮貞徳は次のように述べている[10]。

われわれ日本人は、本性的に四拍子を求めている。だからこそ五音句のあとには長い休みを入れて、四拍子のリズムを作る。では、なぜ四拍子を構成するのに五音と七音が選ばれたのか。それには、選んだというより、基本的には、五音と七音がいちばんできやすいということもあったのではなかろうか。

ようするに、自然に五音七音になったのだというだけのことで、これも突き詰めて考えるまでもなく、五十嵐力の、したがって宣長の立場に限りなく近づく。その他にも、定型を論じた説はあまたあるが、五音七音であることの必然性について、はっきりした説明は行われていない。五音七音の音数が、いかに日本語の音数律として優れているかという分析は行われていても、多くのばあい、それが、なぜ、五音七音でなければならないのかに対する解答には成り得ていないのである。

そのようななかで、真正面から「なぜ、五音七音か」の問に立ち向かい、この難問に解答を導き出した論者がいる。坂野信彦がそうだが、紹介に入る前に、日本における音数律定型の成立過程を、順を追って辿ってみよう。

三　記紀歌謡の形式

いうまでもなく、日本において和歌の定型は一挙にできあがったわけではない。たしかに、万葉歌の段階でも音数律定型は、すでに揺るぎないものとして確立されているが、それは、あくまでも記紀歌謡を母胎として生み出されたものである。先に引いた志田延義のことばでいえば、歌われるものとしてのウタ（歌謡）が、その胎内から詠むものとしてのウタ（詩歌）を生み出した。

和歌の定型は、古事記や日本書紀に記載されている歌謡のなかで、すでに成立している。記紀の歌謡は、音数律以前の多様な形式になっている。その多様性の中から、和歌形式が生み出された。記紀歌謡の実態について簡単に触れておくと、古事記・日本書紀に記載されている歌謡の多くは、宮廷の祭儀で歌われたもの、すなわち〈宮廷歌謡〉である。

宮廷歌謡とは、地方の村々から集められた土風歌舞を、宮廷の祭祀儀礼で演奏するためにアレンジしたもののことで、中国の漢代に設置されたといわれる楽府と同じような性格をもっている。日本書紀で「楽府」をウタマヒノツカサと訓読していることから分かるように、ウタは、舞踊（マヒ）と渾然一体となった芸能だった。在地の芸能は、中央の歌舞司《ウタマヒノツカサ》で一旦解体され、宮廷の楽曲として再編成される。その過程で本来の性格が変質し、音楽性が失われるのだ。

この段階で、歌われる歌から、よまれる歌に変わっていく。日本語のヨムという語は、ひとつながりのものに区切れを入れることを指す。ことばに関していえば、音節を、ひとつひとつ区切りながら発声することである。メロディよりも、意味の方が強く意識されるようになる。メロディの中に意味を溶け合わせるのではなく、意味の流れからリズムを作り上げていく。そのような中で、日本語のことばとしてのリズムが、自覚されていくのだと思われる。

このような観点から改めて記紀の歌謡を眺めるとき、まず、目につくのが多様性ということである。しかし注意したいのは、そのばあいの多様性は、あくまでも万葉集と比べたときの言い方であることだ。万葉集には四千五百余首の歌があるが、歌体的なバリエーションは単純で、ほとんどが短歌形式で占められている。多いようにみえる長歌も、実際には一割にも満たないし、他には、旋頭歌と仏足石歌体がわずかに見られるのみ。万葉集は、短歌集であるといってもさほど事実に背いてはいない。

これに対して記紀の歌謡は総数112／128（記／紀。以下、記紀歌謡の本文は土橋寛校訂の日本古典文学大系による）のうち、五句体の短歌形式はおよそ半数（46／69）で、三句体の片歌形式10／7、六句体の旋頭歌3／2、七句以上の長歌体33／32となり、短歌体の割合は少ない。ところが、音数のバリエーションでみると、万葉集は大半が五音と七音であるのに対して、記紀歌謡では四音句・六音句が二割近くある。したがって句の組み合わせも、5―7のほかにも、5―6、4―7、4―6など、かなり多様だ。

五音七音を標準とする万葉和歌に比べると、四音や六音の割合が多くて、歌体もバライティーに富む記紀の歌謡は、音数律が成立するまえの雑然とした様相をみせている。しかし、万葉歌との比較をやめて記紀歌謡そのもので眺めてみると、全体を貫き通す一定の様式があるらしいことが分かる。まず［短句＋長句］の二句形式が基本になっていること、つぎに［短句＋長句＋長句］で終息すること。三句形式は［短句＋長句］の繰り返しに長句をひとつ加えて、二句形式のつながりを終止させる形になっている。この二つを合わせると、［(短句＋長句)×n＋長句］という定式にまとめることができる。これが、記紀歌謡の形式になっているとみてよい。

この形式の特徴は、短長の二句が周期的な単位となっていることである。音数では、短句が五音を中心にその前後、長句は七音とその前後にほぼ集中している。むろん、それぞれいくつかのパターンがあるので、五音七音にきちんと整序された万葉和歌に比べると、無秩序的であるが、[短句＋長句]という形式が確立されていることは間違いなく、例外はきわめてわずかである。

しかも、短句は一文節、長句は二文節でほぼ統一されている。この事実を指摘した太田善麿は、長句について「まれに一文節のものもあるが、二文節以上を本則としているように見うけられる」[11]とやや婉曲的に述べている。しかし、実際に調べてみると、例外はごくわずかしかない。しかも区切り方があいまいだ。

たとえば「ゑみさかえきて」（記3）なら「ゑみ-さかえ-きて」と区切れば三つの単語ですが、「ゑみさかえ」を連語とみることもできる。長句は二文節から成ることを基本とすると断定してよい。

短句・長句の内容について、太田はつぎの二点を指摘した。まず、一文節の短句は、序詞的な役割を果たし、長句は、叙述の機能を受けもつと言う。そして、短長二句が「序詞的部分と叙述的部分」の関係になっていることを指摘した。これは「述べるための方法」であるとされ、歌謡の形式が、叙述機能の面から捉えられた。形式を重視しがちな歌体論を内容面から検討した点で意義があるが、短長二句を序詞的部分と叙述的部分に分けるのは、納得しにくい。もっと全般に当てはまる見方が、あるのではないか。

すこし長い歌謡だが、「蟹の歌」で知られる42番の歌で考えてみう。この歌は三段から成り、各段は形式的には三句体で終息している。二句形式の部分に注目してみると、短句で「ももづたふ」「にほどりの」「しなだゆふ」「みつぐりの」は枕詞である。太田説で、枕詞の概念は示されていない。しかし、叙述の主要部が長句にあるとされているので、枕詞的という言い方に、長句を形容し修飾するという意をもたせれば、太田説の有効性は強まる。

しかし「うしろでは｜をだてろかも」「はなみは｜しひひしなす」等の係助詞「〜ハ」で示される語を、枕詞的という言い方で捉えるのは、やはり無理がある。個別的に見てみると、かなりバラエティに富んでいる。

連用修飾　「よこさらふ〜」「すくすくと〜」等

格関係　「いちひゐの〜」「かもがと〜」等

同格反復　「いちぢしま〜」等

これらを一括りで捉えるのは難しいが、太田が言うように、短長二句が叙述性をもっているのは確かだ。そして叙べられる内容が、短長二句で完結しつつ、完結的な一行を、次々に鎖でつなげるように連接していくかたちになっている。そのばあい、短句と長句の関係は、〈提示＋叙述〉の構文として把握することができる。(12) 提示は「取り立て」とも言われ、叙べようとする話題に、焦点を合わせて示す部分である。これを受けて、述べようとする内容（〜スル、〜ダ、〜デアル）

を示すのが、叙述の部分。叙述部が二文節になっているのは、記42でいえば「つぬがの↓かに」「みしまに↓とき」「わが↓いませばや」のように、一句の内部が、さらに修飾‐被修飾の関係になっているからだ。これは［提示↓｛修飾↓述語｝］という構文で図示できる。

このかたちは［像は↓｛鼻が↓長い｝］式の日本語に典型的な構文だ[13]。つまり［A↓｛B↓C｝］に単純化できるわけで、たとえば、「すくすくと　わがいませばや」を文節に分けると、「すくすくと‐わが‐いませばや」になるが、構文は［すくすくと↓｛わが↓いませばや｝］のようになっている。

この歌謡では、あらかた同じ構文になっている。短長二句で表現される叙述に、このような一致が見られるのは、歌といえども、日本語の基本構文に即して生み出されているからである。短長二句は、文として過不足なく完結しているわけである。この短長二句は、周期的に繰り返されるまとまりにもなっていて、詩歌の基本単位として機能し、誦詠の際にはおおむね一息で発語される。

記紀歌謡の短長二句形式は、韻律的に行（verse）となっていると同時に、日本語の基本構文にも合致していることになる。日本語の詩歌形式として、ごく自然なかたちになっている。

四　等拍律の構造

記紀歌謡の多様性は、ただの無秩序ではない。そこには、日本語の構造に即応した一定の形式が、存在している。ウタマヒノツカサで宮廷歌謡が作られるさいに、歌われる歌がよむ歌に変えられ、そのなかで、和歌の定型が成立するはずである。その一端が、見えてきたのではないだろうか。

しかし、ここから音数律の成立に辿り着くまでには、まだまだ高いハードルを越えなければならない。音数律は、意識されて成立するものではないようだ。音数律というのは、音節を単位にして成り立つリズムだが、万葉集の歌人たちをみても、指折り数えて、歌が詠まれたような形跡はまったくない。音数律と別のリズムでよまれた歌が、結果的に、五音七音になっていたということである。記紀歌謡の段階から、意識して、音数律が目指されたわけではない。

では、記紀歌謡において、和歌的な定型を生み出しているリズムとは、どのようなものか。記紀歌謡の五句体をみると、五音七音の音数にほとんど近づいていながら、四音六音といった字足らずの句がかなりある。字余りは万葉歌にもたくさんあるが、字足らずは、ほとんど見当たらない。

音数の一字二字の出入りは、そろえようとすれば簡単にできるはずである。それが、そのままで放置されているのは、音数をそろえようとする意識がなかったからだ。一音節を単位にしたリズムは、まだ、意識されていなかったようである。

では、どのような単位が意識されていたのだろうか。

結論からいうと〈音〉ではなく、〈拍〉を単位として成り立つリズムである。かりに〈等拍律〉

と呼ぶことにする。等拍律は、ウタが音楽から自立し、ヨムものとして、日本語それ自体のリズムが表面化するときに、はじめてあらわれる。音数律は、等拍律のなかから生まれる。それは、どのような形式をもっているのか。等拍律のリズム形式は、日本語に備わっているもっとも基本的なリズムといってよい。ようするに、日本語そのもののリズムである。

日本語そのもののリズムといっても、捉えかたによって議論が分かれる。もっとも基本的な法則は、詩人の福士幸次郎によって発見された。[14]〈二音の環《わ》〉と命名された福士の発見は、日本語は、二音が一つの音にまとまりになりやすい癖をもつことから、言われたものである。この法則は、まったく発音上の現象であり、意味にはかかわりがないことが明らかにされている。

福士の法則は、「ハガ—キ」(葉書)と「エハ—ガキ」(絵葉書)、あるいは「ムサ—シノ」(武蔵野)・「キノ—シタ」(木下)といった例から、ごく簡単に証明できる。日本語は、意味に関わりなく二音でひとまとまりになるという法則があるのだ。等拍律を支える第一法則としよう。その後、この法則は、土居光知・高橋龍雄・別宮貞徳・坂野信彦・川本皓嗣らに受け継がれ、国語学者の金田一春彦が支持したこともあって、広く知られるようになった。[15]

第二法則は、日本語が二音で一単位になるという第一法則から、必然的に導き出されるもの。二音一単位というのは、音楽でいえば二拍子だから、これに合わせると、強弱アクセントの繰り返しになる。このことは、相良守次によって実験的に明らかにされた。[16]この第二法則から、第一法則を捉えると、リズム形式をもうすこし細かく捉えることができる。「エハ—ガキ」は「エハ」

と「ガキ」のあいだに音の途切れがあるのではなく、強音と弱音の周期的な繰り返しとしての、いわばリズム上の区切れである、ということになる。

さて、つぎは四拍子の法則である。二拍子を二回くり返せば、算術的には四拍子になるが、実際には、そんな単純なものではないようだ。この法則を初めて唱えたのは、国語学者の高橋龍雄[17]である。高橋の四拍子論は、一音を一拍に数えて四音の単位を設定し、それが二つセットになって、一行（フレーズ）が構成される、という考え方である。のちに改良されて、二音のまとまりを一拍とする考え方が一般化する。高橋の図式にも、この考え方がすでにあったので、より合理化されたことになる。和歌の句を、この四拍子形式であらわすと「○○―○○―○○―○○」のようになる。七音句は「○○―○○―○○―○△」、五音句は「○○―○○―○△―△△」となって、それぞれ一音分、三音分の休止（間△）が入る。このような図式は、別宮貞徳や坂野信彦の研究によってほぼ確立された[18]。これを基本として短歌形式を示すと、次のようになる。

○○○○―○○△△＝○○○○―○○○○＝
○○○○―○○△△＝○○○○―○○○○＝
　　　　　○○○○―○○○○＝

これが、四拍子の等拍律形式である。音数律としては、五音七音に整っている。記紀歌謡の［(短句＋長句)×n＋長句］という定式では、n＝2のときのかたちとみてよい。n＝1のときは片歌形式で、和歌定型では、終息形式として定着し、また、n>2のばあいは長歌形式になる。

和歌の定型は、記紀歌謡の形式を構造的に受け継いでおり、基本的には〔A→〔B→C〕〕という構文から成り立っている。

では、この形式は、なぜ、五音七音のかたちに落ち着くのか。和歌神授説についてはすでに述べた通りだが、四拍子論を唱える論者でも、別宮貞徳などは神授説とおなじような発言をしていた。管見のかぎり、「なぜ、五音と七音か」の問題にまともに立ち向っているのは、坂野信彦[19]だけである。

坂野の独創性は、問題の立て方にあった。四拍子形式は、六音や八音でも成り立つはずなのに、どうしてそうならないのかという角度から考えたのだ。「なぜ、五音と七音か」の問題は、「なぜ、六音八音がダメなのか」に置き換えられることになった。ここに大きな前進があった。

たとえば、八音の「ビン―ボウ―ヒマ―ナシ」などは、四拍子にぴったり収まって、好都合のようにみる。ところが、同じ八音でも「雪は降りしきる」を機械的に二音ごとに区切ると、「ユキ―ハ、フ―リシ―キル」となって、意味とリズムが、ちぐはぐになってしまう。これを休止を入れて調整すると、今度は「ユキ―ハ～―フリ―シキ―ル～」と五拍子に延びてしまい、四拍子が破綻する。ところが、これを七音の「雪降りしきる」にすると「ユキ―フリ―シキ―ル～」となり、余った一音分を、意味とリズムのずれを調整するために使うことができる。これが、坂野の発見だった。

あられふりそそぐ（八音）→―アラ―レ～―フリ―ソソ―グ～―（五拍子）

あられたばしる（七音）→—アラ—レ〜—タバ—シル—（四拍子）

このようなケースが頻出するので、八という音数は、定型として相応しくないことになる。むりやり四拍子に収めると「アラ—レ・フ—リ・ソ—ソ・グ」となり、ひとつの拍節の中で意味が分裂してしまう。坂野は、これを「打拍の破綻」と呼び、八音が定型の音数として失格である理由と断定した。七音のばあいは、かならず一音分の休止があるので、どのようなばあいでも打拍の破綻は生じない。五音のばあいも同様なことがいえる。

坂野が発見した法則によって、五音七音の謎がようやく解けた。音数が五音七音に定着するのは、音声のメカニズムによるのだ。これまでずっと、あたかも人智を超えた自然の摂理のごとく見られてきたことについては、それなりの理由がある。五音七音のリズムが、意識されない形式だったからである。五音と七音の形式は、いわば無意識のうちに成立した定型なのである。

無意識性ということのなかに、和歌定型の普遍性が隠されている。なぜなら、どの民族・言語においても、詩歌は、意識以前の感性的なレベルから生成されるものであり、したがって、形式は、何らかのかたちで身体性のリズムにつながっているからである。

四拍子形式を生み出す三つの法則は、いずれも呼吸運動という生理的次元で成り立っている。呼吸に基づいて成り立つ四拍子定型は、わたしたちが、自由にコントロールすることができない。それは、身体の次元で成り立つ形式なのだ[20]。

だとすれば、短歌形式の永続性を、歴史や文化の次元に求めるのは無益なことである。短歌の永続性の問題は、いまだに、わたしたちのなかにあるもっとも原始人的な部分に関わり合っているからである。

五　おわりに

今日、音数律が、あたかも日本の専売特許であるかのような認識は、過去のものとなりつつある。詩歌形式として、音数律のもつ普遍性を明らかにし、その上で、和歌の音数律を改めて俎上に載せてみなければならない。

本稿の内容に関して話題になるのは、音数律定型が自覚的に成立したものかどうかの問題だ。ウタウ（歌）という発声様式のなかでも、五音七音の形式になることもあり得るのではないか。ウタウとヨムの区別はどこにあるか。音楽としての歌謡的なものと、文学としての詩的なものとの連続性と非連続性など、定型の問題は、詩歌の本質にかかわるものが多い。こういった問題こそ、タコツボ型の研究ではなく、沖縄やアイヌも含めてアジア諸国の詩歌との比較によって解明すべき分野である。

注

(1) 大野晋『日本語の起源　新版』一九九四年六月。工藤隆「歌謡の定型とメロディーの定型」二〇〇二年十一月、『武蔵野文学』50。
(2) 五十嵐力『国歌の胎生及び発達』一九二四年八月、73頁。
(3) 折口信夫「短歌本質成立の時代」一九二六年十二月、『折口信夫全集』(第一巻) 所収、217頁。なお、土橋寛「短歌の原型」(一九五六年四月初出、『古代歌謡論』に所収) も様式的な面から短歌の原型を民謡に求めている。
(4) 大久保正『万葉集の諸相』一九八〇年四月、33頁。
(5) 津田左右吉『文学に現われたる我が国民思想の研究』一九一六年八月、『津田左右吉全集・別巻第二』所収。
(6) 久松潜一『万葉集考説』一九三五年二月。武田祐吉『国文学研究　歌道篇』一九三七年。高木市之助「古代民謡史論」一九三二年初出、『吉野の鮎』『高木市之助全集　第一巻』所収。
(7) 志田延義『日本歌謡圏史』一九五八年四月、27頁。
(8) 土居光知『文学序説』一九二二年六月、161頁。
(9) 相良守次『日本詩歌のリズム』一九三一年五月、154頁。
(10) 別宮貞徳『日本語のリズム―四拍子文化論―』一九七七年十月、68頁。
(11)(12) 太田善麿『日本古代文学思潮論Ⅳ』一九六六年五月、97〜98頁。
(13) 三上章『像は鼻が長い』一九六〇年十月。寺村秀夫『日本語のシンタックスと意味Ⅲ』一九九一年二月。
(14) 福士幸次郎「リズム論の新提議」一九一九年十月、『福士幸次郎著作集』(上巻) に所収。
(15) 土居光知前掲書。高橋龍雄『国語音韻論』一九三二年五月。別宮貞徳前掲書。坂野信彦『七五調の謎をとく』一九九六年十一月。川本皓嗣『日本詩歌の伝統』一九九一年十月。金田一春彦『日本語　新編』一九八八年一月。

(16) 相良守次前掲書。

(17) 高橋龍雄前掲書。

(18) 別宮貞徳前掲書。坂野信彦前掲書。

(19) 坂野信彦「なぜ五音・七音か―音数規定の謎を解く―」一九七八年九月、『中京大学教養論叢』(一九ノ二)所収。

(20) 西條勉「定型の原理―詩学史とリズム論の現在―」二〇〇七年十月、『国語と国文学』所収。

コラム1

『万葉集』の音数律

真下　厚

『古今和歌集』仮名序は「ちはやぶる神世には、歌の文字も定まらず、素直にして、事の心分き難かりけらし。人の世と成りて、素盞烏尊よりぞ、三十文字あまり一文字は、詠みける」と述べ、和歌の最も一般的な形式であった短歌を三十一文字からなるものとしている。これはいうまでもなく五・七・五・七・七の各文字の五句三十一文字のことである。そしてそれは三十一音からなるものと解され、短歌形式は五・七・五・七・七音という音数律をもつとされている。

こうした定型化した歌の形式は『古事記』『日本書紀』の歌謡にみられるような一句が三・四・六・八・九音などからなる不定形の歌謡から生まれたとされる。この定型化には文字がかかわり、万葉歌が文字で書かれ整えられることによって音楽から離れて五・七音の音律をもつようになったというのが通説である。こうした通説に対して、西條勉氏は近年、『アジアのなかの和歌の誕生』（笠間書院、二〇〇九年）において異論を唱えている。

コラム1　『万葉集』の音数律

ここでは、こうした通説をめぐるいくつかの問題をとりあげたい。

〈歌を書くことによって五・七音の定型が成立した〉について

中国湖南省鳳凰県苗《ミャオ》族の若者は近隣の町で五日ごとに立つ市において相手を見初め、帰り道で声をかけて恋歌を掛け合うことになるが、その歌の一句は、ことばを構成する音としてみると七音、それを三句連ねて一連とし、それを三つ連ねる（三連）などの形式である（草山洋平氏「苗族の歌」参照）。この歌のことばはだれでも即興的に作ることができるわけではなく、ある程度歌に通じた人でなければ作ることができないのだという。こうした歌に通じた人を「歌師」というが、いま男性の歌師たちは気に入った歌を聞いたりすると手帳にそのことばを漢字で書き留めている。また、男女が掛け合う恋歌を漢字で書き留め、それを後日の証拠とするような場合もあるという。しかし、苗族は独自の文字をもたず、またこうした恋歌がこのように漢字を用いて書き記されるようになったのも近年のことであって、こうした即興的に生み出されるような歌を文字で書くことが苗族の歌の定型化にはたらいたというわけではなかっただろう。こうした歌は声の文芸の世界においてすでに定型を有していたのである。これは沖縄の呪詞・歌謡においても同様である。たとえば、宮古島狩俣《かりまた》の祖神《うやがん》祭りという神事でひそやかに吟誦される呪詞は、ことばを構成する音としてみると五・三音または五・四音をはやしことばをまじえながら連ねてゆくものである。この呪詞は数百年にわたって文字と無縁であった女性神役たちによって口承されてきたものであり、こうした定型化に文字が関与していたとはいえないのではないか。もちろん、こうした事例は上代の和歌の成立という個別の事象を解明する上で直接かかわるわけではない。しかし、このような和歌の成立と文字との関わりの問題はひろく歌う歌の音律と文字との関わりという一般的な問題のなかで検討することが必要ではないか。

〈歌謡から和歌へ〉について

歌われる歌謡から歌のことばを文字で書くことによって音楽から離れて和歌が生まれたということであったとしても、万葉歌は聞き手を前提として音声化されるものであったことは確かであろう。すると、それは声の文芸の世界で歌のような音楽的な旋律をもつ文芸とは異なり、また説話のような日常のことばに近づいた文芸とも異なったものとして、「よむ」という、唱えるような発語形式の文芸が新たに生まれたということなのであろうか。しかし、声の文芸はそれが文字に書かれる以前からのはるかな長い伝統を有するものであって、そうした発語形式のものがにわかに生じたとは考えにくい。この「よむ」は「①数を数える。②歌や経文などを声をあげて唱える。」(『時代別国語大辞典 上代編』)という意味で理解されているが、西條氏は『琴歌譜』の「余《よ》美《み》歌」の歌い方を「歌詞の一音一音を丁寧に切りはなして詠する唱法」と解する糸井通浩氏の説を支持し、「よむ」の語義は「一つ一つ確かめながらたどり、何かを認識し意識化する」ことであって、歌におけるこうした意識的な発語行為が五・七音の定型化の契機となり、音楽的な旋律が弱められたときにその音数律が自覚されたのだと説いている(前掲書)。西條氏がいうように「よむ」の語義そのものには唱えるようなかたちの発語の形式であることは含まれてはいないだろうが、一音一音を意識しながら発語すれば、「うたう」でもなく、「はなす」でもない、よみ唱えるようなかたちの特別の発語形式にしばしば傾くことになるのであろう。

　こうした発語形式の文芸は長い伝統を有している。臼田甚五郎氏は、「よむ」は「歌う」と「語る」との未分混沌の状態であり、それは東北の巫女であるイタコやゴミソの巫女祭文にうかがわれるとした(「道行の源流」『臼田甚五郎著作集』第一巻、おうふう、一九九六年)。また、福田晃氏は声の文芸(口承文芸)を音楽的な旋律を有する程度によって高・中・低の三つに分け、またそれらをさらに長い詞章と短い詞章との二つに分けて六つのジャンルに分類している。このうち、音楽的な旋律を中程度に有するものを「ヨミ」（長い詞章）、「トナエ」（短い詞章）と名づけ、前者に属するものとして祝詞や祭文、沖縄のユングトゥなど、後者に属するものとして唱え言や中世の呪歌などをあげる。そして、この「ヨミ」のジャンルに属するものは早く文字化されることになったとしている（「言語伝承」『日本民俗学』弘文堂、一九八四年）。こうした神を祀る祝詞や唱え言のなかの呪文などは上代の文献にみえ、よみ唱える文芸は上代からのはるかな伝統を有してきたのである。そして、それは一音一音意識しながら発語する形式のものであった。

さて、こうした福田氏の分類がおおよそ認められるとするならば、〈歌謡から和歌へ〉という通説は「ウタ」のジャンルのものから「ヨミ」「トナエ」のジャンルのものが生まれたということになるのであるが、どうであろうか。このような問題は文献からだけではなく、やはりひろく声の歌の問題として材料を求め、検討してみなければならない。これにかかわる事例として、たとえば先の中国湖南省の苗族は恋歌を歌って掛け合う一方、その歌のことばをよみ唱えるような調子でリズミカルに言い合ってもいる。藤井貞和氏も指摘している（『「おもいまつがね」は歌う歌か』新典社、一九九〇年）ように、声の世界では歌う歌とともに、いわばよむ歌も存在しているのである。この地域でなぜこのような現象が生じたのかについては追究されねばなるまいが、よむ歌としての和歌の成立を考える上では、今後こうした事例を集めて比較検討してみることが必要であろう。そして、このことは定型の問題と深く結ばれているのである。

〈音数律〉について

よむ歌として成立した万葉歌の短歌形式は五・七・五・七・七の音数律をもっているといえるが、それはそのまま五・七・五・七・七の計三十一文字というわけではない。万葉歌には字余り句が多く含まれ、文字数でいうなら六文字・八文字として書かれた。もっとも、それがよみ唱えられる場合は一部の音が縮約されて五・七音となるのである。この字余り句について、その句中に単独母音が含まれると字余り句になる場合が多いのであるが、ならない場合もある。また、単独母音が含まれていない場合でも字余り句になる場合がある。こうした現象について多くの研究者が論じてきた。これに対して、西條氏はこうした「字余り」という言い方は文字化された歌に即した名称であり、この現象を声の次元で捉えるべきだと説いている（前掲書）。坂野信彦氏は和歌の音数律をこうした声の次元の問題として捉え、日本語の律文は二音が一単位となり、その二音同士が結びついて二拍子一拍節となり、さらに四音同士が結びついて四拍子一拍節となったものを一句とするものであるとし、和歌の五・七音という定型の問題や万葉歌の字余りの問題をこの点から論じている（『七五調の謎をとく』大修館書店、一九九六年。『古代和歌にみる字余りの原理』ブイツーソリューション、二〇〇九年）。西條氏はこうした坂野氏らの説を承け、声の定型は「二音一単位」「強弱アクセント」「四拍子リズム」にもとづいて成り立っているとし、字余り・非字余りという現象を生み出す要因がこうした声の次元にあったとしている。そして、五・七音という音数律ははじめから意識されていたものではなく、身体性のなかから生まれてきた四拍節形式としてできあがっていたのだと説いている（前掲書）。

アジア各地の歌やよみ唱える文芸において、これらの点はどう検証し得るか。そして、それらは和歌とどのように共通し、また異なるのか。本書においては、こうしたことが具体的に論じられることとなろう。

コラム2

記紀歌謡の音数律——武田祐吉と土田杏村

山田直巳

発生論の時代

素材がただ単にそれとしてあるだけならば、何故という問いは発生しない。対象が問題として意識され、認識されたとき初めて主題としてそれは浮かび上がってくる。ここで言えば、記紀の歌があり、万葉の歌がある。記紀の歌では五音・七音が整わぬものがあり、万葉ではほとんど整っている。この違いは何か。あるいは短歌体・長歌体・旋頭歌・仏足石歌体等の歌体が万葉において一定の整いを見せるに対し、記紀の歌は必ずしもそうではない。記紀から万葉へという時間的推移が歌体の整序への道筋と一致するとしても、その理由は何かと言えば、必ずしも自明ではない。謡われる歌から詠まれる歌へ、あるいは音声から文字へ、歌舞という身体性の喪失、あるいは「民間歌謡→宮廷歌謡→記紀歌謡」というレベルの問題、文字化の実行者としての楽人、判断と認識の行為であるヨム等々。(1)両者を比較して、何故かという問いが発せられる時、単に混沌から秩序へという抽象論で説明出来るものでもない。ことはきわめて複雑にして多岐な経過を含み込んでいるということができよう。

いわば根源への問い、短歌体はどのようにして五・七・五・七・七という五句三十一首という歌体を形成したのか。そこに記紀の歌が前代にあるものとして、比較の対象として現れる。この問題提起を促した大きな動因に『琴歌譜』があった。この発見は、佐々木信綱によって大正十三年になされた。本書は、天元四（九八一）年十月二十一日の奥書を持ち、万葉仮名で書いた大歌二十二首を和琴の譜とともに記した一巻の書であった。「歌曲名の下に書いてある歌詞と、琴の譜中にある歌詞とは違う。譜中にあるのが実際歌われた詞とすれば、曲名の下のは、それを整理したものである」（武田祐吉著作集八巻293頁）。囃子詞や謡い方に関する注意など古代の歌謡の在り方を想像するに実に刺激的である。

右は挙げて根源を問うことを指さし、まさに本質を問おうとするものであった。土田杏村に『文学の発生』の著書があり、折口信夫、土居光知[2]等々にも発生に関わる多くの論考が見られた。昭和四年前後はそのような機運の盛り上がった時代であったのである。

コラム2　記紀歌謡の音数律——武田祐吉と上田杏村

1　武田祐吉の眼差し

武田は六歳下の土田杏村をどう見ていたのか。土田の著書に武田が興味深い推薦文を寄せている。昭和三年十月二十日刊の、『文学の発生』（国文学の哲学的研究第二巻）の末尾に掲載された広告。推薦対象は、昭和四年六月刊行の『上代歌謡』（国文学の哲学的研究第三巻）である。

（前略）日本上代の歌謡と、朝鮮の古歌謡との交渉を、特に主題として研究してゐる。殊に第二章を成すところの紀記歌謡に於ける新羅系歌形の研究の章は、実に本書の半を占めてゐる重要な研究であつて、著者はこれに依つて、日本上代の歌謡中に新羅系の歌形の存在することを、方法論的に立証しようとしてゐる。その結論として、古事記等に載つてゐる志良宜歌が、すなはち新羅系の歌形であると為してゐる。

日本上代の歌謡に、朝鮮歌謡の影響を認めようとする著者の企画は、正しく本書によつて成されてゐる。著者が朝鮮の古歌謡に対して試みた精緻なる考察は、永く斯学を益すべきものであると思ふ。従来成されざりしところのものが、成されたのである。その態度用意は極めて周到であつたと云ひ得られる。ただし著者は日本歌謡の根本形式は奇数句形式なりと為し、余はその反対に偶数句形式が根本形式であらうと為してゐる。この相違は、推して、本書の記事に対して、無条件に全部を肯定するに至らしめないが、本書の計画発表が極めて有意義のものであつたことは認めるに躊躇しない。

土田は、自らディアスポラと称してはいた[3]が西田幾多郎門下の生粋の哲学者であった。そして、宗教論・人生論・文学論・恋愛論・現代思想研究・現代哲学概論・マルキシズム批判・生涯経済学より信用経済学へ・現今教育学の主問題、等々といった著作をものす、多作多分野にわたる売れっ子著述家であった。その土田が〈国文学の哲学的研究〉という総タイトルのもとに第一巻『国文学序論』（昭和二年）、第二巻『文学の発生』（昭和三年）、第三巻『上代の歌謡』（昭和四年）と立て続けに公刊（いずれも第一書房）したのである。

土田自体は、「我が古代歌謡史の出発点をより広く東亜古代歌謡史の基礎の上に置く研究を私はまだ見てゐない。」（『上代の歌謡』21頁）、「朝鮮には古くシヤマニズムの踏舞から発達した四分の二拍子、各句同長の四句体歌があり、後に十句体歌の発達して来たことを知つた。この十句体歌は奇数句を短、偶数句を長とする傾向を持つ。私は仮りにこの形態を短句長句交互配列形態と名づける。その韻律は恐らくは六八調を主とするものであり、歌謡の謡ひ様は我が五七調と同性質のものであつたらう。」（同書30頁）と述べる。

2　武田と土田

武田祐吉の「文字化の説」を最も徹底して明らかに示したのは、西條勉『アジアのなかの和歌の誕生』である。即ち「音数律定型を成り立たせているもっとも根源的な要件は〈ヨムこと〉であった。等時拍音形式という日本語のリズムは、日本語の音節原理によって必然化されているが、そのようなリズム原理はヨムことを通して発見されたといってもよい。韻律と文字の間にあるのはヨムという発語様式であった。久松潜一の韻律論と武田祐吉の文字論は、〈節《ヨ》ム〉という語を介して互いに補完し合うことができるはずである。」(56頁)、という。その経過は『武田祐吉著作集第八巻』に、「歌が文筆的作品に化したため(287頁)」「短歌の伝来——口承文芸から文筆的作品への進展(291頁)」「『万葉集』が、文筆的作品の集としての立場で編纂せられてゐる」(302頁)等といった文言によってたどることができる。

あるいは、

> 口より口に謡い伝えていった歌謡が、文筆的作品へと移ってゆくには相当の変化が生じている。そこには、まず歌いきたったものを記録することに始まり、次いで筆に上するために歌が詠み出されるであろう。これらの跡を示すものとして、『古事記』『日本書

紀』ないし『万葉集』の歌を見ることもできる。
『古事記』『日本書紀』の歌は、ほとんど大部分は実際に歌われた歌であると認められるが、これを記録するに当たっていかなる態度が執られたかは、明らかにされねばならない。しかし、今日存しているものは、記録せられた結果のみが伝えられているのであって、その原形とも言うべき歌いものとしての実物は残っていないのである。それゆえに、かように記録せられた歌謡から歌いものとしての原形に還元することは、困難なる事業というべきである。ただ、その間にあって一個の歌謡を重ねて記録しているものがあり、その記録の比較によって、多少原形の推量もなされる場合も存するのである。同一の歌を『古事記』と『日本書紀』との双方に重出している場合は、全然同一の場合はともかく、そこに両者の相違がある場合には、なにがゆえにかような相違が生じたかを明らかにすることが考えられる。また、記紀の両書と『琴歌譜』との重出、および『琴歌譜』自身の曲名下の歌詞と楽譜中の歌詞との重出についても、同様の考察がなされるべきである。（武田祐吉著作集第八巻328頁）
右文には、繰り返し六度も「記録」ということばが出てくる。また「文筆的」も一か所ある。「口より口に歌い伝えていった歌謡」とあり、いわゆる口承が文字記録へと変化していくそのプロセスをいっていた。西條氏も指摘されているように久松潜一の主張を受け、それをそのまま受けてということではないが武田の業績があり、武田、久松仮説が重なり、西條氏へと批判的に学説展開がなされていく。

なお武田は「記紀歌謡の記録」ということにかかって、次のようにまとめている。「歌謡はかくのごとくにして記録に移されるに当たって、ある種の整理を加えられたということができよう。この一点こそは、やがて生ずべき歌謡形式の固定への出発点とみなすべきである。なんとなれば、記録された歌の原形にあっては、なお融通性が多く存していたはずである。その中から、くり返しの句を除き、囃し詞を除き、感動詞をも多く除いて、その結果を記録してくる時に、多くの歌謡の中に、幾つかのこれを統制する形式の原則が、強く色づいてくるのを見るのである。その整理の結果として現われきたったところは、いわゆる五七調であり、また、長歌、旋頭歌、短歌であるが、これらの形式の成立を明らかにするためには、さらに『万葉集』における音声の記録を見る必要があるであろう。『古事記』『日本書紀』にあっては、なおその出発点だけをあきらかにすれば足るのである。」(武田祐吉著作集第八巻334頁)。

上田杏村との立ち位置の違いを実に明確に示していた。そして句体の形式だけを足がかりに突進する土田の行き方を相対化するものとして、武田祐吉の仕事があることを確認するのである。

注

(1) 西條勉『アジアのなかの和歌の誕生』(笠間書院　二〇〇九年三月)

(2) 拙稿「土田杏村の韓国歌謡論」(國學院雑誌第一一〇巻第十一号、平成二十一年十一月)にこの周辺を考察した。

(3) 山口和宏『土田杏村の近代』(ぺりかん社　二〇〇四年六月)

三　中国古典詩の音数律――対偶性と人為性

松原　朗

中国古典詩の韻律を論ずる場合、もしも中国古典詩内部に閉じられた関心であるならば、五言詩・七言詩という詩型を所与の前提として、直ちに五言句・七言句の内部の声律（四声《しせい》律・平仄律）の問題に入ることになるだろう。王力の古典的名著である『漢語詩律学』は、いわばそのような関心に立つ代表的な著作である。しかしこの観点に立ついわば「漢語」の「古典詩」の中に閉じた議論は、異なる言語による詩歌の韻律と比較研究を進める上で、多くの啓発を期待できるものではない。

この種の議論は、完成された古典詩だけを念頭に置くために、大きな限界を持っている。確かに唐代以降、詩が文学の中心となっていた。しかし六朝時代以前においては、詩は文学の主要ではあるが一部分であるに過ぎなかった。そのことは、南朝・梁代に編まれた昭明太子蕭統の『文選』の構成を見れば了解できることである。『文選』六十巻は、当時にあって文学と呼ぶに値するあらゆる文体を網羅し、それぞれの代表作を収録しようとしたものである。そこでは、詩（含む楽府《がふ》）は十三巻、全体の約20%を占めるに過ぎない。賦が、『文選』の冒頭に置かれ、しかも巻一から巻十九までの約30%を占めるのに対するならば、詩は明らかに二番手の扱いなのである。これら賦と詩（いわゆる「詩賦」）は、当時におけるいわば純文学を代表している。しかし文学はこれ以外にも広がりを持ち、『文選』に収める論・表・誄・墓碑など様々な文体も、単なる実用の文体としてではなく、文学の文体として理解されていたのである。[1] こういう、詩賦以外の非「純文学」系の文体も、それぞれに文学に相応しく修辞的技巧を凝らし、定型的な音数律を備えていた。[2] これらの存在を無視して、古典詩だけの音数律を理解しようとしても、おそらく本質の理解を誤ることになるだろう。

　重要なことは、およそ考えられる文学的文体に対して押し並べて音数律を埋め込んでいこうとする、そういった中国文人の思考方法を正確に了解することである。狭義の詩歌の音数律も、その理解の上に築かれるものでなければならない。

＊　＊　＊

　音数律が、歴史のどの段階で、どのような場において自覚されるのか。日本（日本語）の場合、記紀歌謡の研究が、それを担当している。文献としての保存が前提となる中で、記紀が最古の資料であり、これ以上遡ることはできないわけだが、記紀歌謡がしめす音数律的特徴は、日本語が音数律を相当程度に自覚しつつある段階であることを明かしている。[3] 一方、定型に改めていない例が多数あることは、記紀編集時に大幅な編集が加えられることなく、本来の姿を保存していることの証拠ともなっている。記紀歌謡によって、最初期における日本語の音数律形成を考察することは、その方法しかないだけではなく、方法的な有効性を持つものと言えるだろう。

音数律の形成を、初期歌謡を材料として研究するのか。初期歌謡の形成を、音数律の視点から研究するのか。この二つが、原理的に異なる立場にあることは言うまでもない。仮にこの二つがほぼ同義になるとすれば、それは音数律を持つ言語形態が歌謡と一致している場合に限られる。日本の場合が、正しくこの例に当たるのであろう。しかしこのような方法は、中国の場合には必ずしも有効ではない。何故ならば、中国の古典文学において、音数律を持つものは何も詩歌に限定されていなかったからである。

一　音数律が実現する場＝「句」

中国古典詩を構成する要素として、句と聯について考えてみたい。

「夫《そ》れ人の言を立つるや、字に因りて句を生じ、句を積みて章を成し、章を積みて篇を成す」（『文心雕龍《ぶんしんちょうりょう》』章句）とある。字（＝語）を組み合わせると句ができ、句を積み上げて章ができ、章を積み上げて篇ができる。

字（＝語）を組み合わせてできる上位の概念で、それを積み上げると章ができる、と説明される「句」とは、意味単位としてのセンテンスのことである。律詩が八句で構成されるとは、八つのセンテンスを持つ、ということである。一方、詩歌の「句」は、同時に一呼気で読み上げるべき単位であり、つまり八句の律詩とは、八つの呼気で読み上げられる詩のことである。拍節は、一呼気の中に作られる。つまり「句」とは、意味単位であり、詩歌の場合には同時に拍節単位でもある。

音数律は、この一呼気＝一句のうちに律動する自立し完結したズムである。例えば五言句であれば、「○○・○○○」という「2＋3」の音数律を取る。この一句を読み上げるとき、漢語の話者は、そこに安定したリズムを感得するのである。同様に、それが七言句であれば、「○○・○○・○○○」というリズムを感得するのである。

一方、日本の伝統的和歌においてこの「句」に当たるもの、つまり意味のひとまとまり（センテンス）で、かつ一呼気で読み上げる拍節単位となるのは、「五七」の連なり、あるいは「七五」の連なりである。この場合、五音、また七音は、それ自体としては予定された音数律（五七調また七五調）のなかの一分節に過ぎず、それだけでは「自立し完結した音数律」を感得することは不可能である。「五七」の連なり、また「七五」の連なりを「行」と呼ぶことがある。この「行」が、中国古典詩の「句」に相当することになる。従って、中国古典詩の主要な型式としての五言詩・七言詩が、日本の五七調や七五調の成立に影響を与えたと考えるのは、音数律における階層の違いを見過ごした誤解と言うことになる。

二　対偶が実現する場＝「聯」

中国古典詩の音数律を考える場合には、もう一つ上の階層である「聯」の理解が必要となる。「聯」は、句の単なる反復ではない。二句は、一聯を単位としてまとまる必然性があるらしい。

一聯は、同型の句を二回重ねて「五言句＋五言句」「七言句＋七言句」で構成される。異型の句を組み合わせて「五言句＋七言句」「七言句＋五言句」の形で聯を構成することはなかった。[4]

同型の句を重ね合わせて聯を作る、その根幹にあるのは対偶の発想である。二つのものを対照関係において、強調を加えるか、あるいはそこに第三の上位の意味を附与する。このような対偶の手法を、修辞に不可欠の要素として意識的に運用するか、それとも偶然に任せるかによって、詩歌の韻律は決定的な相違を持つことになる。中国の古典詩は、明らかに前者に属している。他方、日本の古典詩歌は、明らかに後者に属している。

＊書院造の床の間の脇に添えられる「違棚」は、非対称の美学を代表する伝統様式とされている。およそ日本には、このような非対称を美と認める美学があるが、これは日本の古典和歌が対偶性を趣旨とせず、また散文においても対偶的修辞を発展させることがなかったことと表裏の関係にあるだろう。この非対称性の美学の由来について大雑把な推測をすれば、言語において「対称性の美学」が確立されなかった、そのことが却って非対称性の美学の自覚を促したものであろう。少なくともその逆に、造形（建築・器物）において自覚された非対称の美学が、言語芸術である古典和歌に持ち込まれたと見ることは難しい。何故ならば、造形を束縛する素材のレベルでは、木材・金

属・陶土のいずれにおいても対称性と非対称性を分かつ要素はない。中国文化の中にある造形の対称性を日本が模倣することは、可能だった。しかし言語について見れば、中国語の中にある対称性（対偶）を、日本語が模倣することは、困難だった。例えば、中国語の名詞「青 qing・黄 huang」は共に一音節で、同じ長さで発音されるが、日本語の「あお・みどり」はそれぞれ2音節・3音節で、発音の長さも2：3と異なっている。このような非対称性を含んだ「語」を素材として、対称性のある言語表現を（中国語と同じレベルで）確保することは、原理的に不可能である。

聯は、対偶を作る単位なのである。対偶を構成する要素は、四つある。最も基本的な要素から挙げれば、第一には、音節数の一致。第二に、内部の節奏《リズム》の一致。第三に、意味（品詞）の対応。第四に、声調（平仄など）の調和。この四つの条件が満たされた場合、完全な対句となる。中国語の修辞は、この対偶を基軸に組み立てられたものである。(5) かつて中国の知識人の家庭では、子弟に「対語」を綴る練習を課した。対語（対偶を成す語）は、「花紅・柳緑」のような二字のものから始めて、七字以上に及ぶものだった。これは、森羅万象を対偶構造に切り取って把握する訓練であり、要するに対句を作る基礎訓練だった。また杜甫が詩友の高適と岑参に寄せた詩「高使君・岑長史に寄す」に「遥かに知る対属に忙しきを」（君たちが対属に忙しいことは分かっている）とある、その「対属」は「対句を属《つづ》ること」で、これをもって詩作の意味としたのである。中国の文人にとって、対句とは、作品の核心であり、作品自体だった。

＊　＊　＊

中国古典詩では、「二句」が一聯となる。古典和歌では「五音＋七音」（一行）を重ねたものとして聯を想定することになる。短歌では「（五音＋七音）・（五音＋七音）・七音」となるので、聯は一つだけ切り出すことができる。これは五七調の場合であり、後期万葉から次第に大勢を占める七五調では、「五音・（七音＋五音）・七音＋七音」となって、聯そのものが消滅する。長歌は五七調を基調として「五音＋七音」の一行を繰り返す様式であり、「二行＝一聯」を作品の長さに応じていくつも切り出すことができる。短歌において不明瞭であった聯は、長歌においては明確な輪郭を示すことが可能になる。その聯が、具体的にどのような「意味」（聯としての存在意義）を持つのかが問題となる。

柿本朝臣人麻呂、石見の国より妻に別れて上り来る時の歌二首 并せて短歌

石見《いはみ》の海《うみ》　角《つの》の浦廻《うらみ》を
対句（浦《うら》なしと　人こそ見らめ
　　　潟《かた》なしと　人こそ見らめ
対句（よしゑやし　浦はなくとも
　　　よしゑやし　潟はなくとも
鯨魚《いさな》取り　海辺を指して
（和田津《にきたづ》の　荒礒《ありそ》の上に
　か青なる　玉藻沖《おき》つ藻

対句
朝羽振《あさはふ》る　風こそ寄らめ
夕羽振る　波こそ来寄れ
波の共《むた》　か寄りかく寄る
玉藻なす　寄り寝し妹《いも》を
露霜《つゆしも》の　置きてし来れば
この道の　八十隈《やそくま》ごとに
よろづたび　かへり見すれど
対句
いや遠に　里は離《さか》りぬ
いや高に　山も越え来ぬ
夏草の　思ひ萎《しな》えて
偲《しの》ふらむ　妹が門《かど》見む
靡《なび》けこの山　（2・131）

この長歌では、四聯が対句で構成されている。一方、非対句（散句）の聯が相対的に多くを占めるが、対句の効果が非対句との対比で鮮明になることを考慮すれば、非対句の比率の高さ自体は、あまり問題とならない。――中国古典詩の聯も、特に古体詩においては、対句を構成しないことが少なくない。

しかし聯を単位に構成される詩（中国古典詩など）であるならば、対句か否かにかかわらず、

「二行一聯」の単位を反復しなければならない。そこには聯に属さない行があってはいけないのである。この点で上の人麿の長歌を見ると（対句構造を取って、聯であることが明確なものを基準に、前後の関係を確認）、「石見の海　角の浦廻を」「鯨魚取り　海辺を指して」「波の共　か寄りかく寄る」の行が、聯を構成せずにはみ出している。長歌において、聯は、排他的（聯に属さない行を認めない）な単位として確立されていなかったのである。

次に、中国古典詩の聯が備える四条件、すなわち二句（和歌の場合は二行）における、①音節数の一致、②内部節奏の一致、③意味（品詞）の対応、④声調の調和、に即してこの長歌の聯の特徴を見てみよう。

①は、問題なし。字余り、字足らずは、例外事項である。②も、問題なし。③も、問題なし。中国古典詩の場合でも、対句は必須条件ではない。問題となるのは、④である。ここで言う声韻は、中国古典詩では、近体詩の平仄律も含まれるが、発生の順位と普遍性において最も重要なのは、脚韻である。そして古体詩・近体詩を通じて、隔句韻、つまり一聯につき一つの脚韻を押すことが原則である。

聯を構成する二句は、対偶（対比）の関係に置かれている。脚韻についてみると、一方が韻を踏み、もう一方が韻を踏まないことで二句は対比の関係に入る。[6] つまり聯は、一つの脚韻によって箍をはめられた強固な単位である。読者（また朗誦の聴者）は、脚韻が響くたびに一つの聯が完結したことを確認するのである。

中国古典詩において、聯は、脚韻によって完結する強固な韻律の単位であると言ってよい。一方これを持たない日本の古典和歌は、行の意識はあっても、聯を意識する重要な契機を持たなかったことになる。聯の意識の欠如（薄弱）は、結果として、対偶という修辞技巧を素朴なままに留め置く要因となったのである。

三　多様な音数律——辞賦

音数律は、その発生の段階で指折り数えるように自覚されたものなのか。そもそも音数律という概念も知らなかった古代人にとって、予定された音数律に合わせるという意識は生まれようもなかった。事情は、日本においても中国においても、同様であろう。韻律的効果が、無自覚の内に繰り返される試行錯誤の過程で次第に自覚され、それが音数律として固定したものと思われる。

日本の場合、その「無自覚の内に繰り返される試行錯誤」の終りに近い段階、つまり音数律自覚の黎明期にあるのが、記紀歌謡である。そこでは「五七五七七」の短歌形式がほぼ出来上がっていたし、長歌も、その中に胚胎していた。その後に続く連歌や俳句の音数律も、この範囲を出るものではなかった。その全ての過程で、人為的に音数律を作り出そうとした形跡もなく、またその結果として、人為的な音数律による詩歌が出現したこともなかったのである。「音数律形成における人為性の不在」は、日本の古典詩歌を考える上で、重要な特徴である。また見方を変えれば、この人為性の不在は、記紀歌謡の段階で見出だされた和歌的音数律が、いかに日本語の特性と合致していたかを明かすものであろう。

しかし中国古典詩の音数律を考える場合、人為性は、重要な観点である。このことは、狭義の古典詩の代表的な詩型に限っても、四言詩《しごん》・五言詩・七言詩があり、それぞれに固有の音数律を備えている。この中のどれが中国語の特性に最も合致したものであるのかを言い当てることは、不可能と言ってよい。発生的に最も早いのは、四言詩であるが、唐代以降に盛行するのは、かえって最も晩出の七言詩である。日本の和歌的音数律で言い得たような、始原のものの中に、その言語に本来的特性が反映されるという推論は、成り立ちがたいのである。

しかも古典韻文には、別に辞賦（楚辞・漢賦の流れ）がある。誄や墓碑文・墓誌文も多くは四言の音数律をもって書かれている。また駢文《べんぶん》も、音数律や句中の声律に周到な配慮を施した文体である。これらの文体は、全てがそれぞれに固有の音数律を備えた修辞的文体であり、日本の分類を適用すればいずれも「韻文」の資格を持つものである。ここでは辞賦と駢文について、取り上げる。

辞賦の韻律については、自然発生的性格を持つものである。「辞」は、楚辞に淵源がある。楚辞は、春秋戦国時代に長江中流に位置した楚国に行われた韻文であり、北方の黄河流域の歌謡を代表する『詩経』とは異なる民族的背景を持っている。『詩経』が、四言を基本とする音数律を取るのに対して、楚辞は、六言・七言を主としつつも、定型への拘束は緩やかである。しかも『詩経』は歌謡であったが、楚辞は朗誦の文体だった。

「辞」の系列から、二例あげる。辞賦の句中の「其・而・以」、句末の「兮」は、おおむねリズムを整えるための助字であり、古典詩の場合の「休音」にほぼ相当する働きをする。また句末の「兮」は、音数律に含めず、また韻を踏む場合はその直前の字で踏む。（一行＝一聯、「・」はリズムの切れ目、「○」「△」「×」は韻字）

朝発軔於・蒼梧兮、夕余至乎・県圃。
欲少留此・霊瑣兮、日忽忽其・将暮。
吾令羲和・弭節兮、望崦嵫而・勿迫　（屈原「離騒」）

帰去來兮、田園将蕪・胡不帰。
既自以心・為形役、奚惆悵而・独悲。
悟・已往之・不諫、知・来者之・可追。
寔・迷途其・未遠、覚・今是而・昨悲。　（陶淵明「帰去来辞」）

このような辞賦は、自然発生の文体が持つことになる韻律（特に音数律）の未整理性・雑多性を示すものである。また加えて、辞における屈原の諸作（「離騒」「九歌」「天問」「九章」）や、賦における司馬相如の諸作（「子虚上林賦」「長門賦」「大人賦」）のような、その文体が登場した当初に、代表的な作者による典型的な作例が提示されたことによって、その未整理な雑多性そのものが、典型の一部として継承されることになった。[7] 六朝を生き延びた辞賦は、定型性の強い詩を補完する「不定型性のいびつな様式」として、その後も存在意義を持ち続けることになる。

しかし辞賦はその韻律の雑多性の中にありながらも、対偶への志向を明確に示している。句は単独で現れるのではなく、二句一聯の単位を作り、聯の中では、音数律の対応が確保されている。また聯を単位に、しばしば意味上の対句を構成する。対偶への志向は、辞賦においても決定であり、しかもその程度は時代が下るに従って徹底することになる。[8]

四　人為的な音数律――駢文

中国古典の音数律を考える上で辞賦以上に興味深いのは、駢文である。何故ならば、駢文は詩や辞賦と異なって、実用的な散文を母胎に形成された文体だからである。散文では、言葉を飾る修辞的要素は、第二義的なものである。音数律は、あったとしても偶然かつ任意のものであり、意識して運用されるものではなかった。

古文（散文）の駢文への変化は、後漢から魏晋の時期を通じて徐々に進行した。変化途中の一例として、諸葛亮が出陣に際して後主劉禪に上った「出師《すいし》の表」の一節を見よう。

臣亮言：先帝創業未半、而中道崩徂。今【天下三分、益州罷弊】、此誠危急存亡之秋也。然[a]【侍衛之臣、不懈於内、忠志之士、亡身於外】者、蓋追先帝之遇、欲報之於陛下也。誠宜開張聖聴、以光先帝遺徳、恢志士之気、不宜【妄自菲薄、引喩失義】、以塞忠諫之路也。[b]【宮中府中、倶為一体、陟罰臧否、不宜異同】。

括弧でくくった部分は、音節数（四音）を合わせることで対偶効果をねらった部分である。殊にａｂの部分は、意味の上で対句（隔句対）を構成している。また対偶を構成するには至っていないが、「創業未半」「中道崩徂」「開張聖聴」「先帝遺徳」「志士之気」「忠諫之路」の四字（四音）の多用にも注目する必要がある。

駢文とは、要するに、四字句・六字句を多用し、対句を多用し、声調にも配慮した美文である。しかし脚韻を踏まないので、分類上、韻文とはならない。六朝駢文の典型として、徐陵の『玉台新詠』序文の一部を掲げたい。(9)（○＝平、●＝仄）

於是、
（麗以金箱、
装之宝軸。
（三台妙迹、龍伸蠖屈之書、
五色華箋、河北膠東之紙。
（高楼紅粉、仍定魚魯之文、
辟悪生香、聊防羽陵之蠹。
（霊飛六甲、高擅玉函、
鴻烈僊方、長推丹枕。

是《ここ》に於てか、
麗《つ》くるに金箱を以てし、
之を宝軸に装る。
三台の妙迹は、龍伸蠖《かつ》屈の書、
五色の華箋は、河北膠東の紙。
高楼の紅粉、仍《よ》りて魚魯の文を定め、
辟悪の生香、聊か羽陵の蠹《と》を防ぐ。
霊飛 六甲、高く玉函を擅《ほしいまま》にし、
鴻烈 僊《せん》方、長《とこし》へに丹枕を推す。

句端の「於是」を除けば、全て四言・六言の句によって構成されている。また韻律上の関鍵文字（ポーズの置かれる字）、つまり四言句では第二字と第四字、六言句では第二字・第四字・第六字では平仄を交替する。(10) また対偶を構成する二句では、相対する位置の関鍵文字は、平仄を反対にする。この平仄律を、右の駢文は厳守していることが分かる（「定」「防」のみ破格）。この平仄律は、近体詩（句中の二四不同・二六対、聯中の反法）と同様である。つまり駢文の韻律原理は、近体詩の成立を催した韻律原理と同根のものであり、六朝時代に韻律についての関心が深まる中で、詩の領域では近体詩が、文の領域では駢文が平行して形成されたと理解すべきものである。

駢文の存在は、韻律の形成について興味深い問題を提起する。

そもそも古文はその発生と成熟の過程において、音数律も、ましてやその内部の声律（四声律・平仄律）も要件としない文体であった。古文は、前漢の司馬遷『史記』に至る段階で、『孟子』や『荘子』や『韓非子』らの先進諸子の文体の成果を踏まえて、すでに古典的成熟に達している。しかしこの段階の古文も、音数律や声律を所定の要件とすることはなかった。そもそもが歌謡であった詩（『詩経』）が、当初から音数律を持ち、押韻律を持ち、またやがては声律を備えることになったのとは異なるのである。

古文において、音数律や声律は本来的なものではなかった。その古文を直接の母胎として駢文が形成されたことは、駢文において備えられた音数律や声律が、人為的な成果であることを意味している。もちろんその人為は、無から作り上げた人工物ではなく、詩において効果が確認された韻律の方法を、人為的に移植したという意味であるが。

五　対偶という人為性

音数律が、言語にとって自然なものであるのか、人為的なものであるのか、その判別は難しく、細心の腑分け作業が必要になる。そもそも音数律にしても、声律にしても、人が実際に発声しながらその効果を確かめてきた成果である。従って、人の生理的限界を超えることはない。音数律の一巡（和歌の一行・詩の一句）が、一呼気を超えない長さであることなどは、日本の古典和歌にも、中国の古典詩にも共通するものであり、人為ではなく、自然なものである。また集団の中にある歌謡という様式に音数律が胚胎したことも、おそらく「身体的生理」と同じような深層に属する、超えがたい「集団的生理」に由来しているのだろう。

そのような生理的自然に導かれて形成された音数律が、いったん自覚された後にどのように運用されたのか、その過程における相違が、日中の古典詩歌に見える音数律の行方決定的な分岐となったように思われる。

日本の古典和歌～連歌～俳句の系譜では、記紀歌謡の中に形成された「五音＋七音」の枠組みを、万葉後期に五七調を七五調へと読み替えたことを殆ど唯一の例外として、最後まで打ち破ることはなかった。しかし中国においては、『詩経』の四言（二音＋二音）に始まった歌謡の音数律は、その後に五言（二音＋二音＋一音）、七言（二音＋二音＋二音＋一音）の音数律を付け加え、さらには本来音数律とは無縁のものとしてあった実用的散文をも、駢文に作り変えることになった。この日中における相違が、何に由来しているかを考えることが重要な課題となるであろう。一つの見通しを述べるとすれば、中国語の世界では、歌謡、あるいは初期の創作詩の中で「対偶の美学」ともいうべきものが発見されたものと思われる。その対偶の美学は、同じ音数律を持つ句を二つ並べる形で「聯」の観念を生じた。またその「聯」は、その対偶性を高めるために、隔句韻・声律（四声律→平仄律）・対句の手法を採用することになる。

このような対偶の美学の極致として登場したのが、律詩である。律詩は、聯を単位として、それをも対偶構造の中に取り込んだ。律詩は、首聯・頷聯・頸聯・尾聯からなり、頷聯と頸聯が対句となる。その頷聯と頸聯が、作品の中心線を挟んで対偶構造に置かれる。つまり対句（頷聯）と対句（頸聯）が、対になる。そしてその両側に置かれた首聯と尾聯も、散句（非対句）同士の関係として対偶構造に取り込まれるのである。

対偶が中国古典文学の主要な修辞的原理となったことには、中国語の特質が大きく関わっていたことは確かである。中国語は、「一語＝一音＝一字」の特徴を持つ。しかも一音（一音節）は、同じ時間の持続を持つと観念される、つまり等時音節である。この結果、聯を構成する二句には、同じ音数律、同じ時間、同じ文法構造を持たせることができる。完璧な対句が、原理的には、容易に作りうるのである。

またそれを文字として書写したとき、左右に整然と対応する二句として表記することができる。

つまり視覚的にも、その対偶性が確認されるのである。ところで「対偶性が視覚において確認される」とは、実は、対偶性がすでに言語の直接性（音声的次元）を超えて、観念的に了解されていることを示す。つまりこの瞬間において、対偶は観念の産物となり、観念的操作の対象となる。対偶は観念化されることによって、生理的了解の次元を超えて、極限化されるのである。

対偶が、言語としての直接性、生理的感得の次元を超えて、観念化・思弁化したことについては、二つの例を挙げれば足りるであろう。

第一は、拗救《おうきゅう》という手法の存在である。拗救とは、拗（破格）を犯した句があった場合、aその句自体の中で、あるいはbその句を含む聯の中で、その拗を救う（中和する）操作のことである。

aの例として、七言句の平仄式が「○○●●○○●」（○＝平、●＝仄）とあるべきところ、かりに第一字が破格で仄声となった場合、第三字を平声に改めて中和する、というものである。この拗救の結果、「●○○●○○●」となる。

bの例として、前掲の徐陵「玉台新詠序」を取り上げてみよう。駢文も、平仄律を備えているので、ここで取り上げることに不都合はない。

　　高楼紅粉、仍定魚魯之文、
　　辟悪生香、聊防羽陵之蠹。

「定」は、二四不同の約束から平声であるべきところ、仄声となっている。そこで対偶の同位置の平声であるべきところに、「防」という平声を用いて、中和したのである。
このような拗救について、古川末喜氏は次のように述べる。「もしも、平仄式が実質的な韻律美（つまり耳で聞いて美しいと感じること）によってだけ定まっているのなら、こういう拗句は、約束された韻律美を乱すことになってしまう。ましてや拗救という方式は、一箇所の韻律の乱れを、わざわざ二箇所に倍加させるようなものである。このことは、平仄式が韻律美という動機だけで作られているわけではないこと、何か他の動機も働いていることを示しているとはいえないか。……私はその第二の動機を形式・シンメトリーの美と考える」（『初唐の文学思想と韻律論』知泉書館、二〇〇三年、322頁）
第二に、近体詩の平仄律は、当時（隋〜初唐）の標準音とされた洛陽一体の発音を基準にし、それが一番美しく響くように計算して作られたものである。従って、洛陽生まれの杜甫は、近体詩の平仄律の美しさを、じかに堪能したことになる。これに対して四川方言を話す李白には、平仄律の美しさを計算されたとおりに実感することは困難だったに違いない。つまり近体詩の平仄律は、その出来た当時においても一部の特例（洛陽人）を除けば、大多数の人には、頭の中で考えられた観念に過ぎなかった。――やがて時代は変わり、洛陽の標準音そのものも変化した後世には、何人にとっても、平仄律は観念の世界のものとなった。しかし歴代の詩人たちは、日本の漢詩人も含めて、その中に「形式・シンメトリーの美」を認め、ひたすらに平仄律を遵守して近体詩を作り続けたということになる。

言語においては、「発音の可変性」と「リズムの普遍性」[11]を正確に認識することは、特に古典詩歌を考察する場合には重要である。詩歌にとって音数律は不変の本質に属し、発音に関わる声律（四声律・平仄律）はより附随的なものなのである。

しかし音数律を論ずる本稿において、あえて声律を話題にするのは、中国古典詩の音数律についての一つの予見があるためである。詩律（音数律・押韻律・声律・対句）の総体が意識的に吟味される中で、最も自然発生的な要素である音数律も、人為的に操作され意味づけされるのである。音数律と共に、中国古典詩の詩律の最深部にあるのは、二つのものを対照する「対偶」への志向である。中国古典詩が、句（音数律の一巡）を二回重ねて聯という単位を作ったのは、その発端である。また脚韻が、聯を単位とした隔句韻の手法に統一されたことも、対句が、聯を単位として構成されたことも、いずれも対偶志向の顕現と言えるだろう。そして声律も、対偶性追究の中で整備される。「二四不同」は、一句の中の関鍵部位に当たる第二字と第四字の平仄を違えて、対照する手法である。また「反法」は、一聯二句の中で、相対する位置の関鍵部位の平仄を違えて、対照する手法である。いずれも、平仄の相違を際立てることで、対偶効果を高めることを目的としていた。

――そして古典詩において実験された対偶的手法は、古典詩の枠を超えて流れ出して、あらゆる言語表現を対偶の枠組みに流し込む。対偶は、二句一聯の構造を必要とし、聯を構成する句は、一定の音数律を必要とする。こうして今まで存在していなかった文体の中に、音数律を増殖させるのである。駢文はその一つの事例に過ぎないが、しかし最も成功した典型的な事例となった。その際、辞賦などの、古典詩とは異なる複数の音数律がすでに存在していたことは、多様な文体に多様な音数律を移植するときの、心理的な安全弁になっていたものと思われる。

なるほど、古典詩の音数律そのものは、もと歌謡に由来し、多分に自然発生的なものであったことは否定し難いであろう。しかしいったん対偶構造の中に置かれて意味づけされた古典詩の音数律は、もはや観念化された別物となっている。この辺をいかに理解するかが、中国古典詩の音数律を考える上で大切になるだろう。

注

（1）六朝時代には、単に実用的な文体を「筆」、文学的に鍛錬された文体のことを「文」と呼んで区別した。筆は、「散文—散漫粗雑な文」のことである。

（2）日本語の散文でも、部分的に音数律が実現している場合もある。しかしそれは作品のさわりの部分、情緒が昂揚した部分において突発的に出現するのが通例であり、文体として音数律を考慮するものでは無い。

（3）古事記に収める五句体の歌謡四五首の中、六割を超える二八首が、「五七五七七」の短歌の定型を実現している。専修大学・西條勉氏の教示による。

（4）一首の中に、五言句と七言句が並存することはある。次の詩は、前半四句は五言、後半四句は七言の構成を取る。劉長卿「送友人東帰」:「対酒灞亭暮、相看愁自深。河辺草已緑、此別難為心。関路迢迢匹馬帰、垂楊寂寂数鶯飛。憐君献策十余載、今日猶為一布衣」

（5）他の主要な修辞法としては、用典、つまり典故（先行文献を出典とする表現）の活用がある。春秋戦国時代以前に遡る古典の膨大な蓄積を持つ中国では、文人は、古典の自在な引照を必須の修辞伎倆とした。

（6）漢魏期の初期の七言古体詩は、いわゆる柏梁体で、毎句韻を原則としていた。柏梁体では、聯の意識が確立しておらず、作品全体が奇数句で構成されることが多かった。斉梁以降、七言古体詩が隔句韻に移行するのは、五言古体詩で成熟していた二句一聯の観念が、後発の七言古体詩にも浸透した結果と考えられる。

（7）厳密に言えば、「賦」は「辞」を模倣する様式であり、楚辞（屈原）の韻律を踏襲した。

（8）「離騒」は毎句韻だが、例えばそれから七百年後の「帰去来辞」では隔句韻となっている。詩で確立した「二句一聯につき一押韻」の手法が、辞のジャンルにも適用されたことを示す作例である。注6参照

（9）駢文の声律については、福井佳夫『六朝美文学序説』（汲古書院、一九九八）の78頁以下が参考になる。

（10）第二字が助字（以・而・之・此・於・于・乎など）の場合は、第一字について平仄律を適用する。

（11）松浦友久『リズムの美学—日中詩歌論』（明治書院、一九九一）所収の「言語空間における〝発音の可変性〟と〝リズムの不変性〟—古典と現代をつなぐもの」参照。

四　南島歌謡の音数律

波照間永吉

1　はじめに

南島歌謡の音数律について本格的に論じたのは小野重朗である。一九七四年に発表された「南島古歌謡の歌形の系譜」(1)にその全体が示されている。論文タイトルにも示されているように、小野が本論文で目指したのは、北は奄美から南は八重山までの南島各地に伝承されてきた「古歌謡」を音数律という観点から分類し、それを「歌形」という概念で整理しようとするものであった。さらに小野は、その延長線上に南島歌謡のジャンルの発生と展開を論ずるという積年のテーマについても、最終的な見解にいたることを目指した。この小野の試みが可能となったのは、例えば外間守善編『南島古謡』(2)に代表される南島各地の「古歌謡」集の刊行が続き、南島歌謡の全貌がようやく明らかにされつつあった、ということがあるだろう。そのような状況の中で、南島歌謡の音数律を論ずるという重要な問題に着手した小野の試みは、研究史上見落とすことのできないものである。

さて、小野の本論分についてひとつ問題を指摘すれば、小野の「歌形」と音数律抽出は、その前提となる部分、すなわち南島歌謡の表現形式として最も重要な「対句形式」についての分析が徹底せず、結果「対句の型」の抽出が不完全であるというところにある。そのために整理・統合されるべきものが、小野の論考においては個々の形式として立てられ、結果、音数律による「歌形」の分類が複雑化していっている。つまりは音数律の問題と「対句の型」を区別して捉え、それによる音数律の分類・規定をすべきであったのが、いっしょくたにされることによって、複雑であると同時に、分類としても不完全なものになってしまっているのである。

南島の「古歌謡」の音数律は「対句の型」を単位として考えるべきである。小野の上記論文が提示した南島歌謡の音数律分類の複雑さ・不完全さは、小野以後の研究、特に玉城政美や小生らが示した南島歌謡の「歌形論」研究[3]の成果を導入することによって克服することができると考える。以下、本稿ではこの視点から南島歌謡の音数律を論じてみたい。

2　南島歌謡の形式による分類

南島歌謡を形式面からとらえると、大きく長詞型歌謡と短詞型歌謡の二つに分類される。文献的に確認されるところでは長詞型歌謡は古く、短詞型歌謡は新しい。また、現在における地理的な分布に目をむけると、長詞型歌謡は奄美から八重山にいたる全南島を覆う歌謡であったが、琉歌形式の誕生によって北琉球地域（奄美・沖縄）では一部のみが残り、南琉球地域（宮古・八重山）に古い形のまま残った。一方、短詞型歌謡としては琉歌形式が圧倒的であるが、南琉球ではこれとは別にトーガニ（宮古）、トゥバラーマ（八重山）などの発生をみた。また、ヤマト（日本）の文芸・芸能の流入によってヤマトの歌謡も取り入れられ、現在まで各地で受容されている。口説歌謡や念仏歌謡などがそれである。これを図示すると以下のようになる。

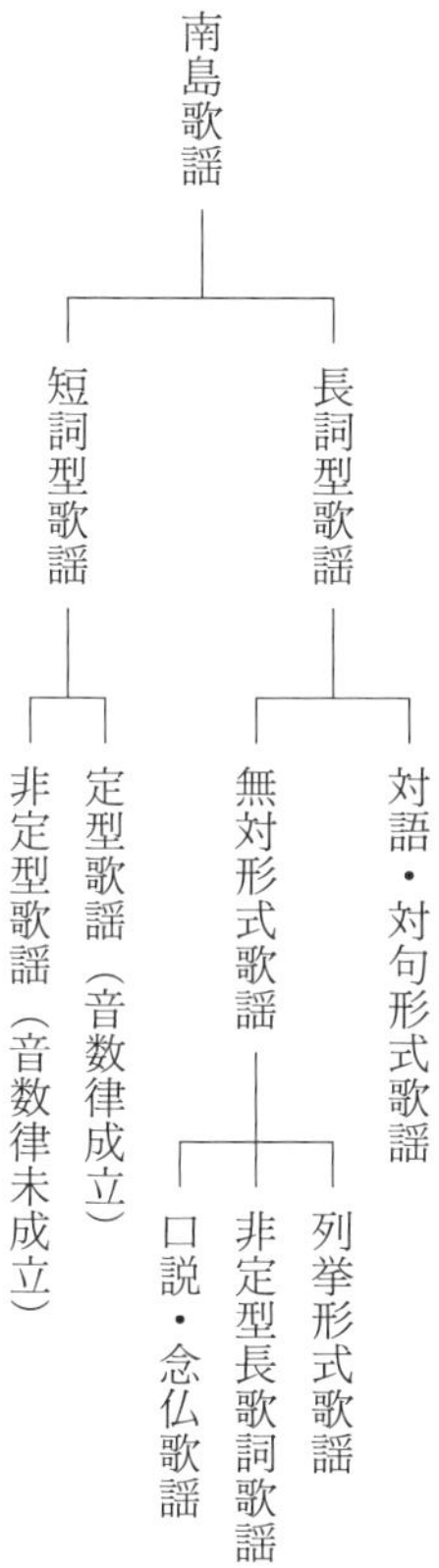

この図で長詞型歌謡に分類されるのは、奄美歌謡ではオモリ・クチ・タハブェ、古ナガレ、ユングトゥの一部、口説などである。沖縄歌謡ではミセセル・クェーナ・ウムイ・ティルクグチ・

ティルル・オモロ・口説など、宮古歌謡ではタービ・ピャーシ・ニーリ・フサ・アーグ・クイチャーなど、八重山歌謡ではアヨー・ジラバ・ユンタ・節歌・口説・念仏歌謡などである。口説や念仏歌謡は本土渡来のものであるが現在も広く歌唱されており、南島歌謡として位置を占めているのでここに含めた。

短詞型歌謡には音数律の成立した定型歌謡と音数律の未だ整わない非定型歌謡がある。前者では奄美・沖縄諸島のシマウタ・ウタがその主なものであるが、これが琉歌と呼ばれるものである。琉歌という呼称は、漢詩や和歌に対して琉球の地において生まれた歌謡、すなわち「琉球（の）歌」であることを明示するためのものであろう。これには歌われる琉歌と詠まれる琉歌があるが、具体的には琉球古典音楽や村々の民謡・組踊詞章・つらね・琉歌集中の詠作琉歌がその全体である。また、宮古のシュンカニ・八重山のションガネー・スンカニなども沖縄本島から流入した琉歌形式によるものである。

琉歌はその形式から短歌・長歌・仲風・つらねに分類される。研究者によってはこれに口説や木遣りを加えることもあるが、ここではこれらは琉歌の中に含めない。

南琉球の宮古諸島にはトーガニー、八重山諸島にはトゥバラーマと呼ばれる地生いの短詞型歌謡がある。これらが後者で、両諸島独自の歌謡伝統から生まれたであろうことは、これらの歌謡の形式と音数（律）から推測できる。これについても以下の節でふれる。

3　長詞型歌謡の詞形と音数律

（1）　対句の型と音数律

さて上に見た長詞型歌謡の基本的叙述形式は、対語・対句を重ねながら事件や事柄を叙事的（物語的）に展開するものである。これを「対句法」と呼ぶ。この表現形式を構成する単位は、1節内および2節間さらには4節間における「対句素」（対句構成の要素）である。この素間の関係（対句構成のあり方）をみていくと型が存在することがわかる。この型を「対句の型」と呼ぶが、これには以下の7つの型がある（詳細は前掲注3論文参照のこと）。以下、対句の型とその音数律についてみていきたい。

なお、南島歌謡の音数律抽出においては、その詞句の音数はどの場面における発音をカウントの対象とするかという問題がこれまで議論されてこなかった。歌謡であるからその詞章は歌唱される。音数律はこの歌詞場面での詞句の発音（音節数）をカウントするのか、日常の言語生活に近い状態での発音をカウントするかで、大きな差異が生じる。歌唱の現場ではほとんどすべての詞句が音引きされるということがある。あるいは音楽的な要請から発音を短縮することも起こる。これからすると歌唱の実際に基づいて音数をカウントすることは、不安定な条件下での作業とならざるを得ない。日常の言語生活での発音を基本として音数をカウントすることは、これを避けるための手立てともなる。先学の研究も理由はともかく、これを選択採用してきている。ただ、この場合も音数を数えるということで、若干の「場面的な規制」がはたらいている可能性がある。すなわち長音を短く発音したりしてカウントすることが起こるのである。この場面的規制こそが音数律の意識と関わりそうであるが、ここではこれ以上立ち入らずに、日常の言語生活での発音を基本として音数をカウントすることにする。

I型――第1節（A）と第2節（A′）、第3節（B）と第4節（B′）、第5節（C）と第6節（C′）…と、隣接する二つの節で一つの対を構成していく型。

音数律的には5・4音の2句で1節（A）が構成される。これが最も短く、一般的な音数上の形式である。

こいなじらま（小浜島）[4]

1　マタコイマ　　　　　　　　　　マタコイナ（囃子。以下節で略）
すとむでぃに　すりおーり　A（5・4）　早朝に目覚めて
コイナ　　　　　　　　　　　　　コイナ（囃子。以下節で略）
2あさぱなに　すりおーり　A′（5・4）　朝まだきに目覚めて
3なら弓ま　とりむち　B（5・4）　自分の弓を取り持って
4てぃまさらーま　とりむち　B′（5・4）　手勝りの道具を取り持って
（以下18節略）

II型――1節内で一対（AA′）が構成される型である。いわば一節内にI型形式のAA′の2節が入っているものである。すなわち、I型の第1・2節はII型の第1節に、第3・4節は第2節に（BB′）、第5・6節は第3節（CC′）に…という具合に対応しているといえるものである。
音数律的には5・4（A）／5・4（A′）音の4句18音で1節が構成される。

ぱいみじらま（鳩間島）

1ぱとぅまゆーぬ　なうらばよ　A（5・4）　鳩間島の世が豊年になればね
サーユイユイ　　　　　　　　　　　　　　　サーユイユイ（囃子。以下節で略）
とぅむりゆーぬ　みきらばよ　A′（5・4）　友利（鳩間）の世が満作になればね
ハイヨーシューラヨー　　　　　　　　　　　ハイヨーシューラヨー（囃子。以下節で略）
2たるとぅゆどぅ　てぃゆますよ　B（5・4）　誰を褒め称えようか
じりとぅゆどぅ　なとぅらすよ　B′（5・4）　いずれの方の名を讃えようか
（以下7節略）

III型――1節内で一対（AA′）が構成される点ではII型と同じであるが、AA′に下続する詞句（α）を持つ点がII型と異なる。すなわち、III型の1節の歌詞はAA′αと記号化される3句で構成される。
音数律的には5（A）・5（A′）・4（α）音の3句14音で1節が構成される。

稲が種子（竹富島）

1ちちぬ子ぬ　ヨイ　A（5）　戊子の日の　ヨイ

佳かる日ぬ　種子取る　　A′・α（5・4）善かる日の　種取り
　イラヨーマヌ　ムトツクル　　　　イラヨーマヌ　ムトツクル（囃子。以下節で略）
2今日が日に　ヨイ　　B（5）　今日の日に　ヨイ
黄金日に　もとばし　　B′・β（5・4）黄金のよき日を　礎にして
（以下4節省略）

IV型――1節内で二つの対（AA′）（BB′）が構成される型である。簡単に言えば1節がII型の2節分に相当する歌詞量を有するわけである。この時、二組の対AA′とBB′は別内容の詞句であり、新たに対を構成することはない。II型における1節（AA′）と2節（BB′）、3節（CC′）と4節（DD′）…と同じ関係にあるといえる。

音数律的には5・4（A）／5・4（A′）／5・4（B）／5・4（B′）4音の8句36音で1節が構成される。

むすびぬだんごま（竹富島）

1　ヒヤ　　　　　　　　ヒヤ（囃子。以下節で略）
むすびぬ　だんごま　　A（5・4）　ムスビのダンゴマさんは
ヨーリカヨー　　　　　ヨーリカヨー（囃子。以下節で略）
うはでぬ　かばすや　　A′（5・4）　ウハデの芳しい人は
ヨーリカヨー　　　　　ヨーリカヨー（囃子。以下節で略）

ヒヤ　　　　ヒヤ（囃子。以下節で略）
しとむてぃに　うきすり　　B（5・4）　早朝に目覚めて
　ヒヤ　　　　ヒヤ（囃子。以下節で略）
あさぱなに　ににすり　　B′（5・4）　朝まだきに目覚めて
2九年母木ゆ　植えとぅし　　C（5・4）　九年母の木を植えておき
かぶさん木ば　並み通し　　C′（5・4）　香ばしい実の木を植えておき
うり植びぬ　三月んなー　　D（5・4）　それを植えての三月後には
うり差しぬ　ゆぬりゃんなー　　D′（5・4）　それを差しての一年後には
（以下9節省略）

Ⅴ型——1節内で二つの対を構成する点ではⅣ型と同じであるが、その対の構成が（AA′α、BB′β）という形でなされる点がⅣ型と異なる。わかり易くいえばⅤ型は、1節内に2個のⅢ型AA′α、BB′βで表される歌詞が存する型ということになる。そしてこの二つのⅢ型AA′αとBB′βは別内容の詞句であり、新たに対を構成することはない。Ⅲ型における1節（AA′α）と2節（BB′β）、3節（CC′γ）と4節（DD′δ）…と同じ関係にあるといえる。この点ではⅣ型と同じである。

音数律的には5（A）・5（A′）・4（α）／5（B）・5（B′）・4（β）音の6句28音で1節が構成される。

たらまゆらじらば（石垣島川平村）

（第1節省略）

2まいぬぱま　　　　　　　A（5）　前の浜
うやどぅまりぃ　ぱりゃおうりよう　A′・α（5・5）親なる泊に走って来てください
むぬぱなす　　　　　　　B（5）　物話
むぬかたれ　しぃさりるよ　うやんきゃーら　B′・β（5・5）物語をいたします、親々の皆様
3あがるんかい　　　　　　C（5）　東の方を
うふぁるんかい　うがみばどぅ　C′・γ（5・4）上の方を見てみますと
しまんきゃーまん　　　　　D（6）　小さな島が
ふんきゃーまん　うがまり　D′・δ（6・4）小さな国が見えています

（以下9節省略）

VI型——1節内で二つの対を構成する点ではIV型・V型と同じである。しかし、この型の1節はII型とIII型とが結合してつくられたものであり、記号で示すとAA′BB′βという形である。AA′部がII型、BB′α部がIII型である。二つの対句AA′とBB′は別内容の詞句であり、新たに対を構成するものではない。

音数律的には5・4（A）／5・4（A′）／5（B）・5（B′）・4（α）音の7句32音で1節が構成される。

いやり節

1おら頼ま　南風	A（5・4）	お前を頼もう、南風よ
こといつき　こひるけい	A′（5・4）	仕事を言いつけよう、吹く風よ
大いしやけ	B（5）	大石垣島に
あるじ島　吹きとふし	B′・α（5・4）	主島へ吹いていって
2親たうらに　しされて	C（5・4）	わが親にお話し
しゆたうらに　しされて	C′（5・4）	主様に申し上げて
拝みぶしや	D（5）	拝見したく
おらけらしや　有通し	D′・β（5・4）	切なく思い続けていることだよ、と

Ⅶ型――4節で2対を構成する型である。この点ではⅠ型と同じであるが、異なるのは、その対の構成は隣接する二つの節で成されるのではなく、1節越しの二つの節間で成されるところにある。いま、第1～4節をA～B′の記号で表すと、ABA′B′となる。これは対句レベルでの把握であるが、これを対文レベルで捉えると、第1・2節で一つの意味的なまとまりを示し、これに対する第3・4節がもう一つの意味的まとまりを示して第1・2節と対を成していることがわかる。つまり、第1節～4節までで一つの対文構造を構成しているわけである。これはAB（X）・A′B′（X′）と記号化でき、4節でXX′の一対が構成される型である。

音数律的には5・4音の2句で1節（A）が構成される。これが最も短く、一般的な音数上の形式である。基本的にはⅠ型の音数律と同じである。

かでぃかるじらば〔はやしの部〕（石垣島大浜村）

1うるじんに　なるだら	A（5・4）	X	陽春になったので
サーミユチャガ			サーミユチャガ
生ヤル大木			生ヤル大木（囃子。以下節で略）
2花や白さ　咲きょうり	B（6・4）		花は白く咲きまして
3若夏ぬ　なるだら	A′（5・4）	X′	若夏になったので
4果実や青く　くぬみょうり	B′（6・4）		果実は青く実ってきて
5南風ぬ　うすぐだら	C（5・5）	Y	南風が吹くと
6花や花みから　ぶれ落て	D（8・4）		花は花の根元から折れ落ちて
7北風ぬ　うすぐだら	C′（5・5）	Y′	北風が吹くと
8果実やなりみから　さけ落て	D′（8・4）		果実は実の付いたところから裂け落ちて

（以下4節省略）

以上が対句の型として抽出される七つの型とその基本的音数律である。

（2）　対句法によらない特殊形式とその音数律

以上のような対句法による表現をとるものに対し、それによらない形式の長詞型歌謡もある。

これには列挙形式、対素脱落形式（無対形式）、不定形長歌詞形式、そして口説形式がある。これを特殊型とする。これらについて簡単にふれよう。

①列挙形式――1節内に対語・対句を持たず、また隣節間、隔節間でも対関係を構成しないもので、常に3節以上の節の連なりをみせる。これらの節間の関係は並列的といえる。この形式は物名・地名の列挙、比喩の列挙といった場面に多く用いられる。

音数律的には5・4（A）／5・4（B）音の4句18音で1節が構成されている。また「しやがむやー」[5]のように5・4音の2句で問答体を構成していくものもある。これらはいずれもI型・II型との関係の存在が推測されるもので、I型・II型と同じ音数を基本音数律とするものと考えられる。また「あんぱるぬみだがーま」[6]のように5〜7・6〜8音の2句で構成されるものもあるが、この方は5・4音の変種（あるいは5・4音定型の成立過程上のもの）であろう。

家造りの巻踊り（石垣島白保村）

（第1節省略）

2家でそや　なゆばし（ぬ）	A（5・4）	X	家というのはどのようにしたのか
四ちやん星　みあてし	B（5・4）		四チヤン星を目当てにして造ったのだ
3びしちでそや　なゆばし	C（5・4）	Y	礎石というのは何を使ったのか
かくだまば　びしぢし	D（5・4）		角玉を礎石にしてある

4はらでそや　なゆばし　E（5・4）　柱とうのは何を使ったのか
かくがにば　はらばし　F（5・4）　Z　角金を柱にしてある

（以下8節省略）

②対素脱落形式（無対形式）――対句法による歌詞構成であったものが、伝承の過程で対素を脱落させてゆくことによって成立したものである。

音数律的には5・4（A）／5・4（B）音の4句18音で1節が構成されている。これはこの歌がII型による「新本ぬフチィ[7]」の変種として発生したことから問題はない。用例的には5・4音の2句になるものもみられるからこの形式も列挙形式と同様にI型・II型と同じ音数を基本音数律とする、といえる。

新本節（石垣島平得村）

1新本ぬ　玉皿　A（5・4）　新本の玉皿は
島ぬとぅみ　やだてぃ　B（5・3）　島のためであったそうだ
2ゆうふき船ば　ぱようり　C（5・4）　ユーフキ船を造って
多良間かい　ゆうふきしょうり　D（5・6）　多良間島にユーフキをしまして
3うもる水ば　給うられ　E（6・4）　聖なるウモル水を賜って来て
叔母まぬ　聴きおうり　F（4・5）　叔母たちがそれをお聞きになりまして

（以下4節省略）

③不定形長歌詞形式――1節内あるいは他節間で対を構成することもなく、また音数も不定で、前述のいずれの型・形式にも分類されないもの。「高那節」「殿様節」「真山節」などがその典型例である。なお、「不定型」であることから音数律を抽出することができないものである。例の掲示は紙幅の都合により割愛する。

以上が南島歌謡における長詞型歌謡詞章の構成とその音数律を、対句法を基本において分類したものである。南島歌謡はこれらの対句の型を単独使用して一篇を構成するのが本来であったと推測できるが、同時に特殊型の列挙形式や、単一型のいくつかが複合して一篇を構成する複合型も生まれてきたものとみられる。実際の歌詞では二つ以上の単一型が複合して歌詞を形成するのが普通にみられるようになっている。つまり対句法で構成される南島歌謡の歌詞は、第1節から最終節まで単一型で構成されるものと（単一型歌謡）と二つ以上の単一型が複合して構成されるもの（複合型歌詞）の二つに分かれるわけである。

5・7／5・7／5・7音の6句に7音句を重ねた口説囃子を有する形式と、それを有しない形式の二つがある。このことから口説形式の基本的な音数律として5・7／5・7／5・7音を取り出すことができる。例として掲げる「黒島口説」は前者で、後者はこれの「いやいや／豊なる世の～」以下の口説囃子が無い形である。

黒島口説（黒島）

1さてむ豊の　黒島や　（7・5）　さても豊かな黒島は
島のながりゅ　見渡しば　（7・5）　島の形を見渡すと
島のながりや　鼎型　（7・5）　島の形は鼎型である
いやいや　（7・5）　イヤイヤ
豊なる世の　印さみへー　（7・7）　豊かなる御世の印であるぞ
雨や十日越し　風や静かに　（7・7）　雨は十日毎に降り、風は静かで
作りむじくい　満作そうてど　（7・7）　農作物は満作で

（口説囃子以下12句省略。また以下4節全詞句省略）

長詞型歌謡の大部分が対句・対文を重ねることによって一篇の歌謡を構成するものであること、そしてその単位となる対句・対文には構成の型、すなわち対句の型があることが了解できた思う。この対句の型を構成する詞句の音数こそが南島歌謡の長詞型歌謡の音数律として抽出されるものである。それらが5音と4音を基本的な音数として5・4音、5・4／5・4音、5・5・4音の三つの基本型を造り出し、それらが複合して更にいくつかの音数律を構成していることが概略ながら了解できたと思う。

4　短詞型歌謡の詞形と音数律

（1）　定型歌謡

第2節でみたように、短詞型歌謡は定型歌と非定型歌がある。定型歌には琉歌と宮古のトーガニの一部がある。まず琉歌は長歌と短歌にわかれるが、歌謡の場面では次のような形で表れる。歌詞の形式および音数律について説明しよう。

①琉歌短歌形式

（a）一節で8・8・8・6音の4句の短歌形式を構成するもの。この4句30音が琉歌の短歌の基本的な形である。この形式は琉球文学の伝統から自然に生まれたものと考えられる。琉歌の多数がこの形式に属する。

石の屛風ふし

1石の屛風立て（8）　七重八重うちに（8）　石の屛風を立てて七重八重の内に
いつよまて舟浮（8）　みるくよかほ（6）　何時までも船浮村は豊饒の世だよ
（以下2節省略）

（b）2節で8・8・8・6音の短歌形式を構成するもの。

四つ竹（小浜島）

1うち鳴らち鳴らち（8）　四つ竹は鳴らち（8）　打ち鳴らし鳴らし四つ竹を鳴らし

イラヨテイバシーマヌマイヨウ　今日はお座敷に出て遊ぶことの嬉しさよ
2今日や御座出て（8）　遊ぶうりしゃ（6）
（以下2節省略）

（c）1節で8・8・6音の3句の短歌形式を構成するもの。これは一般的な短歌形式の第3句を脱落させた形であるが、これが単なる誤脱ではないことは、いくつも用例が存在することから明らかである。しかし、第3句の省略によって一首としての意味的完結性は損なわれている。

豊年祭の歌―（3）踊の唄（イ）（小浜島）
1今日のふくらしゃや（8）　なうにちゃなたてる（8）　今日の喜ばしさは何に譬えようか
ちゆちゃたくと（6）　（蕾の花が）露に行き会ったようだ
（以下1節省略）

（d）1節で8・8・8・8音の短歌形式を構成するもの。この形は8・8・8・6音のバリエーションというよりも、むしろ、8・8・8・6音形式が成立する前に、同音数の繰り返しで歌を掛け合うことのあった証とみるべきと思われる。例歌でも末尾の8音句は、内容的・文法的に終止せず、次節へ連続していくかたちになっている。8・8・8・6音形式は、これを6音に絞ることによって変化を生み、文を終始させることが出来るようにしたことによって成立したものとみられる。

引越節

（前3節省略）

4二十原ぬ人夫（8）お雇いゆしまち（8）　　20村の人夫のお雇いも済まして
名蔵野ぬ広さ（8）んな原どやたし（8）　　広大な名蔵野は荒野であったのを
5しど垣んちまち（8）はるがちん立てぃてぃ（8）　　猪垣も積ませ　畑垣も立てて
うぬが原々に（8）かんだ植いくまち（8）　　各自の畑々に芋かずらを植えさせて

②琉歌長歌形式

（a）8・8・8・8…6音と、8音句を4つ以上連ね、最終句を6音で結ぶ形式。

布晒節

1天加那志御用の（8）はたよみの美布（8）　　国王様の御用の極上の御布は
2けふのよかる日に（8）勢頭舟子そろて（8）　　今日の善き日に指導者も配下も揃って
3勢頭舟子揃て（8）拝たる美布（8）　　指導者も配下も揃って作り上げた御布を
（以下3節省略）
7けふのよかる日に（8）あけてすてら（6）　　今日の善き日に差し上げて浴しよう

（b）8・8・6・8・6音と、6句で一首を構成する形式。極めて稀なものである。

拝朝節　高嶺間切国吉村

真福木の拝長（8）行廻り〳〵（8）　　我が福地村の盃觴は行き廻り廻りして

くまに根さそ（6）　ここに根ざすよ
又廻り〳〵（8）本に根差そ（6）　またも行き廻りめぐりしては本に根ざすよ
（「琉歌百控乾柔節流」9番歌）

③仲風形式

上二句が和歌の音数で下二句が琉歌の音数よりなる、和歌と琉歌の折衷形式である。それで仲風と呼ばれる。音数律によって二つの形式に分かれるがいずれも短歌である。18世紀以降、和文学の受容・享受という文化的環境の中で人工的に作り出された形式である。詠み歌以外に、「仲風節」「述懐節」などの三線歌の歌詞としても使われる。

（a）7・5・8・6音の4句で一首を構成するもの。

人の命は（7）朝顔の（5）　人の命は朝顔の花が
日陰待つ間の（8）夢の浮世（6）　朝の光が差すまでの命である様に　夢の間である

（b）5・5・8・6音の4句で一首を構成するもの。

語りたや（5）語りたや（5）　ああ、語り合いたい　語り合いたい
月の山の端に（8）かかるまでも（6）　月が山の端にかかるまでも

④トーガニ形式

トーガニは宮古諸島で生まれた抒情歌謡で、楽器の伴奏なしで歌唱された。詞形的には前節でみた対句の型のVI型で一首を構成する。音数としてはVI型の5・4／5・4／5・5・4音をベースに持つが、抒情歌謡としての自由さゆえかこれに固定されず、音数律としては成立していない。

トーガニアーグ（狩俣）

1とぅかゆーかぬ　チくるだきよー　A（6・6）　十四日の月のように
じゅーぐにチぬ　チくるだきよー　A′（6・6）　十五日の月のように
あがイかぎ　B（5）　上がるさまの美しい
ぬゆイかぎ　くまどぅくるよー　B′・α（5・6）　昇るさまの美しい　この家庭よ

（2）　不定型短詞型歌謡

不定型の短詞型歌謡としては八重山のトゥバラーマがある。トゥバラーマも句数によって二つに分かれる。

①トゥバラーマの一首が音数不定の4句で構成されるもの。

1なるだめんや　菜種ぬ油たらし　A（6・9）　一緒になるときには菜種油を垂らし
ぬきるめんや　うらいじばぬいじ　A′（6・9）　別れるとなれば悪口を言い合って

②トゥバラーマの一首が音数が不定で、4句の枠にとらわれないもの

1吾達二人ぬ　真中からや　A（8・7）　私たち二人の間からは

夏ぬ南ぬ　風ぜーまんざん　B（6・7）　夏の南風さえも

するする　ふきるなよー　C（9）　するすると吹き抜けるなよ

5　まとめ――南島歌謡の音数律の概略――

以上、南島歌謡の音数律について、長詞型歌謡と短詩型歌謡家の二つに分けてその概略的な部分の抽出を試みた。長詞型歌謡にあっては一篇の歌謡が対句法によって構成されることに着目して、対句の型を抽出分類し、それぞれの対句の型の示す基本的な音数律を抽出した。そうして得られたのが以下の音数律である。この音数律の中からは短詞型歌謡の一部が生まれることも推測される。

（1）　長詞型歌謡の音数律

①5・4音形式＝Ⅰ型・Ⅶ型・列挙形式・無対形式

②5・4／5・4音形式＝Ⅱ型・無対形式

③5・5・4音形式＝Ⅲ型

④5・4・5・4／5・4・5・4音形式＝Ⅳ型

⑤5・5・4／5・5・4音形式＝Ⅴ型

⑥5・4／5・4／5・5・4音形式＝Ⅵ型・トーガニ
⑦7・5・7・5・7・5音形式＝口説形式（これに7音句を重ねる口説囃子が附属した形式が本来のものであったとみられる）
⑧不定型長歌詞歌謡

（2）　短詩型歌謡の音数律

①8・8・8・6音形式＝琉歌の短歌形式
②8・8・8・8音形式＝琉歌の短歌形式のバリエーション
③8・8・6音形式＝琉歌の短歌形式のバリエーション
④7・5・8・6＝仲風形式1
⑤5・5・8・6＝仲風形式2
⑥不定形7句形式＝トーガニ
⑦不定形4句形式＝トゥバラーマ1
⑧不定形5〜7句形式＝トゥバラーマ2

以上のことを要約すると、次のようになるだろう。長詞型歌謡と短詞型歌謡は、音数律的に大きな違いがある。すなわち、長詞型歌謡は全南島を通じて、基本的音数は5・4音で、これの組み合わせによって、①5・4音形式、②5・4／5・4音形式、③5・5・4音形式、を基本的音数律として六つのパターンを構成する。また、短詞型歌謡は8・8・8・6音を基調とする琉歌形式（定型）、不定型ながら5・5・4／5・5・4音形式の6句体で一首を構成する宮古のトーガニ形式、8音～10音の4句体ないし6・7句で一首を構成するトゥバラーマ形式などがある。また、5・7音の本土歌謡の音数律も入っており、口説歌謡、念仏歌謡や詠む琉歌として出来た仲風などの一群を形成している。

なお本稿ではオモロの音数律についてはふれなかった。オモロの音数律の抽出は、オモロ語における長音の認定、対句部と反復部の認定などの言語学的および文学的研究と深く絡んでおり単純ではない。これについてはいずれ機会を待ちたい。

注

（1）小野重朗「南島古歌謡の歌形の系譜」（上・下）『沖縄文化』41・42号（一九七四年三月・一〇月）沖縄文化協会刊。
（2）外間守善編　日本庶民生活史料集成第19巻『南島古謡』（一九七〇年　三一書房刊）。
（3）玉城政美『南島歌謡論』（一九九一年　砂子屋書房）、拙稿「八重山歌謡の歌形の諸相」『沖縄文化研究』9（一九八二年　法政大学沖縄文化研究所刊）など参照。
（4）以下、例として掲げる歌謡は外間守善・宮良安彦編『南島歌謡大成Ⅳ　八重山篇』（一九七九年　角川書店刊）、外間守善・比嘉実・仲程昌徳『南島歌謡大成Ⅱ　琉歌篇』（一九八〇年　角川書店刊）を参照した。訳は筆者による。

（5）前掲注4の『南島歌謡大成Ⅳ　八重山篇』ユンタ55（三三七頁）所収。

（6）前掲注『南島歌謡大成Ⅳ　八重山篇』ユンタ38（三二〇〜三二一頁）所収。

（7）喜舎場永珣『八重山古謡』（一九七〇年　沖縄タイムス社刊）上巻（四二三〜四二五頁）所収。

五　アイヌ歌謡と音数律

丸山隆司

はじめに

音数律とは音節数が一定である行（と名づけるべきか、句と名づけるべきかは、とりあえず保留するとして）によって歌い続けられることをさす、としよう。しかし、それを律（rythme）としてとらえるとき、かならずしも音数が一定であることだけではない問題がある。たとえば、小泉文夫は、そのことをつぎのように述べている(1)。

数的リズムという概念でまずわれわれが第1に思いあたるのは、日本の和歌や俳句や俗謡における音数律であろう。5 7 5 7 7、5 7 5、7 7 7 5などの詩型は、アクセントや拍節（韻律）とは無関係に音数だけで決められている。また漢詩もそうである。（……）ところで、これらはすべて詩型であって、音楽のリズムではない。（……）つまりわれわれの音楽においても、詩型としては、数的な原理に従うものが豊富であるにもかかわらず、それらの音数律が実際に歌われるときには、どのようなリズムを示すかということになると、これは必ずしも音数律通りではなくなるのである。

小泉は、「音数律が実際に歌われるとき」の「リズム」が「音数」だけによっているのではない、と指摘する。いいかえれば、言語の「音数」（音節数）とそれが演じられるときに音として生みだされる「拍節（韻律）」は、相関的に関わりあっているのだ、と指摘していることになる。この小泉の指摘を踏まえ、言語の「音数」とそれが音として生みだすリズム（律）のあり方に注目し、アイヌの歌謡の音数律を見てゆこう。[2]

1

アイヌの歌謡において、「韻律」はどのようにとらえられているのか。

中川裕『アイヌの物語世界』[3]の説明を参照しておこう。

まず、神謡と英雄叙事詩の二つは韻文の文学である。つまり、一定のメロディに乗せて語られ、文章がそのメロディなりリズムなりの制約を受ける。（……）この韻律上の制約というのは、神謡でも英雄叙事詩でも、またヤイサマなどの抒情歌でも基本的には共通している。アイヌ語の韻文は、「韻」より「律」のほうに重点がおかれている。つまり、日本の俳句や短歌が五・七・五や、五・七・五・七・七という音数をもとになりたっているのと同じく、アイヌ語の韻文は基本的に四ないし五という音節の数を基準としている（四よりはむしろ五のほうが基本だと考えられる）。音節の数というのは、いいかえれば母音の数が四つないし五つということである。

この説明では、アイヌの歌謡（神謡 kamuy yukar、英雄叙事詩 aynu yukar、ヤイサマ yaysama など）は「音節の数」が「基本的には四ないしは五音節」であり、「四よりはむしろ五の方が基本」であるように、かならずしも一定ではない。しかも、「語り手は一句が四〜五音節でまとまるように表現を工夫」している。さきの小泉の指摘を踏まえると、この中川の説明を、つぎのように分析しておく必要がある。すなわち、四〜五音節からなる句（行）が演じられるとき、リズムやメロディによって一定のまとまりが生みだされる。とすれば、音数と拍節とは一致しているのではなく、「メロディないしはリズムの制約を受け」ている、と見ることができる。またさらに、「三音節しかない句や七音節もある句」があることも「珍しいことではな」い。そのようなばあい、「語り手はそれを引き延ばしたり早口でいったりすることによって、同じ長さに合わせていく」。その合わせるテクニック（技法）が「発達している」としている。(4)

だが、こうした技法にも限界がある。すなわち、「もっともこれらのテクニックは、一行の音節数が五より小さい場合には有効だが、五より大きくなってしまった場合にはやりくりしようがない。そういう場合に早口にいって全体の長さを他とそろえてしまうというのが、一番普通の手である。ただし、その場合でも余った音節を詰め込む位置が、リズムの上で定められているという研究がある」と中川はつけ加えている。

中川がつけ加えている問題点、すなわち、「余った音節を詰め込む位置が、リズムの上で定められている研究」とは、どのようなものか。この問題点は、アイヌの歌謡の音数と拍節との関係を見ていくうえで重要である。なぜなら、「メロディやリズムの制約」が「音節の数」とどのような相関関係にあるか、それが、アイヌ歌謡における音数律のあり方を示唆すると思われるからである。

2

中川が指摘している研究とは神謡を対象として分析した論である。すなわち、甲地利恵「「クモの神の自叙」の音楽について〜旋律構造とリズムの配分について〜」「「クモの神の神謡の音楽について—神謡演唱にみる音節数・アクセント・音型・リズム型の相互関係—」（以下、前者を甲地A、後者を甲地B論文と略称）という一連の論文、奥田統己「カムイユカラの詩句アクセントとメロディの関係」である。(5)

個人の演唱を対象に分析し、導き出されるいくつかの結論が、他の伝承者の演唱とどのような共通性をもっているか、問題はきわめて大きいが、この甲地／奥田の分析を参照しながら、神謡の音数律について考えてみる。

神謡は同じ表現を繰り返すサケヘ（sakehe）と呼ばれる部分と叙事的な部分（甲地論文では「非サケヘ部分」と称する）とを一行として展開されていく。

甲地A論文（pp. 154〜155）において、まず、サケヘ部分の音型が分析される。

サケヘ部分「ノオ　ノオ」の音型は、最初の「ノオ」と次の「ノオ」にそれぞれ付く2つの音程からなっている。／最初の「ノオ」の、「ノ」から「オ」への音程は、82行とも「ほぼ長2度ないしは短3度の幅で下行」する。／一方、後の「ノオ」の「ノ」から「オ」への音程には2種類ある。

①「ほぼ長3度ないしは完全4度の幅で下行跳躍する」場合（丸山注：「サケヘ①」とされる）と、

②「ほぼ完全5度ないしは短6度の幅で下行跳躍する」場合（丸山注：「サケヘ②」とされる）である。（／は改行。以下同じ）

「後の「ノオ」」の部分のサケヘ音型は、「1行おきか、もしくはどちらかを2行つづけてからもう一方の音型が交代する」。だが、後半にはいると、「どちらか一方を2行つづけることが多くなっている」。

先に述べたように、神謡は、この「サケヘ部分」と「非サケヘ部分」、すなわち、叙事的な部分とが一体となって一行（あるいは一句）を形作っている。したがって、このサケヘ部分と非サケヘ部分の接合のあり方が注目される。とすれば、一方の非サケヘ部分の音型はどのようになっているのか。一行全体は四拍であり、サケへ部分が二拍、非サケへ部分が二拍に当てられている。その「非サケへ部分の歌詞」が「ほぼ3拍目と4拍目に配分されている」こと、「非サケへ部分」が「5音節以上になると、最初のいくつかの音節が2拍目の後半に食い込んだり、3拍目の内でリズムを細分」していることを指摘している。そのうえ、「4拍目には行の最後の2音節が配され」、その2音節は「たいてい「♪♩」かその変種と見なされるリズム」となっている、としている。いいかえれば、4拍目は比較的安定した音節数の配分とそれと相関するリズムをもっていることになる。

甲地は、このことに関連して、つぎのように述べている。

この分類作業中に、次のような疑問が浮かび上がった。／言語面でのアイヌ口承文芸の韻律は5音節を主とする、と言われるが、音楽面から考えた場合に、個々の曲のリズムの取り方やそれに伴う音高も含めての旋律も、5音節行がとっているものが基本となっているといえるのだろうか。／リズムに関して全体を通して聞く限り、非サケへ部分が4音節である行の♪♩♪♩が、その前にあるサケへ部分のとる♪♩♪♩とともに一つの基調となる律動を作っているように、筆者には感じられる。そして、5音節以上の歌詞をとる各パターンは、この4音節の行の

♪♩　♪♩　♪♩　♪♩

がかもし出す、いわばノリやビート感のようなものからできるだけ外れないように（つまり

できるだけこのリズム型に立ち戻っていくように）講じられた各種の「変形」である、という解釈も可能であるように思われるのである。5音節以上の歌詞が第2拍と第3拍をどのように細かく刻もうと、4拍目には行の最後の2音節がほぼ一定に♪♩（かその変種）をとることが、こうした聴印象をいっそう強くする。／行数の上では5音節の方が優勢であっても、音楽の流れの上では4音節の行をとるリズムの方が全体の基調をなしている場合がありうる、とはいえないだろうか。

この甲地の指摘は、音数の揺れ（4〜5音節）が拍節（リズム）によって制御されていることを示唆する。

では、この音数の揺れと一行全体を規制するリズムとは、どのように相関しているのか。サケへ部分と非サケへ部分の「結びつき方」が注目される。

「サケへ音型から非サケへ音型へ移行するとき、音程は上行する」（甲地B論文p. 47）という原則がみいだされる。いいかえれば、「非サケへ音型の最初の音はサケへ音型の最後の音より高い音となる」のである（甲地B論文図2）。

ところが、非サケへ部分が5音節のばあい、1音節目が3拍目にあるばあいと2音節目が3拍目にあるばあいと「2種類のリズム」がある。だが、「非サケへ部分の最後の2つの音節は、ほぼ一定のリズム型（♪♩）をとって4拍目に配置されている」という原則を導入すると、「これら2種のリズムの違いは、厳密には前半三つの音節がどのようなリズム配分をとるか、という問題に絞られてくる」という。すなわち、つぎのような甲地B論文図3として表されている。サケへ部分と非サケへ部分（叙事部分）によって一行をなし、行全体として4拍、非サケへ部分の音数に揺れがあっても、全体として「♪♩ ♪♩ ♪♩ ♪♩」といったリズムを維持している。しかも、4拍目はかなり安定したリズムをもつ。さらに、非サケへ部分が5音節のばあい、2種類のリズムがみられる。こうした点を踏まえて、さらに、つぎのような点に言及する。

ここで、3―1の〈図1〉〈図2〉に示したこと、すなわち、2拍目後半に歌われる非サケへ部分はサケへ「no o no o」の最後の［o］と同じ音高をとり、サケへ音型から非サケへ音型への移行する時は上行音型となることを思い出していただきたい。／非サケへ部分の歌詞の一部がたとえ2拍目に歌われようと、サケへ音型・非サケへ音型に割り当てられる拍（時間）の枠組みは変わらない、という原則を守りながら、どの音にどの音節をどのようなリズム配分で充当させているかについて、以下に探っていこう。（甲地B論文p. 49）(6)

ここにまとめられている問題点は、つぎのようにいいかえることができる。

①5音節の非サケへ部分の1音節目は、なぜ、サケへ部分の2拍目の後半に食い込んだり、食い込まなかったりしているのか。

②そのことと3拍目から配分される非サケへ部分の音節、つまり、サケへ部分から非サケへ部分に移行するはじめの音節は、なぜ、上行音型となるのか。

こうした点について論じたのが先にあげた奥田論文である。(7)

図2

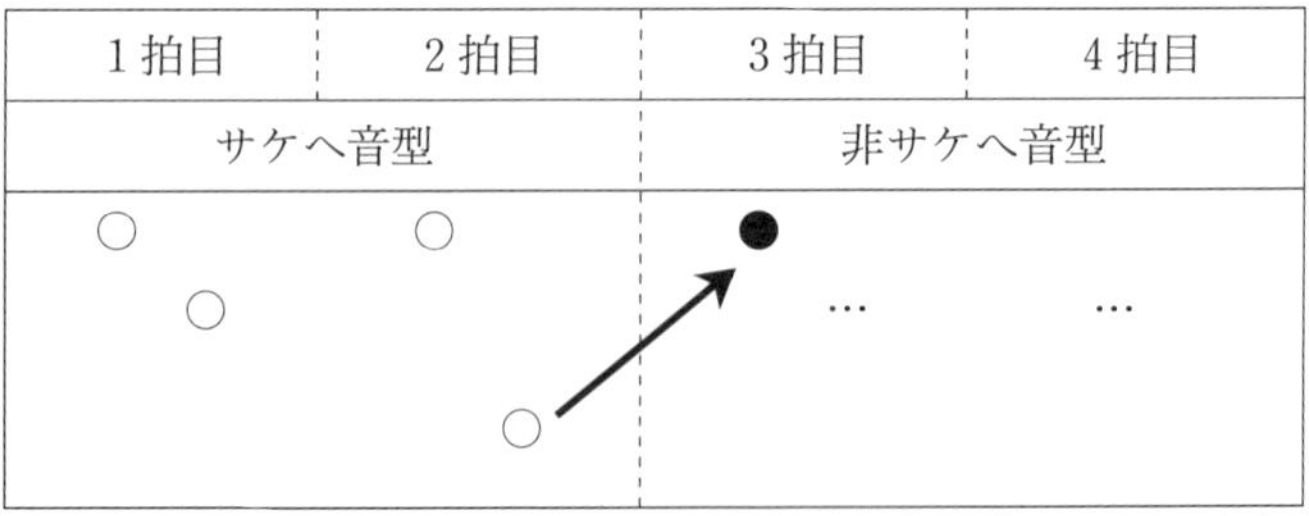

非サケヘ音型内の最初の音（＝3拍目の最初の音）はサケヘ音型の最後の音よりも高い音になる。

図3

1拍目	2拍目	3拍目	4拍目
no o	no o	[1] [2] [3]	[4] [5]
no o	no o [1]	[2] [3]	[4] [5]

（[1] [2] [3]のリズムの配分の仕方は2種類ある）（[4] [5]のリズム配分はほぼ一定）

3

奥田は、千歳在住の白沢ナベさんのふたつのカムイユカㇻ（「ワウォㇼ」「アテヤテヤテンナテンナ」）の分析を通して、「アクセントとメロディの型」を抽出している。

まず、非サケへ部分が5音節のばあいの具体例をあげ、最初の2音節のアクセントに2種あることを指摘する。「ワウォㇼ」のばあい、すなわち、「低―高」と「高―低」（高―高）である。そして、「低―高」のばあいメロディは「低―高」、「高―低」（高―高）のばあいメロディは「高―高」となる。そして、

これらに対して、アクセントが「低―高」で始まる詩句でメロディが「高―高」で始まっている例もかなりみられる。しかし、「高―低」（高―高）のアクセントに対してメロディが「低―高」となる確実な例は2例しかないのである。

とつけ加えている。

また、「アテヤテヤテンナテンナ」のばあいも、「ワウォㇼ」と同じ型がみられる。奥田は、こうした点をつぎのようにまとめている。

これまでのことから、この2つのカムイユカㇻの5音節の詞句のアクセントとメロディとには次のような対応関係があるということができる。

①詩句の1・2番目の音節のアクセントが「高―低」（高―高）のときには、メロディー

はほとんどの場合「高―高」となる。
②詩句の1・2番目の音節のアクセントが「低―高」のときはメロディーは「低―高」となることが多いが「高―高」となることもある。
このようにメロディーをつけることによって、アクセントが「高―低」（高―高）なのにメロディーが「低―高」となるというように詩句のアクセントとメロディーの高低が逆になってしまうことを白沢さんは避けているのだと推察される。／なおいずれにせよメロディーの2番目の音（後ろから4番目の音）は必ず高くなる。

さらに、ふたつのカムイユカラの4音節のばあい、「詩句の最初の2音節のアクセントはいずれも「高―低」（高―高）」となっていて、「低―高」となる例は「人名などを除くと2例しかない」。したがって、つぎのようにまとまられている。
③メロディーの最初の2音はほとんど「高―高」または「高―低」となる。
④詩句の最初の2音節のアクセントもほとんど「高―低」（高―高）である。
ところが、「本来なら「低―高」になるはずの行」がみられるが、「実際には、それらの行は語頭に意味のない「ウ」という添えることによって5音節の行になおされている」という例がある。[8]その具体例を示しておこう。

なぜ、「意味のない音」が挿入されているのか。奥田は、つぎのように解き明かす。すなわち、「メロディの2番目の音（後ろから4番目の音）は必ず高くなる」というメロディの原則を維持す

(14)

ウ	オ	シ	ラィ	パ
u	o	si	ray	pa

「〜に押し進む」

るために、「意味のない音」「ウ」が導入されている。たとえば、(14)としてあげられた例「オシラィパ osiraypa」は、第2音節のシにアクセントがある。このままでは非サケヘ部分の最初の2音節は「低―高」となる。しかし、メロディは「高―高」であり、アクセントとメロディにずれが生じることになる。「意味のない」「ウ」を付加するのは、こうしたアクセントとメロディのずれが生じないようにするためである。

⑤最初の2音節のアクセントが「低―高」となるはずの4音節の詩句が、行頭に意味のない「ウ」が添えられることで、見かけ上5音節に直されることがある。それはメロディーの最初の音に詩句の最初の「低」の音節がぶつかることを避けるためだと考えることができる。

と、まとめられている。[9] 甲地は、この奥田論の①～⑤を踏まえ、「2種のリズム」のあり方を検証している。

4

これに（奥田論の原則：丸山注）当てはめて考えると、5音節の非サケヘ部分が〈図3〉のような二種類のリズム配分のいずれかの形になる理由が説明できる。

（1）第1音節にアクセントのある場合は、3拍目の最初の音（相対的に高い音）に第1音節が配分される。したがって非サケへ部分の歌詞が2拍目後半に及ぶようなリズム配分とはならない（〈譜例4〉）。

（2）　第2音節にアクセントがある場合、3拍目の最初の音に第2音節が配分される。したがってその前の第1音節は、2拍目のリズムを分割して2拍目後半へ配置される（〈譜例5〉）。

またこのことは奥田（1991）p. 28で「いずれにせよメロディーの2番目の音（後ろから4番目の音）は必ず高くなる」と述べられていることと結果的にほぼ一致する。（甲地B論文。p. 50〜51）

五音節からなる非サケへ部分（叙事部分）が「2種のリズム」をもつのは、第1音節と第2音節のアクセントが「高―低」（高―高）であるばあいと「低―高」であるばあいによって、メロディとのずれを回避するためである。甲地も奥田論に示された原則を確認している。だが、このことは、非サケへ部分の歌い方をメロディが規制していることになるかどうかについて、奥田も甲地も言及していない。いいかえれば、この点は、カムイユカㇻの性格が、語り（ここでは、ことばの内容の伝達に力点があるというほどの意味において）であるのか、歌謡（ことばのリズムやメロディに力点をおかれている）のか、という微妙なとらえ方にかかわる。[10]

甲地論は、当該のカムイユカラの4音節句についても言及しているが、その結論だけ引用すれば、つぎのとおりである。

〈譜例4〉　74行目　no o no o árpa = an ayne

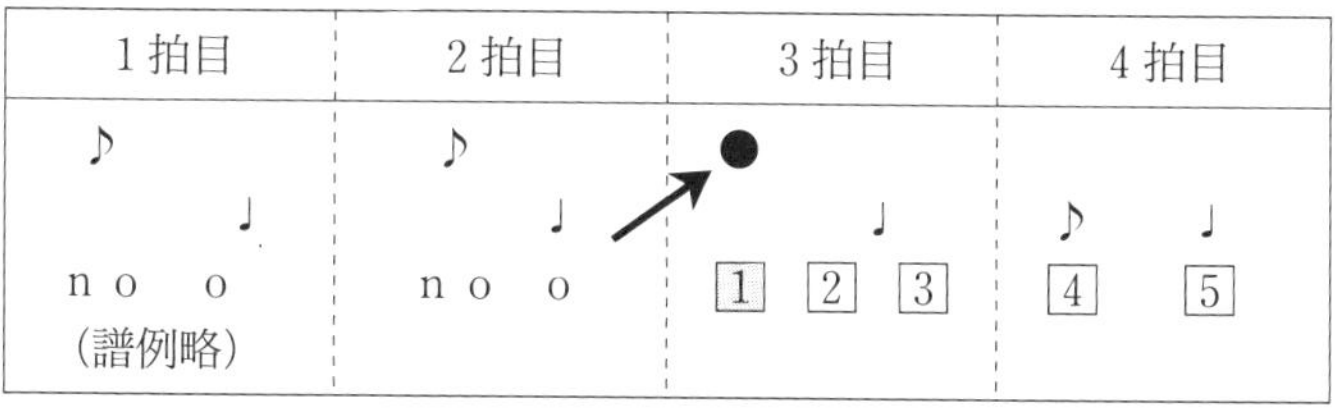

〈譜例5〉　14行目　no o no o <u>ené</u> itak {h}i

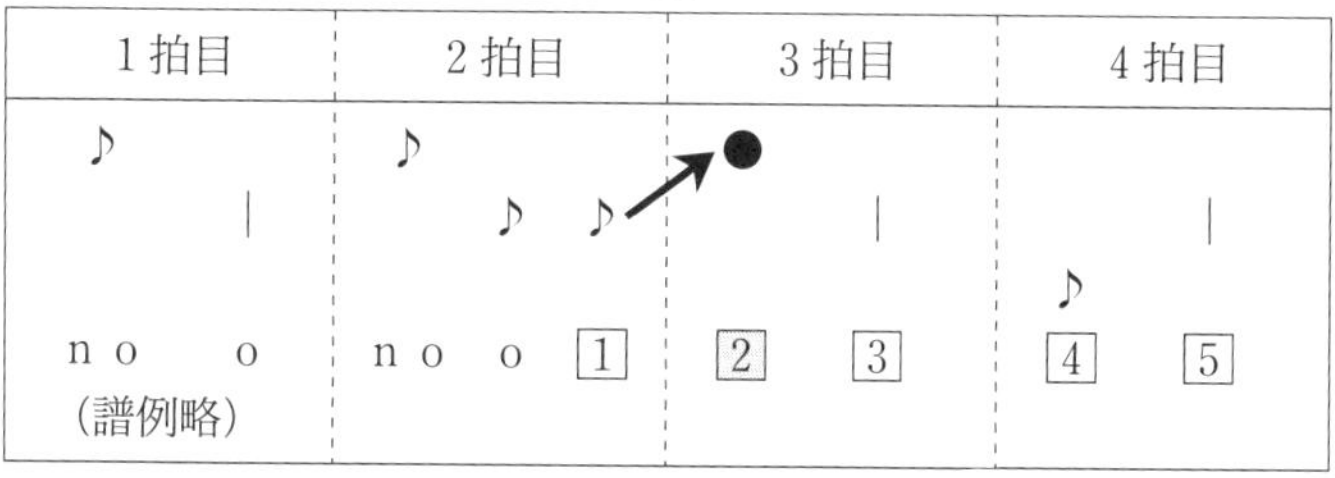

(丸山注：●は♪の長さである)

ところで、偶然にも「クモの神の自叙」では、4音節の非サケへ部分冒頭の単語は、すべて最初の音節にアクセントがあると見なされる語である。したがって、歌い語る際に、3拍目の第1音に最初の音節を配分すれば、アクセントと音の高低の関係も3-2で導いた原則のとおりに調節され、それ以上余計なものを付け加える必要がないのは自明である。(甲地B論文。p. 52)

伝承者である貝澤こゆきさんは、別のジャンルの演唱において「意味のない」「ウ」を使用しているが、このカムイユカㇻでは使われていない。その理由を検証すると、引用のようになる、という。したがって、奥田論の原則が、4音節の行にも当てはまることになる。

5

甲地と奥田の論文によりながら、カムイユカㇻの分析を紹介してきた。これらのことを確認し、かつ踏まえて、いくつか気づいた問題点を整理しておこう。

①カムイユカㇻ（神謡）の「非サケへ部分」（叙事的な部分）の基本の音節数は4〜5音節である。

②「サケへ部分」から「非サケへ部分」へ移行する拍にあたる音節はかならず上行音型となる。

③②となるのは、その拍にアクセントのある音節が配され、メロディと／・に対応するようになっているからである。

④こうした原則を維持するために、4音節の最初の2音節が「低―高」となるばあい、「意味のない音」ウを付加することで5音節とし、そのウは「サケへ部分」の最後の拍に配当されている。そのことによって、ウを付加し、5音節とした第2音節にアクセントが来るようにし、その第2音節が「非サケへ部分」の第1拍に配され、拍とメロディとのずれを調整している。

⑤また、5音節のばあい、最初の2音節のアクセントが「低―高」のばあい、第1音節は「サケへ部分」の最後の拍に配され、「高―低」のばあい、第1音節は「サケへ部分」の最初の拍に配されている。

奥田、甲地論文から導き出された結論が、カムイユカラの演唱にどれだけ普遍性をもつのか、さらなる検証が必要であることは確認するまでもない。しかし、これらの論に提示されたことから、つぎのようなことを確認することは、今後の検証作業にとっての問題提起として記しておこう。

たとえば、甲地が「行数の上では5音節の方が優勢であっても、音楽の流れの上では4音節の行のとるリズムの方が全体の基調をなしている場合がありうる、とはいえないだろうか」と述べていたように、音節数よりリズムの方が「基調」であるかのように注意を喚起していた。その一方で、メロディとアクセントの呼応を維持するためのテクニック（技法）が見られた。この後者のあり方は、カムイユカラの性格を語りととらえるか歌謡ととらえるか、という微妙な問題を示唆する。音数と拍節の関係がひとつのあり方なのか、それとも揺れがあるのか、それは伝承者個人に還元されることなのか、さまざまな疑問が浮かび上がってくる。さらに、重要な点として、音数律が音節数だけではなく、その音によって生みだされるリズムやメロディがある型となり、音数はそれとの相関ないしは競合関係にありそうな視点を、これらカムイユカラをめぐる分析は示唆していることである。(11)

注

(1) 小泉文夫『日本伝統音楽の研究　リズム』音楽之友社。一九八四。p. 23。

(2) たとえば、時枝誠記は、音数律について「リズムの群団化」という指摘をする。近世歌謡7775は、77／75の2行からなる。しかし、歌い方は、3443／345といった音数に「群団化」されているとする(『国語学原論』一九四一。pp. 509〜515)。この時枝の指摘を踏まえて、菅谷規矩雄『詩的リズム』(一九七五)が、音数とリズムの関係を詳細に展開している。なお、本稿のもととなったアジア民族文化研究会でのシンポジウムの本発表にたいして、小島美子氏から、音楽でいう「拍節」はリズムの単位であるが、ここで提示されている「拍節」はかならずしも音楽でいう「拍節」ではない、という指摘を受けたことを記しておく。

(3) 中川裕『アイヌの物語世界』(平凡社。一九九七。pp. 195〜197)。

(4) このような技法(テクニック)について、注3同書(pp. 198〜208)を参照されたい。

(5) 甲地A論文『北海道立アイヌ民族文化研究センター紀要』第6号。2000.3。甲地B論文『北海道立アイヌ民族文化研究センター紀要』第8号。2002.3。なお、目次には「「クモの神の神謡」の音楽について(続)」となっているが、本文の表題は「「クモの神の自叙」の音楽について(続)」とある。甲地A・B論文は、一九六七年四月一・二日に、小泉文夫が貝沢こゆきから録音し、現在、東京芸術大学音楽学部小泉文夫記念資料室蔵(DAT0362)の資料を対象にしている。録音は、四月一日、録音時間は4分59秒である。奥田統巳『アイヌ文化』16号。財団法人アイヌ無形文化保存会編。一九九一。

(6) 引用中にある〈図1〉とは、5音節のばあい、1音節目が2拍目の後半に食い込んでいる具体例である(ここにはあげていない)。すなわち、図3の2段目に示されたものの具体例である。

(7)　なお、奥田には、「静内地方のユーカラにおけるリズムの形式について」(『口承文芸研究』第13号一九九〇)がある。
(8)　この「ウ」については、先にあげた注3中川同書の説明も参照されたい。
(9)　奥田が例としてあげた「ワウォリ」が、『アイヌ伝統音楽』(日本放送協会。一九六五)に採譜例とともに鵡川地方春日の2例(冒頭の数行だが)掲載されている。その例では、奥田がまとめた原則とかならずしも一致しない行が見られる。伝承者やその他、採集の記録についての記述がないために詳細は分からないが、伝承者の個人差があったかもしれない。
(10)　シンポジウムでの発表について、小島美子氏から、カムイユカラのこうした性格は語りであるのではないか、というご指摘を受けた。その場では詳細な議論はできなかったが、貴重なご指摘である。
(11)　本論の冒頭に引用した小泉論にかかわって、つぎの点を注記しておく。すなわち、定型の問題である。短歌や俳句のように一定の句数から成り立っている、ということが定型とするならば、カムイユカラをはじめアイヌ歌謡には定型はない。とすれば、逆に、定型とはどのようにとらえればよいのか、漢詩・琉歌などの定型の問題とも関連する。音数律の問題と併せて議論されるべきではないだろうか。

コラム3

韓国の歌謡と音数律

李《イー》 恵燕《ヘヨン》

はじめに

朝鮮王朝時代の世宗王二十八年（一四四六）に韓国固有の文字が創製された。現在の韓国では「ハングル」と呼ばれているが、文字制定当時は「訓民正音」という名で公布された。漢字や漢文は貴族や学者たちにのみ接することが許されていたので、一般の人々にはハングル制作以前まで自由に読み書きできる文字がなかった。歌の世界においても、貴族や学者たちは漢詩などを詠み、漢文で表現して文献などに残すことができた。しかし、民間で歌われていた歌は、それを記す文字がなかったので、民間の歌謡はハングルで記されるまでは正確な音数律は分かり難い。

現存する高麗時代（九一八～一三九二）の詩歌は、漢文体の歌とハングルの歌に大別できる。貴族や学者などの知識層においては漢文体の歌、民間では韓国語の歌が歌われていた。

民間の歌謡は、朝鮮王朝時代の『楽章歌詞』『楽学軌範』『時用郷楽譜』などの音楽書に記された。これは民間で口伝してきたものがハングル創作後の朝鮮王朝時代に書きとめられたものである。

また、高麗時代の末期から発達した「時歌」は、韓国語で歌われハングルで表記された短歌で、朝鮮王朝時代の貴族層や民間で広く歌われ、現存作品も最も多い歌である。

本稿では、韓国の歌謡における音数律を理解するにおいて、歌謡の音節が朝鮮王朝時代の文献などにハングル表記されていて音数の分かりやすい歌を用いた。

一　韓国語で歌われた高麗の歌謡

漢文学は貴族や学者たちの楽しむ世界で、一般の人々が自由に表現できるものではなかった。高麗時代、民間で歌われていた高麗歌謡を略して「麗謡」、または漢文体の歌とは別に民間において韓国語で歌われたという意味で「俗謡」と呼ばれていた。これらの歌は、漢文体の歌と比べると男女の恋歌が多く、リフレーンが発達しているのが特徴で、作者や正確な制作時代はほとんど分からない。男女の恋を率直に表現した俗謡は、朝鮮王朝時代に文献に収められる時、儒教思想の強い学者たちに「男女相悦之詞」と見下げられ、多くが載せられなかったので現存する歌は数少ない。

鄭石歌

この歌は六節からなっているが、一節は三句、二〜六節は六句で、作者は未詳である。次に二節を挙げて見てみよう。

句	ハングルと発音（／は、韓国語の一音の区切り）	音数
一・二句	삭삭기 세몰애 별헤 나난 サク／サク／キ／ セ／モ／レ／ ピョル／ヘ／ ナ／ナン／ （意味）さくさくと 細かい砂の 崖に ナナン	■■■ ■■■ ■■●●※ 三・三・四
三句	구은밤 닷되를 심고이다 ク／ウン／パム／ タッ／テ／ルル／ シム／コ／イ／ダ／ （意味）焼き栗を 五升 植えます	■■■ ■■■ ■■■■ 三・三・四

四・五句	그바미 우미도다 삭 나거시아 ク／パ／ミ／ ウ／ミ／ト／タ／ サク／ ナ／コ／シ／ア／ （意味）その栗が 芽生えて 若芽がでると	■■■ ■■■■ ■■■■■ 三・四・五
六句 R	유덕하신 님을 여해아와지이다 ユ／トク／ハ／シン／ ニム／ル／ ヨ／ へ／ア／ワ／ジ／イ／ダ／ （意味）徳ある君と 別れます	■■■■ ■■ ■■■■■■■ 四・二・七

（※注 ●は意味のない音や意味のないリフレーンに用いた。Rは、リフレーンを意味する。以下、同じである。）

二節では「焼き栗を砂の崖に植えて、それが芽生えたらあなたと別れます」と歌っている。焼き栗から芽が出ることは不可能である。一句から五句までは、あり得ないことを譬えて、あり得ないことが起こるのならあなたと別れますと、永遠に別れないことを歌っている。二～六節の歌の意味は、ほぼ類似している。六句目の「徳ある君」の君とは、君主または恋人とも訳せる。二～五節の六句目はリフレーンである。

鄭石歌は二～六節において一、二句目と四、五句目は、同じ句を繰り返している。四、五句の音数をみると、三節は三・三・四音、四節は三・一・四音、五節は二・三・四音、六節は四・三・三音と、不規則になっている。二節の一、二句目の最後にある「ナナン」は、四節にも使われている。ナナンは他の歌でも使われていて、意味はなく、音律をあわせるために用いられているといわれている。六節の一、二句の音数は三・三・三音であるが、二～五節は三・三・四音で定型となっている。これからみると、二、四節の一、二句目のナナンは確かに音数を合わせる役割を担っている。歌全体の基本音数律は三・三・四音と考えられる。

青山別曲

この歌は八節五句からなっているが、五句目はリフレーンである。次に一節を挙げる。

一句	살어리 살어리 랏다 サル／オ／リ／ サル／オ／リ／ ラッ／タ／ (意味) 住みたい 住みたい	■■■ ■■■ ■■ 三・三・二
二句	청산에 살어리 랏다 チョン／サン／エ／ サル／オ／リ／ ラッ／タ／	■■■ ■■■ ■■ 三・三・二

	(意味) 青山に 住みたいのだ	
三句	멀위랑 다래랑 먹고 モル／ウィ／ラン／ タ／レ／ラン／ モッ／コ／ (意味) 山ブドウとサルナシの実を食べて	■■■ ■■■ ■■ 三・三・二
四句	청산에 살어리 랏다 チョン／サン／エ／ サル／オ／リ／ ラッ／タ／ (意味) 青山に 住みたいのだ	■■■ ■■■ ■■ 三・三・二
五句 R	얄리 얄리 얄라셩 얄라리 얄라 ヤル／リ／ ヤル／リ／ ヤル／ラ／ション／ ヤル／ラ／リ／ ヤル／ラ／	●●●● ●●● ●●●●● 四・三・五

歌全体を通して三・三・二音の定型がほぼ守られていて、とても読みやすい。

二　漢文体で詠まれた歌

一三世紀から一六世紀まで貴族層や学者たちの間では、「景幾体歌」と呼ばれる漢文体の歌が流行っていた。この歌は、歌の最後に「景幾何如」が付くので「景幾何如歌」とも称されるが、漢詩とは異なる。現存する作品は、高麗時代の作品三首と朝鮮王朝時代の作品二二首を合わせて二五首で、ほとんど作者が知られている。

竹渓別曲

五節六句からなる歌で、作者は高麗末期の文人である安軸（一二八七〜一三四八）である。韓国では、漢字は一字を一音と読み、歌においても同じである。次に三節を挙げてみよう。

一句	彩鳳飛　玉龍盤　碧山松庵 （意味）彩りの鳳凰が飛び　玉龍が回り込む　碧山松庵	■■■　■■■　■■■■ 三・三・四
二句	紙筆峯　硯墨池　斉隠郷校 （意味）紙筆峯と　硯墨池　皆備えた郷校	■■■　■■■　■■■■ 三・三・四

三句	心趣六経　志窮千古　夫子門徒 （意味）心趣は六経に　志は千古を窮める　夫子の門弟よ	■■■■　■■■■　■■■■ 四・四・四
四句	為　春誦夏絃景　幾何如 （意味）あ、春誦夏絃する景色　それはどうですか	●　■■■■■　■■■
五句	年年三月　長程路良 （意味）毎年三月になると　長い道のりを	■■■■　■■■■ 四・四
六句	為　呵喝迎新景　幾何如 （意味）あ、大声で迎新する景色　それはどうですか	●　■■■■■　■■■

三節の一、二句目は三・三・四音、三句は四・四・四音、五句目は四・四音で構成されている。四句と六句目の「為」は感嘆詞で、最後に「景幾何如」が付いている。「〜景」は、風景、景色、場面などの意味で用いられているので、前の音に付けて詠んだと思われる。例えば、四句目は「春誦夏絃　景幾何如」の四・四音ではなく、「春誦夏絃景　幾何如」の

五・三音で詠む方が滑らかになる。

「為～景幾何如」は、「為（または偉）～景　긔엇더　하니잇고」と韓国語で表記している歌もある。「긔　엇더　하니잇고（クィ／オッ／ト／　ハ／ニ／イッ／コ）」は三・四音なので歌全体の中でも落ち着く。景幾体歌における「為○○景幾何如」の○○は不定形が多いが、最後に「景　긔엇더　하니잇고（または「景幾何如」）」が付くことによって歌は安定する。

竹渓別曲は、他の節も三節にほぼ同じ音数になっているが、五節の一～三句は四・四・四音である。竹渓別曲は五節であるが、他の景幾体歌は四～十節の構成になっている。

景幾体歌には竹渓別曲の他にも、翰林別曲、関東別曲、錦城別曲など「別曲」という名が付く歌が多いので、「別曲体」とも呼ばれている。

三　時調の世界

時調は、三句からなる短歌形式が基本で、韓国語で詠まれている。漢文体の歌のように難しくないので、作り易いということからも身分と関係なく楽しめる歌であった。歌い手には、樵の童や妓女などもいて、貴族層や学者たちに限らず作家層が広く、歌の内容も多様である。

朝鮮王朝時代に最も盛んだった時調は、四千～五千首ほどの作品があるといわれている。

時調とは「時節歌調」の略で「当時の流行歌」という意味である。朝鮮王朝の英祖（在位一七二四〜一七七六）時代の歌人申光洙の『石北集』に「一般時調排長短来自長安李世春」と記されているのが名前の初出である。

それでは次に、韓国で有名な時調を二首ほど紹介しよう。

何如歌

高麗時代の末期、李成桂（一三三五〜一四〇八）を中心とする建国派と、「忠臣は二君に仕えず」という考えが強く高麗を保持しようとする保守派がいた。

何如歌は、保守派である鄭夢周（一三三七〜一三九二）を建国派の仲間に入れようと、李芳遠（一三六七〜一四二二）が酒席で歌ったものである。李芳遠は朝鮮王朝を建国した李成桂の五男で、後に第三代王に即位する。

이런들　어떠하며　저런들　어떠하리 イ／ロン／トゥル／　オ／ト／ハミョ／　チョ／ロン／トゥル／　オ／ト／ハ／リ／ （意味）こうだってどうだい　ああだってどうだい	■■■　■■■■　■■■　■■■■ 三・四・三・四

만수산 드렁칡이 얽어진들 귀 어떠리 マン／ス／サン／ トゥ／ロン／チ／ギ／ オッ／キ ョ／ジン／トゥル／ キ／ オ／ト／リ／ （意味） 万寿山の蔦葛が絡んでいたって それがどうだ い	■■■ ■■■■ ■■■■ ■ ■■■ 三・四・四・四
우리도 이같이 얽어져 백년까지 누리리라 ウ／リ／ド／ イ／ガ／チ／ オル／キョ／ジョ／ ペ ン／ニョン／カ／ジ／ ヌ／リ／リ／ラ／ （意味） 我々もそのように絡まって 百年までも繁栄し よう	■■■ ■■■■■■ ■■■■ ■■■■ 三・六・四・四

李成桂と鄭夢周は年齢も近く、高麗の最後の王である恭譲王（在位一三八九〜一三九二）を即位させた仲間であった。政敵を排除してきた李芳遠であったが、父親の友人でもある鄭夢周を簡単に害することはできなかったのだろう。それ故、堅苦しい考えは捨てて、建国派の仲間になり、末長く繁栄しようと歌ったのである。息子のような若い李芳遠の懐柔に対して、鄭夢周は返歌できっぱり断っている。

次は、李芳遠の何如歌に対して鄭夢周が即座で返した「丹心歌」である。

丹心歌

이몸이 죽고 죽어 일백번 고쳐 죽어 イ／モ／ミ／ チュッ／コ／ チュ／ゴ／ イル／ペッ／ポン／ コ／チョ／ チュ／ゴ／ (意味) この身が死に死にて 百度繰り返し死すとても	■■■ ■■■■ ■■■ ■■ ■■ 三・四・三・四
백골이 진토되어 넋이라도 있고 없고 ペッ／コ／リ／ ジン／ト／デ／オ／ ノッ／シ／ラ／ド／ イッ／コ／ オプ／コ／ (意味) 白骨が塵となり 魂魄がありとも 消えぬとも	■■■ ■■■■ ■■■■ ■ ■■■ 三・四・四・四
님 향한 일편단심이야 가실줄이 있으랴 ニム／ ヒャン／ハン／ イル／ピョン／タン／シ／ミ／ヤ／ カ／シル／チュ／リ／ イ／ス／リャ／ (意味) 君への一片丹心は 変わることあらんや	■■■ ■■■■■■ ■■■■ ■■■■ 三・六・四・四

鄭夢周の固い忠誠心があらわれている歌である。その後鄭夢周は、李成桂の見舞いの帰り

に、李芳遠に命じられた趙英珪等によって善竹橋で殺害された。善竹橋は開城にある石橋で元の名前は善地橋であったが、鄭夢周が殺された夜、橋の横に竹が生えたので善竹橋と呼ばれるようになり、この石橋にはいまだに鄭夢周の流した血痕が残っているという。

終わりに

韓国の定型歌を中心に見てみたが、高麗時代の歌謡において、俗謡は三・三・二音と三・三・四音、景幾体歌は三・三・四音や四・四音が基本の音数律で、長歌が多い。

時調は三句からなる短歌で、一〜二句目は三・四・三（四）・四音、三句目は三・五・四・三音を基本の音数とする。時調は音数律についてそれほど厳しくなく一、二音の字余りや字足らずは許されるが、三句目の一音節は三音、二音節は五音以上であることは必須の条件としている。

《参考文献》『韓国民族文化大百科事典』韓国精神文化研究院、一九九一

六　アジア辺境国家の七五調
——ペー族の五・七音音数律を遡る

遠藤耕太郎

一　五・七音音数律のアジア的普遍性

九三五年、土佐守の任を終え、和泉国の沖を都に向けて航行していた紀貫之は、ふと船頭のことばに耳をとめた。

「舟迅《と》く漕げ。日の良きに。」と催せば、舵取り、舟子どもにいはく、「みふねよりおほせたぶなり、あさきたのいでこぬさきに、つなではやひけ」といふ。この言葉の歌のやうなるは、舵取りのおのづからの言葉なり。舵取りはうつたへに、われ歌のやうなることいふとにもあらず。聞く人の、「あやしく歌めきてもいひつるかな。」とて、書き出だせれば、げに三十一文字《みそひともじ》あまりなりけり。

貫之が『土左日記』に書き残した有名なエピソードである。舵取りが舟子たちに言った「みふねより……」（御船からのご命令だ。朝の北風の吹く前に綱を早く引け）という何気ない言葉が歌のように聞こえ、それを確かめるために書き出してみたところ、短歌形式であったというのだ。九三五年の日本においては、貴族だけでなく舵取りまでもがすでに五七五七七という音数律を内在化していた。そしてその音数律を確かめる行為が書き出すということなのであった。

それから千年が経ち、筆者は一九九七年より中国西南部の少数民族の歌を調査している。雲南省のモソ人の歌調査で、歌の上手な一人のモソ人に何首か歌ってもらった後、その歌を記録するために、今歌った歌を歌うのではなく話すように言ってほしいと注文を出した。当然すぐに話す口調で歌を繰り返してくれると思っていたが、彼にはそれができなかった。注文の意味がわからないらしい。こちらはすでに彼の歌った歌が、アハバラという七音＋七音で一首をなす歌形であることを知っていたから、それを告げ、一音ずつ区切って、「アハバラマダミ　バラヤハアリリ」と指を折りながら説明したのだが、それでもうまくいかない。やろうとしてもなかなかうまく句切れが合わない。かえって彼は、自分で指をおって、本当に七音＋七音になっていることに驚いていた。モソ人にはモソ語を表記する自民族の文字はない。ある程度学校に行き漢字を習得すれば、漢字の音を用いて自民族語を表記する（このような方法を仮借《かしゃ》という。例えばヲトメという日本語を万葉仮名で「袁登売《をとめ》」と表記するのと同じ）ことは可能で、実際、常に調査をともにするモソ人の友人アウォ＝ジバはそうやって歌われた歌を書き留めてくれる。しかしこの歌い手は漢字を自由に使いこなすことはできず、従って自分の歌った歌を書き留めることなど思いもよらないのである。彼は九三五年の日本の舵取りと同じく、自民族の歌の音数律を意識せずに内在化していた。そしてその音数は一字一音の漢字に書き出すことを前提とした指おり数えることによってはじめて認識されるのであった。

＊

モソ人と同じように、現在、中国の少数民族と位置づけられている諸民族の歌（中央民族学院編『少数民族詩歌格律』を用いた）を、一句内の音節数（一句が何音でできているか）によって、ごく概略的に整理してみると次のようになる。

北東部のアルタイ語族、西部のインド・ヨーロッパ語族、台湾の南島語族の歌には音節数によってリズムを作り出す音数律そのものがない。一方、チベットとチベットから南下し四川、雲南、貴州、広西さらにベトナムに広がる漢・チベット語族、東南部のベトナム語系統諸族、雲南省南部の南アジア語族の歌には音数律（一句内の音数の決まり）があり、そのなかでチベット・ビルマ語群チベット語系の人々の歌は偶数句、奇数句の混在（例えばチベット歌謡は一句が五音節のものから、六、七、八、九、十音節ものまでさまざまな音節数からなる）が中心であるのに対して、チベット・ビルマ語群チャン語系（四川省のチャン族など）、イ語系（四川省、雲南省のイ族、モソ人、本稿が主に扱うペー族など）、ミャオ・ヤオ語群（雲南省西部から貴州省のミャオ族やヤオ族）、トン・タイ語群（貴州省から広西のチワン族やトン族）の人々の歌では奇数句（一句は三音、五音、七音節が中心）が中心になっている。

モソ人が内在化している一句七音節という音数律は、現在の中国の西南部に居住する多くの少数民族の五・七音音数律と共通し、アジア辺境の五・七音音数律という意味で、日本人が内在化してきた短歌形式にも連なるものである。このような五・七音音数律の普遍性は偶然生じたものなのだろうか。またすでに内面化され、意識もされない音数律が、漢字を仮借的に用いる音仮名や平仮名という一字一音の文字によって書かれることで認識されるとはどういうことなのだろうか。

＊

折口信夫（「国文学の発生」全集一）は日本の歌の発生について、シャーマンが身体的に発する神の言葉が度々繰り返され、一定の韻律を整えていくなかで、五・七音の音数律を形成したと述べる。音数律の発生（とは歌の発生であるが）は、それぞれの民族の身体的な律動に由来し、言語構造に規制されつつ形成された。これは日本に限らず、あらゆる地域の歌に適用可能であろう。それぞれの地域の言語構造に応じて、その律動は、音数律、音声の長短、アクセントの高低・強弱、子音や母音による押韻などさまざまな韻律を形成していったろう。問題は言語構造の規制によって、音数律を用いて韻律をなそうとする人々が、どのようにして五・七音という奇数音節によって音数律を形成するに至ったのか、そしてそれが中国の西南部の、言語系統を異にする多くの少数民族に共通し、さらに日本の短歌形式までを含む普遍性をもつとはどういうことなのかにある。

五・七音音数律の形成を日本語という言語の規制によって説明する説がある。例えば坂野信彦（『七五調の謎をとく――日本語リズム原論』）は、日本語の等拍律、一音一単位、強弱アクセント、四拍子という法則のなかで、「打拍の破綻を回避する」ことが可能なのは五音と七音の組み合わせしかないことを発見し、これを五・七音音数律成立の絶対的条件としている。

一方で、古橋信孝（『古代都市の文芸生活』）は、同じ日本語文化圏にある沖縄の琉歌形式が八八八六形式であることをもって、日本語の構造がそのまま五・七音音数律を形成したとする説を否定する。そして琉歌形式が大和の近世歌謡（七七七五形式）を受容して、「内容的には和歌を取り入れながら、歌形としては和歌でない」形式として、普遍性（大和）と地域性（琉球）を合わせもった王権の歌として成立したとしたうえで、和歌形式について次のように述べている。

この構造が和歌にもあった。漢詩文という世界性と自国の地域性が和歌の成立の要因だろう。つまり、漢詩文の五言、七言が和歌を規定した。しかも、五言絶句、七言絶句、五言律詩、七言律詩のような短詩が宮廷の詩としてのモデルだった。したがって、古代王権の貴族たちは、世界性に立っているという意味で漢詩文を作り、日本王権の独自性という意味で和歌を作ったということになる。そしてそのとき、日本の独自性が普遍性と対応させられて、五七五七七という短歌形が成立したと考えられる。

和歌の五・七音音数律は、中国を中心とするアジアの普遍性（世界性）を体現するものとして漢詩を受容するなかで規定されたが、しかしそれが五・七音の絶律そのものでないところに日本王権の独自性が表われているというのである。

中国西南部のチベット・ビルマ語群チャン語系、同イ語系、ミャオ・ヤオ語群、トン・タイ語群に属する各民族の歌が、民族や言語系統を越えていずれも五・七音という奇数音によって句を形成しているという状況、そしてすでに内在化されている五・七音音数律が、一字一音の漢字を仮借的に用いて書くことによってはじめて認識されるという状況は、それぞれの民族の言語構造がそれぞれに五音や七音という奇数音によって一句を構成するという音数律を成立させたという説に対して疑義を感じさせる。そもそも、その中国の中心、すなわち中原の詩形は、古く『詩経』に表れる四言詩であり、その後、五言詩、七言詩が中心となるのであり、その言語構造がそのまま五・七音音数律に収斂したものではない。

五・七音音数律の形成を、アジアという視点で捉え返した場合、まず論じなくてはならないのは中原の五・七音音数律との関係性である。日本の場合、記紀歌謡の六割以上が五七五七七形式であり、万葉集で短詩形のほとんどが短歌形式に統一されるわけであるが、それは中原王朝（隋、唐）との度重なる交流のなかで日本古代国家が成立する時期であった。

本稿は、日本が古代国家を形成する時期に、同じく中原王朝（唐）との関係のなかで南詔国（八世紀前半〜九〇二年）を建国し、続く大長和国（九〇二〜二八年）などの短命王朝、さらに大理国（九三七〜一二五四年）を築き、その後、元のフビライに滅ぼされ（日本は海路によって隔てられており、たまたま神風が吹き滅ぼされなかった)、以後、中原王朝の支配を受けつつ現在に至った人々の、ひとつの中心的な集団であるペー族の歌の音数律を考察することによって、アジアの辺境国家の歌のあり方の一端としての五・七音音数律について考える。

二　ペー族の歌の音数律と文字

現在、ペー族の人々は年中行事的に男女による歌掛けの祭り(「歌会」と称されている)を行っている。大理、剣川《ケンセン》、洱源《ジゲン》の歌会で歌われる男女の歌掛け歌の形式は、「花柳曲《かりゅう》」(「ペー族調」とも)と呼ばれている。筆者はこれまでに洱源県石宝山《セキホウ》、茈碧湖《ツービー》、小石宝山での歌会を調査した。そこでは既婚者を含むさまざまな男女が歌掛けをしており、なかには歌掛けを通して結婚に至る場合もあるなど、歌掛けは現在もなお男女を結びつけるという社会的機能をもっている(拙著『古代の歌　アジアの歌文化と日本古代文学』参照)。

【歌詞1】に、剣川石宝山歌会で実際に掛け合わされていた歌掛けの一部をあげる。ローマ字表記は一九九〇年代に中国国家の民族文字政策として考案されたペー語表音文字による(この表記法は一部教育機関等で試験的に普及が図られているが、十分に普及しているとはいえない)。ちなみに一行目をカタカナ表記すれば、「レ・ツ・ズ・リ・チェ・ジェ・レ」といった感じの七音節になる。なお、ペー語には八種類の声調があり、単語の最後に示される「t」「l」「x」「f」「p」「n」などは声調記号である。

洱源県茈碧湖での歌会（1998年9月　遠藤見和撮影）

花柳曲は、七音或いは五音を一句として、七七七五・七七七五音の計八句で一首を構成し（第一句が五音または三音になることもある）、第一句末、及び偶数句末に同母音の音を揃える脚韻を踏む決まりをもつ。この歌の場合、［lex］［sex］［menx］［men］［lex］が［e］音の脚韻を踏み、しかも声調［x］（中平調）を合わせている。第一句と第二句をあわせて一かたまりとした定型の旋律があり、それを四回繰り返すというかたちで歌われており、三弦を伴奏楽器とする。

冒頭にあげたモソ人の歌い手と同じく、歌掛けをしている人々の多くは農民であり、七七七五音という音数を意識してはいないだろうし、まして漢字を仮借的に用いて歌を記述することもないであろう。しかし、実は花柳曲の七七七五形式は、漢字と交流をもちつつづけてきたの

【歌詞１】

Let	cil	zix	lif	qiel	jiet	lex	この話は心地よく聞きました
Bent	lail	lif	cux	yonx	liat	sex	私はもともと安心しています
Gonx	tix	huol	ex	jiax	zil	kueil	二人は花と柳のように似合いです
Nel	xinl	vnl	dal	menx			どうですか？
Hat	dvnl	dix	moux	houx	gux	lap	私の父母は年老いています
Zul	cal	beix	lonx	at	yil	men	彼らにご飯を作る人はいません
Let	benl	yonx	tix	dax	ngl	sant	今回、私についてくるのなら
Huangl	hax	lif	dap	lex			うれしくてたまりません

剣川石宝山歌会（1996年９月）での歌掛けの一部（工藤隆『雲南省ペー族歌垣と日本古代文学』より）

【歌詞２】

kv^{42}	kv^{42}	tsɿ^{55}	tc^{h}i^{31}	ɕi^{55}	ma^{44}	tsa^{44}	炊事をしながらも気はふさぎ
故	故	自	起	心	麻	丈	坐着炊闷心又焦
pe^{44}	tɕ^{h}i^{44}	me^{31}	v^{55}	se^{21}	ka^{44}	a^{33}	門の外に出て見てみる
見	七	门	务	舍	告	安	走出门外试瞧瞧
nɯ^{55}	na^{42}	ɣɯ^{35}	tɯ^{44}	ts^{h}v^{44}	me^{31}	ɳi^{21}	あの人はどちらから戻ってくるのか
楞	南	额	得	处	门	眼	那边过来出门人
sa^{55}	tɕ^{h}ie^{42}	tɕ^{h}y^{55}	vɯ^{55}	t^{h}a^{33}			進み出て彼に聞きたい
上	前	去	问	他			上前去问他

本子曲の一部（『石宝山白曲選』第４集より。日本語は遠藤私訳）

【歌詞３】

ts^{h}ɯ^{55}	ɛ^{31}	tɕɯ^{35}	tɕia^{33}	uɛ^{31}	pɯ^{31}	pu^{33}	蒼山洱海の風景は飽き足らない
蒼	洱	境	鏘	翫	不	飽	苍洱景致不胜游
ts^{h}o^{55}	xua^{55}	ku^{33}	tɕi^{35}	tsɯ^{33}	a^{31}	ỵu^{33}	ここには大自然の工跡が至るところにある
造	化	工	迹	在	阿	物	造化古迹千万处
na^{21}	pɯ^{44}	tɕi^{35}	sou^{33}	ka^{33}	xe^{55}	kuɛ^{31}	南北の金鎖を要害（関）となし
南	北	金	鎖	把	天	関	南北金锁把天险
tsɯ^{42}	tɕ^{h}ɛ^{55}	nỵ^{21}	pɛ^{42}	xu^{35}			（東西に）青龍白虎が鎮まる
鎮	青	龍	白	虎			有青龙白虎

「山花碑」の冒頭部分（音声記号は趙櫓『白文《山花碑》譯繹』による。日本語は遠藤私訳）

である。
現在、花柳曲の旋律や三弦を伴奏とする演奏スタイルは本子曲《ベンズ》とほぼ同じであり、内容的にも本子曲《ベンズ》の一部が歌掛けのなかに取り込まれている。本子曲《ベンズ》とは、三弦を伴奏として歌われる叙事詩で、「白文」によって記された台本によって伝承される芸謡である。「白文」とは、漢字を万葉仮名的に用いて、つまり音読み、訓読み、仮借《かしゃ》による音仮名、新字作成によってペー語を表記する方法である。

【歌詞2】は剣川一帯に流伝する本子曲《ベンズ》「鴻雁帯書《こうがんたいしょ》」の一部である。「本子曲《ベンズ》」の台本には「故故自起心麻丈…」と記されており、それを発音すると上に国際音声記号で示した発音になり、その音がペー語の意味を表すということである。例えば第一句の「心」は［ɕi^{55}］（漢音「シン」のペー語訛り「シ」）と発音し、意味は「心《こころ》」であるから音読み、同じく第一句の「麻」は［ma^{44}］（「マ」）と発音し、意味は「気が晴れない」の「ない」という否定詞であるから音仮名、第二句の「見」は［pe^{44}］（「ペ」）と発音し、意味は「見る」であるから訓読みということになる。なお、台本に白文を書くときには、赤筆で「〇」「・」の記号をつけ、「〇」の付された文字を訓読みにし、「・」の付された文字を音読みにするなどの工夫が用いられている。この本子曲《ベンス》の源を唐代の俗講《ぞくこう》、宋代の宝巻《ほうかん》などの仏教講和の韻文部分（偈《げ》）に求める説（趙櫓《ちょうろ》『白文《山花碑譯釋》』）があり注目されるが、ひとまずここでは、現在のペー族の人々に広く内在化されている七七七五形式が、「白文」という漢字によるペー語表記によって伝承される芸謡の形式と交流をもっていることを確認しておきたい。

さらに遡って、明代にはペー族文人が白文によって詞を作ることが流行し、その一部は記念碑や墓碑の陰面などに残されているが、その形式もまた七七七五形式によっている。もっとも有名なのは明・景泰元（一四五〇）年銘をもつ『聖元《せいげん》西山《せいざん》記《き》』（大理聖山寺修理の記念碑）の裏面に白文で記された、「詞記山花　詠蒼《そう》洱《じ》境」（以下「山花碑」と呼ぶ）という題名の詞である。作者楊《よう》黼《ほ》は明代のペー族文人であり、科挙には応じず隠遁し儒仏を修め、彼のもとには各地の文人や官吏が集まっていた。「山花碑」は一段四句、二十段より成り、一段四句はやはり七七七五形式である。

【歌詞3】はその冒頭の第一段の四句である。碑文には漢字のみが記されているが、一行目で見れば、「蒼」「洱」「翫」「不」「飽」は音読み。「蒼洱」は「蒼山洱海」（すなわち大理地方）、「翫」は「遊ぶ」、「不飽」は「飽き足らない」の意。「境鏘」は［tɕɯ^{35}　tɕia^{33}］（「チュ　チャ」）というペー語の「地方、場所」の意のことばを漢字音［jìng　qiāng］（「ジン　チアン」）を仮借として用いて表記する音仮名。二行目の「阿物」も［a^{31}　ɣu^{33}］（「ア　ウ」）というペー語の「ここ」の意のことばを漢字音［ā　wù］（「ア　ウ」）を用いて表記する音仮名。三行目の「天」は［xe^{55}］（「ヘ」）と発音し、ペー語の「空」の意のことばを漢字の意味を用いて表記する訓読みによって表記している。なお第一句末、及び偶数句末が［ɯ］音で韻を踏んでいるが、この押韻の仕方も現代の花柳曲と共通している。明代文人の記した詞もまた、七七七五形式で、白文と

山花碑冒頭(右上)部分（大理市博物館蔵・筆者撮影）

いう漢字によるペー語表記によって記されているのである。

このように七七七五音節の詩形が現代のペー族の掛け合い歌の主流であり、歌い手の多くはその音数律をすでに内在化しているだろうが、その詩形は本子曲《ベンズ》と呼ばれる芸謡、さらに明代の詞形式と同じ七七七五形式であり、それらはいずれも白文という漢字によるペー語表記によって記されてきたのであった。

三　国際関係のなかの文字・音楽・歌形

漢字による自民族語（ペー語）表記の方法、白文によって記されてきた七七七五形式はどのように生成したのだろうか。白文が使用されるのは、ペー族先民たちが建てた南詔国の時代に遡る。

南詔は初代独羅《どくら》＝細奴羅《さいどら》（在位六四九？～七四？）以来唐朝に入貢していたが、四代皮羅閣《ひらかく》（在位七二八？～四八）は大理周辺の諸国を統一、唐の雲南経営に反抗した西洱河蛮《せいじかばん》を平定、吐蕃《とばん》

（チベット）の南進をも阻止し、七三八年、唐朝より雲南王に封ぜられた。その後、さらに昆明盆地に勢力を広げた南詔は唐と対立、五代閣羅鳳《かくらほう》（在位七四八～七九）は吐蕃に臣付するが、その一方で捕虜であった漢人の鄭回《ていかい》を宰相として重用し、唐式の諸制度を拡充した。こうしてさらに国力が増強すると吐蕃の重圧に反発、唐の吐蕃に対する対外軍事政策の意向を受けて、六代異《い》牟尋《ぼうじん》（在位七七九～八〇八）は七九四年、再び唐と連合する。この時の唐側の仲介役が剣南節度《けんなんせつど》使韋皋《いこう》であった。異牟尋は王族や武将の子弟を成都に留学させ、さらに唐文化を摂取していく。漢字を用いて自民族語を表記するためには当然ながら漢字の知識が必要であるが、このような国際関係のなかで南詔国の知識階級は漢字、漢詩文の知識を蓄えていったのである。

『全唐詩』巻七三二には、七代南詔王尋閣勧《じんかくかん》（在位八〇八～〇九年）、尋閣勧《じんかくかん》時代の清平官《せいへいかん》（宰相）趙叔達《ちょうしゅくたつ》、十三代南詔王隆舜《りゅうしゅん》（在位八七八～九七）時代の清平官楊奇鯤《ようきこん》、南詔滅亡後の大長和国（九〇二～二八）の布燮《ふしょう》（宰相）董成《とうせい》など、南詔、大長和国の王や宰相の詩が掲載されている。楊奇鯤、董成の詩はすべて漢文であるが、注目すべきは尋閣勧と清平官趙叔達の五言詩は基本的には漢文であるものの、なかにいくつかの白文が使われていることである。

『玉渓編事』（五代・撰人不詳）によれば、十二月十六日の星回節《せいかいせつ》（南詔の節日）に、南詔王尋閣《じんかく》勧《かん》と清平官趙叔達《ちょうしゅくたつ》が、善闡《ぜんせん》（現在の昆明。南詔の別都）で五言詩を賦している。『太平広記』（北宋・李昉《りぼう》）巻四八三　蛮夷四を参考に私訳しておく。

「星回節、避風台与二清平官一賦」尋閣勧（「星回節《せいかいせつ》、避風台《ひふうだい》にて清平官《せいへいかん》と賦《ふ》す」尋閣勧《じんかくかん》）

避レ風善闡台、（風を避《さ》くる善闡《ぜんせん》台、）

極目見二騰越一。（極目《きょくもく》して騰越《とうえつ》を見る。）

悲哉、古與今、（悲しいかな、古《いにしへ》と今と、）

依然煙與月。（依然として煙と月のごとし。）

自三我居二**震旦**一、（我震旦《しんたん》に居《きょ》してより、）

翊衛類二夔契一。（翊衛《いきえい》すること夔契《きせつ》に類《に》る。）

伊昔経二皇運一、（その昔皇運《こううん》を経《へ》、）

艱難仰二忠烈一。（艱難して忠烈を仰ぐ。）

不レ覚、歳云暮、（覚えず、歳云《さいうん》の暮るるを、）

感極、星回節。（感極まれり、星回節《せいかいせつ》。）

元祀同一心、（元祀《げんちょう》同一の心、）

子孫堪レ貽レ厥。（子孫に厥《これ》を貽《おく》るに堪《た》ふ。）

【訳】風を避ける善闡《ぜんせん》の避風台で、四方を見渡して騰越《とうえつ》を見る。

悲しいことだ、昔と現在と、ちょうど煙霧と月のようなものだ。

私が王になってから、臣下は昔の夔《き》や契《せつ》のように補佐してくれた。

その昔、王になる運命を経て、艱難して忠烈の臣下を仰いだ。

歳が暮れるのにも気づかず、星回節で感極まった。

国王と大臣が同じ心であること、それこそが子孫に貽《おく》るに足るものである。

「星回節、避風台驃信命賦」趙叔達（「星回節、避風台にて驃信《ひょうしん》の命ずる賦」趙叔達《ちょうしゅくたつ》）

法駕避、星回、（法駕《ほうが》は避《さ》くる、星回《せいかい》。）

波羅毘勇猜。（波羅《はら》と毘勇《びゆう》とを猜《か》る。）

河闊氷難レ合、（河闊《ひろ》くして氷合《こほりあ》ひがたく、）

地暖梅先開。（地暖《あたたか》くして梅先《ま》づ開《さ》く。）

下令俚柔洽、（下に令《れい》して俚柔《りじゅう》をして洽《うるほ》さしめ、）

献レ琛弄棟来。（琛《ちん》を献じて弄棟《ろうとう》来たる、）

愿将下不二才質一、（愿《ねがは》くは将《まさ》に才質にあらざれども、）

千載侍中遊台上。（千載遊台《せんざいゆうだい》に侍《じ》せんとす。）

【訳】星回節に法駕は風を避けて善闡《ぜんせん》台に至り、虎や野生の馬を狩りする。

河は広々として氷はもはや合うことはできず、地は暖かく梅がまず咲き始める。

王は下に命令をして民衆をうるおすようにさせ、弄棟《ろうとう》からは珍宝を献上してくる。

願わくは我は才能があるわけではないが、永遠にこの避風台で王にお仕えしたい。

王が君臣の紐帯の大切さを賦したのに対して、臣下の代表である清平官がいつまでも王に伺候する旨で応じたものである。尋閣勧の五言詩の、「善闡《ぜんせん》」、「騰越《とうえつ》」はぞれぞれ現在の昆明、保山・騰沖《とうちゅう》一帯の地名である。「震旦《しんたん》」は南詔王の呼称、「元《げん》」は王の自称、「昶《ちょう》」は臣下の呼称であり、これらはいずれも南詔国の言語を漢字の音を仮借的に用いて表記する音仮名である。その他は漢語だが、「夔《き》」、「契《せつ》」は中原の聖帝舜の臣下の名であり、作者趙叔達の相当な漢文的素養が伺われる。趙叔達の五言詩の、題名の「驃信《ひょうしん》」は王の呼称、六行目「弄棟《ろうとう》」が現在の姚安県一帯の地名である。また二行目「波羅《はら》」「昆勇《びゆう》」がそれぞれ「虎」と「野生の馬」の意、「猜」は「射」の意、五行目「俚柔《りじゅう》」は「民衆」の意であり、いずれも仮借による音仮名によって南詔国の言語を表記している。むろん趙叔達が虎や馬、射などの漢字を知らなかったはずはなく、ペー語音によって押韻（猜・開・来・台）までする漢詩文的知識をもちつつ、そのなかに自民族語を意識的に用いていることがわかる。唐と吐蕃（チベット）との緩衝材のような国際的な立場を利用しつつ国土を維持・拡大した南詔国において、支配者階級は漢字を自由に使いこなし、仮借による音仮名によって自らの言語を用いて詩を作ることができたのである。

＊

音楽面においても南詔は唐との深い関係性をもっていた。『蛮書』（唐・樊綽《はんしゃく》撰）巻十によれば、貞観十（七九四）年、六代異牟尋《いぼうじん》が唐より冊立使《さくりつし》（異牟尋を雲南王に冊封《さくほう》するための使者）を迎えた。その際、冊立使を迎えての宴に伎楽が披露されたのだが、なかに七十歳余りの笛を吹く老人と、歌を歌う老婆がいた。異牟尋は彼らを指さして、先人（五代閣羅鳳《かくらほう》）が、開元年間（七一三〜七四一年）に帰国した時に、唐の玄宗皇帝から伎楽二部の楽人を賜ったが、すでにほとんどの楽人が亡くなり、今この二人だけになったと使者に述べている。後述するように伎楽は、周辺の辺境国家の音楽が隋・唐に取り込まれてできあがった混交的な音楽であるが、唐はそれを楽人とともに南詔に伝えていたのである。

一方で南詔の音楽もまた唐に取り込まれていく。『新唐書・礼楽志《れいがくし》』によれば、貞元十六（八〇〇）年、異牟尋は前述の剣南節度使韋皐《いこう》を介して、南詔の「夷中歌曲《いちゅうかきょく》」を唐に献上しようとした。韋皐はそれをもとに「南詔奉聖楽《なんしょうほうせいがく》」を製作し、唐の徳宗皇帝に献上した。徳宗はそれを自らの宮中で楽人に習わせ伝習したという。「南詔奉聖楽」は南詔の土着歌謡そのものではない。おそらく南詔国内においても改変が加えられたうえに、漢人韋皐によって「南詔奉聖楽」へと改変されたものだろう。

このようにして辺境国家の音楽が唐に流入・変容し、混交的な汎アジア音楽を生成し、それが再び辺境国家に取り込まれる。こうした構図は中原王朝の伝統的な、音楽による辺境国家支配政策といってよいだろう。『周礼《しゅらい》』「春官　旄人《せいじん》」条には、「旄人《せいじん》、掌《ス》下教《ヒ》舞二散楽《さんがくヲ》一、舞《フヲ》中夷楽《いがくヲ》上。凡《おほよソ》四方之《の》以《テ》レ舞《ヲ》仕《フル》者《ハ》属《ス》レ焉《ここニ》。凡《ソ》祭祀、賓客《ひんかくニハ》、舞《フ》二其燕楽《えんがくヲ》一」（旄人《せい》は、散楽を舞い、夷楽を舞うことを教える。周辺の国々の舞をもって仕えるものがここに所属する。祭祀や賓客を招いての饗宴の場で燕楽を舞う）と記されている。すでに周代には宗廟での祭祀や賓客を招いての饗宴の場で燕楽が奏されていたが、そこでは周辺諸国の楽（「夷楽」）が歌舞を伴って披露されていたわけである。

南北朝以後、多くの外来の楽が取り込まれ混乱をきたしたため、隋・開皇元（五八一）年にそれらを整理して七部伎《ぎ》が設けられた（『隋書』『音楽志』）。七部伎は漢以来の俗楽（清商伎）の他、高句麗やシルクロードや、南アジア各地の楽であるが、さらに「雑用」として北アジアや百済《くだら》、新羅《しらぎ》、さらに倭国の楽も取り込まれていた。その後、いくつかの変更が加えられ、唐・貞観年間（六二七〜六四九）に十部伎が制定された。唐・玄宗朝にはこれらの楽のいくつかが玄宗の私的な音楽機関である教坊・梨園《りえん》の楽に取り込まれていく。このようにして、西域、北狄《ほくてき》、東夷《とうい》、南蛮《なんばん》の音楽が中原の音楽と融合して混交的な汎アジア音楽が形成されたのであり、南詔の音楽も（そして倭国の音楽も）そこに取り込まれていったのである。

＊

このような混交的な新音楽は、さらに新たな文学形式「詞」を生成していく。唐代において、五音七音の絶律という近体詩定型は成立していたが、この新たな音楽に近体詩定型をあてがい、合わない部分を改変することで音楽に合わせたものが「詞」である。それは五音七音を基調とした自由な形式であり、唐代、特に玄宗朝の教坊・梨園の楽のなかに起こり、五代、宋代に全盛を極め、さらに宋代には文学形式として定着した。

異牟尋《いぼうじん》以後、しばらく唐との良好関係が続いた南詔は、九世紀後半、吐蕃の力が弱まるのに従って、再び唐と対立する。このような国際的な緊張関係のなかで、九〇二年、鄭回《ていかい》の子孫である鄭買嗣《ていばいし》は、十四代南詔王舜化貞（在位八九七～九〇二）を殺し政権を奪取、大長和国を建国した。九〇七年に唐が滅亡した後、後唐・天成二（九二七）年、大長和国は後唐王朝との対等な関係を求めて、督爽《とくそう》や布燮《ふしょう》（ともに宰相にあたる官職名）らを使者として、皇帝舅に疏《そ》（上奏文）を奏上したが、その際に、「転韻詩一章、詩三韻、十聯、類撃筑詞《げきちくし》」なるものが添えられていたという（『五代会要』巻三十・南詔蛮）。それは韻を転じ、三回押韻する十聯の詩であり、「撃筑詞」の類であった。撃筑詞とは、『史記・刺客列傳』に出てくる詞。燕の太子に秦王政《せい》（後の秦の始皇帝）の暗殺を命じられた荊軻《けいか》が匕首を授かり秦に向かって旅立つ際に、太子や賓客など事情を知る者が白の喪服を着て易水《えきすい》のほとりまで見送り、親友の高漸離《こうぜんり》が筑《ちく》を奏で、荊軻がそれに合わせて歌ったという「風蕭蕭兮易水寒、壮士一去兮不復還」（風蕭蕭《せうせう》として易水《えきすい》寒く、壮士《さうし》一たび去りて復《ま》た還らず）のことである。

「撃筑詞《げきちくし》の類」というのは、歌詞内容が似ているのではなく、形式が似ているということだろう。その形式は少なくとも五言七言の絶律そのものではない。そこでこの「転韻詩」を、「山花碑」と同じ七七七五形式の歌であったとする研究者（徐嘉瑞『大理古代文化史稿』）もいるのだが、そこまではわからない。おそらく、唐の新音楽に合うように改変された五・七音音数律をベースとしたなんらかの形式の「詞」であったのだろう。大事なのは、その形式が唐の辺境国家支配政策によって現出した新音楽によって生成されたものであるにもかかわらず、支配される側の大長和国が自らのアイデンティティをかけて（中原王朝との対等な関係を求めて）主体的に用いているということである。

前述した「山花碑」もまた、「詞記山花　詠蒼洱海」という題をもつ詞であるが、その作者楊《よう》黼《ほ》について記した『存誠道人楊黼伝《そんせいどうじんようほでん》』（明・李元陽《りげんよう》）に、「黼《ほ》嘗《かつ》テ以テ二方言ヲ一為ス二竹枝詞《ちくし》数十首一」とあるように、当時、白文によって作られた「山花碑」のような形式の詞は、「方言で作った竹枝詞」と認識されていた。竹枝詞は楽府題《がふだい》の一つであるが、もともと蜀（現在の四川省成都一帯）の民歌で、劉禹錫《りゅううしゃく》が蜀に赴任したとき、その村で歌われていた民謡の曲にその地の風俗、人情を詠じた歌詞をつけたのが始まりといわれる（「竹枝詞九首序」『劉夢得《ぼうとく》文集』）。

楊黼の詞を「竹枝詞」と呼ぶのは、楊黼と同時代の李元陽がその形式をペー族先民独自の民謡の形式と認識してのことだろうが、しかしそれは唐の周辺国家支配政策を体現する新音楽に、五音七音の絶律形式を当てはめていくことによって生成した歌形、つまり詞であった。楊黼《ようほ》は漢詩の普遍性に立ちつつ、自らの独自性、つまり民族的アイデンティティを竹枝詞の形式に求めたのだろう。それはかつて「撃筑調の転韻詩」を上奏文に付して後唐との対等な関係を望んだ大長和国の支配者層の姿と重なる。また竹枝詞は、漢字によって書かれることを前提とするから、「方言」は、「山花碑」がそうであるように、白文を駆使することによって記されることになる。楊黼が「方言」（白文）を用いたのも、かつて南詔期に、漢詩文に通じ、漢字を自由に使いこなしつつ、仮借による音仮名によって記した自らの言語を滑り込ませることによって自民族や国家のアイデンティティを確認した南詔王尋閣勧《じんかくかん》と清平官趙叔達《ちょうしゅくたつ》の姿と重なるのである。

四　辺境国家の詩

中国周辺の辺境国家の五・七音をベースとしたさまざまな歌形は、唐の辺境国家支配政策を体現する新音楽に、五音七音の絶律形式を当てはめていくことによって生成した歌形であるが、それぞれの辺境国家の支配者層はそれを自らの民族（国家）のアイデンティティを確認する形式として主体的に創造・再生産しているということが見えてきた。言い換えれば、それは唐の近体詩を辺境国家の支配者層がそれぞれに換骨奪胎した歌形ということになるだろうか。換骨奪胎は焼き直しとか猿真似ということではなく、自民族のアイデンティティを表現しつつ、同時にアジア的普遍性に繋がるという、アジア辺境国家の支配者層の生きる術であった。

最後に辺境国家の支配者層が、近体詩を換骨奪胎することによって、自らの歌を創作・再生産する意識と方法について考えておきたい。五・七音音数律をベースとする歌を辺境国家の支配者層が創造・再生産するということは、彼らがアジア的なレベルでの普遍性をもつということを意味する。五・七音は唐の近体詩に連なるからだ。この新しい歌形によってもたらされる普遍性によって、彼ら（王権）はその地域に君臨することができる。だが、その一方で辺境国家は自国の言語文化を体現する歌をもたねばならない。もしそれがまったくの中原の近体詩であれば、辺境国家を保つ必然性、王権としての独自性が失われてしまうからだ。

南詔以来のペー族先民は、アジアに普遍的な五・七音音数律に則って、近体詩をどのような方法で換骨奪胎して独自の歌形を作りだしているのだろうか。

第一の方法は「白文」の使用である。近体詩を換骨奪胎するためには、漢字の使用が前提となるが、漢字を音・訓・仮借による音仮名等さまざまに用いて、自民族語を表記するための白文が考案された。南詔時代、あの南詔王と宰相による星回節での賦詩において、普遍的な五言詩を連ねながらも、突然、漢字の音仮名を用いて自民族語を滑り込ませることを見た。これは漢詩の普遍性、世界性に連なりながら、南詔の独自性を確認しようとする方法である。白文の使用はそれを支え、その後、「白文」による自民族語表記の方法は、明代の楊黼の「方言」による竹枝詞、「山花碑」を経て、本子曲《ベンズ》として現代にまで継承されている。

第二の方法は、押韻方法を漢詩のそれと違えるということである。尹明挙《いんめいきょ》（「楊黼の『山花碑』から見る白族文字と白語詩歌格律」『白族文化研究2007』所収）によれば、ペー族詩歌の場合、押韻はあるが平仄の区別はない。そのかわり、押韻に声調（漢語が四種類であるのに対して、ペー語は八種類ある）を関わらせて、独自の韻律を作ろうとするという。

第三には、一句内の句切れを漢詩のそれと違えるという方法がある。一句内の句切れは、漢詩の場合、七字句は「二・二・三」、五字句は「二・三」である。そうでなければ意味が取れないことになりかねない。しかし『山花碑』の場合、七字句も五字句も漢詩と同じ句切れのほかに、それらとは全く異なる句切れをもつ。例えば七字句の場合には、「鍾山川・俊秀・賢才」（霊気の集まる山川・優秀・賢才）、「涵乾坤・霊胎・聖種」（豊かな天地宇宙・霊胎・聖種）のように「三・

三・二」となったり、「方丈丘・焼・三戒香」(方丈で・たく・三更の香)、「竟苑中・点・五更燭」(竟苑で・灯す・五更の燭)のように「三・一・三」となるものがある。また、五字句の場合にも、「補・東洱・九曲」(注ぐ・東洱に・九曲が)、「看・公案・語録」(見る・公案・語録を)のように「一・二・二」となるものがある。

尹明挙は第二、第三の違いをあげ、そこにペー族詩歌独自のリズムを見、七七七五形式が漢詩の直接の影響下に起こったのではないことを主張するが、むしろその影響の受け方、つまり換骨奪胎の仕方にこそ、辺境国家の住人であったペー族支配者層、知識人の生きる術を見るべきではないだろうか。

ペー語は漢・チベット・ビルマ語群イ語系であり、漢・チベット語族漢語群の漢語とは語族レベルでは同族であり、また漢以来の中原地域との交流の結果、古漢語と六割以上の共通点があると言われている。このような言語上の近縁関係だけでなく、南詔は唐と吐蕃(チベット)との緩衝材のような役割を負って、唐と直接的な外交的軍事的関係性をもっていた。こうした関係性のなかで、南詔支配者層は、漢字による五・七音音数律という骨格において漢詩に連なる普遍性を持ちつつも、白文を用いて自民族語を滑り込ませ、脚韻の踏み方や一句内のリズムを漢詩のそれと違えた歌を創造・再生産することによって、辺境国家を維持したのであった。そしてその形式は遅くとも明代には七七七五形式として定着し、現在に継承されているのである。

＊

中原王朝からみて南詔は雲の南にあるが、東海の果てに日本（倭国）があった。漢語と日本語の言語系統上の関わりはさらに薄いが、日本でも五・七音音数律をベースとした歌が生成されていく。それは古代国家形成期の記紀歌謡に始まるが、すでに推古天皇は六〇七年に遣隋使を派遣しており、実質的に万葉集に歌を残す最初の天皇、舒明天皇六三〇年からは遣唐使が派遣されている。円仁『入唐求法巡礼行記』によれば、八三八年の遣唐使派遣の際に唐に朝貢した五カ国のうち、南詔が第一位、日本（倭）が第二位の席次であり、その他の使節は冠をつけず、背中が曲がって容貌は醜く、獣の皮や荒布を身につけていたという。このような隋・唐との関係のなかで、日本の支配者層もまた、アジア的普遍性を持った漢字による五・七音音数律を骨格としながらも、漢字の音読み、訓読み、仮借による音仮名や訓仮名、新字作成などによって日本語を表記する方法、つまり万葉仮名を用いて、そこに大幅に自民族語を滑り込ませ、一句の内部のリズムは漢語の句切れとは全く違え、脚韻や平仄などをもたない日本の独自性をもった歌の形式（短歌形式）を創造・再生産したのではなかったか。それは古代日本王権が隋・唐との関係性、その周辺の辺境国家との類比的な関係性のなかで作り上げた、アジア辺境国家の詩の形式であった。

千数百年を経て、ペー族やモソ人の人々と私たち日本人は、アジア辺境国家に生きる術として五・七音音数律を身体的に内在化しているのである。

コラム4

苗族の歌

草山洋平

苗《ミャオ》族の言語は貴州省・四川省・雲南省にかかる地域を中心とする西部方言、貴州省東南地域を中心とする中部方言、湖南省西部を中心とした東部方言の三つの方言によって大きく分けられる。ここでは中部方言と東部方言の情歌をもとに、苗族の歌の形式についてふれてみたい。

中部方言地域の歌は五音で一句となり、六句で一首となる。そして、最初の句の末音の声律（平仄律）を基準にして、各句の末音の声律を合わせるという形式をもつ。[1] 中部方言の苗族の歌をアルファベット表記化した図1は伝統的な情歌である。歌の内容は「輝かしい青春時代は大切にするべきだ、たくさん仕事をするべきだ、若いうちから怠けていると青春を浪費する、青春の華々しさは年々荒んでいく、後悔先に立たず、終身残念である。[2]」というものである。この歌において、図1の著者である礼酒は各句末の声律が「l」で統一されると指摘している。つまり、この歌のそれぞれの句の末語は「niul」「yii」「lul」「liel」「hilu」 「yel」となり、語末の平声をあらわすアルファベットが「l」で統一される。[3]よって、中部方言地域の歌は韻ではなく句末の声律を合わせるという形式になっている。

著者の調査地である東部方言地域の歌は七音で一句となり、二句で一連、二連で一首とする七言四句体が基本である。後にこれが発展して六句から数十句にもなる。この形式は押韻の位置により「単句」・「双句」・「四句成首」・「双句両面の唱法」の四つに分類される。[4]「単句」は奇数句末で押韻する。「双句」は奇数句末と偶数句末のそれぞれで押韻する。「四句成首」は上下連の韻脚で押韻する方法である。最少でも一首に四句あり、多ければ二十句、三十句と制限がない。「双句両面の唱法」は歌うときの形式である。苗族の歌のうたい方には単純な歌い方と複雑な歌い方がある。単純に重唱する場合の韻は変わらないが、複雑に重唱する場合は陰面と陽面の二面にわけ、一方の面（一面）を歌った後に直ぐにもう一方の面（二面）を歌う「翻面」という歌い方をする。二面を歌うときに奇数句は変えずに偶数句末語もしくは六・七音目、または五・六・七音目、あるいは七音すべての韻を入れ換えて歌う形式である。この形式は極めて稀な形式である。【図2参照】

また、近年筆者が同行した調査では別の形式が確認できた。東部方言地域にあたる湖南省鳳凰県の歌は、七音で一句となり、三句以上で一連、三句であれば三連以上で一首、四句以

図1：中部方言の情歌
Pait jas ghab nex niul,
Hxet jas ob niangx yii（ママ),
Dent deis ghab nex lul,
xongt bes ghad nex liel,
Mait bes ghab nex hilu（ママ）
xet des ghab nex yel。
出典：礼酒「苗族詩歌句末声律漢訳浅談」

図2：東部方言の歌

「単句」	「双句」	「四句成首」
一連	一連	一首
○○○○○○A	○○○○○○A	○○○○○○A
○○○○○○○	○○○○○○B	○○○○○○B
二連	二連	○○○○○○A
○○○○○○A	○○○○○○A	○○○○○○B
○○○○○○○	○○○○○○B	
三連	三連	
○○○○○○A	○○○○○○A	
○○○○○○○	○○○○○○B	
四連	四連	
○○○○○○A	○○○○○○A	
○○○○○○○	○○○○○○B	

句末のAやBは同韻であることをあらわす。

「双句両面の唱法」複雑な場合

一面	二面
○○○○○○A	○○○○○○A
○○○○○○B	○○○○○○●
○○○○○○A	○○○○○○A
○○○○○○B	○○○○○○●

○○○○○○●は、○○○○○●●または○○○○●●●または●●●●●●●ともなる。●は一面とは違う韻に換えることをあらわす。

出典：筆者作図

上であれば句数と同じ数の連で一首となる。押韻は、一連目の一句目末語と二連目の一句目末語と三連目の一句目末語というように、各句の連ごとの末語で踏まれることが一般的である。この形式は最大で十句十連ほどもあるようであるが、そのような歌をつくることは非常に困難であり、まず出合うことはないそうだ。調査をした話者が出合った最大の歌は七句七連だそうだ。尚、この形式の場合、一首目で三句三連で歌い、二首目で四句四連というように、一首目と二首目とで句数と連数を変えても構わない。ただし、句数と連数は同数にしなければならない。

鳳凰県にはさらに稀な形式がある。それは七音で一句となり、四句で一連、四連で一首となる。それぞれの連の一句目と二句目が同じ韻となり、各連の三句目と四句目が各々同じ韻となるという形式である。この形式は四句四連のみで用いられる。【図3参照】

筆者の調査した範囲においては、歌の形式のみでなく中部方言の歌と東部方言の歌の旋律も異なっていた。これまで確認したなかでも、苗族という同一の民族であっても生活する地域によって歌の音数律や形式が異なってしまうことがわかる。

ところで、これらの歌はどのような状況で歌われるのだろうか。鳳凰県を例として情歌の歌われる背景にふれてみたい。恋愛の相手をさがす若者は数人のグループで市《いち》に出かける。

図3：鳳凰県の歌

一般的な場合（三連）

一連
○○○○○○ A
○○○○○○ B
○○○○○○ C

二連
○○○○○○ A
○○○○○○ B
○○○○○○ C

三連
○○○○○○ A
○○○○○○ B
○○○○○○ C

一般的な場合（四連）

一連
○○○○○○ A
○○○○○○ B
○○○○○○ C
○○○○○○ D

二連
○○○○○○ A
○○○○○○ B
○○○○○○ C
○○○○○○ D

三連
○○○○○○ A
○○○○○○ B
○○○○○○ C
○○○○○○ D

四連
○○○○○○ A
○○○○○○ B
○○○○○○ C
○○○○○○ D

句の数づつ連の数が増える。

特別な場合

一連
○○○○○○ A
○○○○○○ A
○○○○○○ B
○○○○○○ C

二連
○○○○○○ A
○○○○○○ A
○○○○○○ B
○○○○○○ C

三連
○○○○○○ A
○○○○○○ A
○○○○○○ B
○○○○○○ C

四連
○○○○○○ A
○○○○○○ A
○○○○○○ B
○○○○○○ C

句末のAやBやCは同韻であることをあらわす。

そこで気に入った異性を見つけたら仲間に相談し、了解を得てから仲間と一緒に歌を掛けにいく。ただし、このとき女性から先に男性へ歌を掛けることはない。女性から先に男性へ歌を掛けることは恥ずかしいことであるので、女性は男性の気を引くようにして歌をかけてもらうようにするのである。また、女性は歌を掛けられてもすぐには喜ばず、最初は素気ないふりをするのが通常なのだそうだ。

男性が女性に歌を掛けるのは市から帰るときである。帰路につく女性たちの後を追い、気に入った女性の服の裾を引張ったり、靴のかかと部分を踏むなどして相手の気を引くのである。そして、相手が気付いたところで歌をうたいかける。歌は男女それぞれ二首づつ歌い、その後は歌ではなく会話によって意思疎通をする。二首しか歌わない理由は、自分で歌をつくることができる人が少なく、若者は予め歌師と呼ばれる歌をつくることのできる先生につくってもらった歌を憶えて出かけるからである。これは男女が恋愛関係である間に会うときも同じである。話が済むと次に会う場所や時間の約束をして別れるのである。その後は、約束の場所で二首づつ歌を歌い合い、会話によって仲を深めていく。

以上のことからすると、若者の出会いの場は市であり、そこで出会った相手と恋愛関係になり、歌を掛け合って仲を深めることになる。調査の話者によれば、歌を掛け合った人のなかで最も遠くから来ていた人は、市から二十キロほど離れた村に住む人であったそうだ。これはひとつの市に出かけてくる人々の生活範囲を知る目安のひとつとなる。また、その範囲を越えてしまった村の人々は、別の土地で開かれる市に行くことが考えられ、共通の市で出会うことがなくなってしまうということにもなるだろう。苗族にとって、共通の市で出会うということが他村との交流範囲の目安であり、また通婚範囲でもあり、歌の形式を正確に共有できる範囲でもあるといえるのではないだろうか。そして、その範囲を遥かに越えてしまうことによって、同一民族であっても音数律などの歌の形式が異なってしまうという問題が起こってしまうのではないだろうか。

注

（1）礼酒「苗族詩歌句末声律漢訳浅談」『苗侗文芸』十六期　黔東南州文芸研究所　1992
（2）注1に同じ。解説を筆者が訳した。
（3）表記は原文のままにしたが、二句末の二つ目の「i」は「l」、五句末の「u」は「,」であり、それぞれ「yil」、「hil,」の誤りであろう。
（4）石啓貴『湘西苗族実地調査報告』　湖南人民出版社　1986

七　定型詩の呪力の由来
――中国壮族のフォンの場合

手塚恵子

心の澱を掬いあげるもの

フィールドノートの中で、好きなエピソードがある。

その年、雨の日が続いた。街の裏手にある大きな池が堪えきれずに、水を溢れさせた。人々は家から家財を運び出すのに必死だった。そのなかで、今にも流されそうな我が家に向かって、フォン（歌）をうたい掛けていた男がいた。

私がその街を訪れたのは、洪水の翌年だった。私にその話をしてくれた男は、自分は彼のようにはしなかったけれど、彼がそうしたことは理解できる。周りの皆もそう思っているよと付け加えた。

悲しみにくれるとき、行き場のない感情を掬い取り、それを外の世界に連れ出すこと、私たちの世界では文学が担うであろう役割を、壮族《チワン》[1]ではフォンが担う。

ノートからもうひとつ。

韋抜群は乱を起こすに当たり、一種の歌謡を利用して民衆を麻酔させた。広西の田南道と鎮南道は彼の手に落ちてしまった[2]。

これは、民国期に国民党の官僚として広西の治世にあたった劉錫蕃のエッセイに書かれたもので、壮族の青年である韋抜群が彼の故郷を民主化しようと考え、「土地の歌」を使ってそれを広めることにしたところ、この作戦は大成功をおさめ、劉錫蕃の心胆を寒からしめたというエピソードである。

広西では、フォン（歌）をうたい掛けられた者は、相手が誰であっても、必ずうたい返さなければならない。相手のフォンが何を言おうとしているのかを了解した上で、それに即応したフォンを作ることが求められる。たとえ民主主義という、地元民にはよくわからない外来の概念でさえ、ひとまず彼らなりに理解したうえで、うたうことが求められる。フォンというメディアによって、通常では考えられない深さと速さで農村社会に、民主主義という観念が広まった。劉錫蕃はフォンのコミュニケーション能力の高さに驚愕したのである。

広範囲に伝達することは、私たちの世界では、ラジオ、テレビといったマスメディアが担ってきた。現在では面識のない人々による双方向のコミュニケーションがウェブ上で行われている。

壮族ではその原初的形態が、フォンという形で浸透していたのである。

私のノートには、これらに類似したエピソードがいくつも書き留められている。それらが示すのは、フォンが人々に類い希な影響力を持つのだという彼らの記憶である。

排他的な旋律

フォンは人々に類い希な影響力を持つ。そしてそれはフォンが特定の旋律を持ち、この特定の旋律が一定範囲の人々にしか使用されないことに由来している。

166頁の楽譜「東部地域のフォン」は、広西壮族自治区武鳴県の羅波郷の女性がうたったものである。この旋律は、羅波郷でフォンをうたう時に必ず使われる。またこの旋律は羅波郷だけでなく、武鳴県東部地域内で、羅波郷同様に使われている。

一方、この旋律は東部地域以外では、全く使われない。地元の意識では、武鳴県は県庁所在地である城廂鎮を挟んで東西南北の四地域に分かれているが、この旋律は、西部、南部、北部地域では、全く使われない。使われないだけでなく、東部地域の旋律でうたわれたフォンは、西部、南部、北部の人々には、ほとんど理解できない。

武鳴県の壮語は言語学上では、同じ北部方言邕北土語に属している。日々の暮らしの中でも、武鳴県の東西南北の四地域の壮語は、全く同じではないものの、その違いはさして困ることはない程度のものである。にもかかわらずフォンにうたわれた詞は、東西南北の地域を越えて理解されることはない。このことは地元でも強く意識され、例えば、近年はじまった武鳴県の歌王を選出するコンテストでは、これを回避するため、フォンはうたわれる他に、その場で筆記され読み上げられている。

このように、フォンは特定の旋律を持ち、しかもそれは一定範囲の人々にしか享受できないものとして存在している。何がフォンをそのような存在にさせているのだろうか。

次にあげるのは、私が用意した詞（牡丹の花は目が覚めるように赤く　百楼の頂に咲いている　手に取ることはできるだろうか　瑠璃に映る影を見るのみ）を、東部地域の女性と北部地域の男性に、それぞれ地元のフォンの旋律でうたってもらい、その結果を楽譜（「東部地域のフォン」「北部地域のフォン」、166・167頁）と図（「東部と北部のフォンにおける詞と音節の配置」、167頁）に整理したものである。

図のa群（1a、2a、3a、4a）は私が用意した詞（現代壮語表記による）なので、東部と北部に共通している。b群（1b、2b、3b、4b）とc群（1c、2c、3c、4c）は、詞の言葉の間に挟み込まれる音節である。この音節には、「I」「AU」「OI」といった固定されたものと、言葉の最後の音にa音やo音を足して音節にしていくものの二種類の音節がある。この図では b群が東部のフォンの音節、c群が北部のフォンの音節である。実際にうたわれたフォンは、東部がa群（1a、2a、3a、4a）+b群（1b、2b、3b、4b）、北部がa群（1a、2a、3a、4a）+c群（1c、2c、3c、4c）となる。

東部地域のフォン

採譜：東山真奈美

これは東部地域の女性の歌い手がうたったフォンをもとに作成したものである。

東部地域のフォンは男女によって、４度もしくは５度の音程差がある。

音節の部分は NA のように大文字で記し、さらに A-のようにアルファベットを付した下線を引いた。

北部地域のフォン

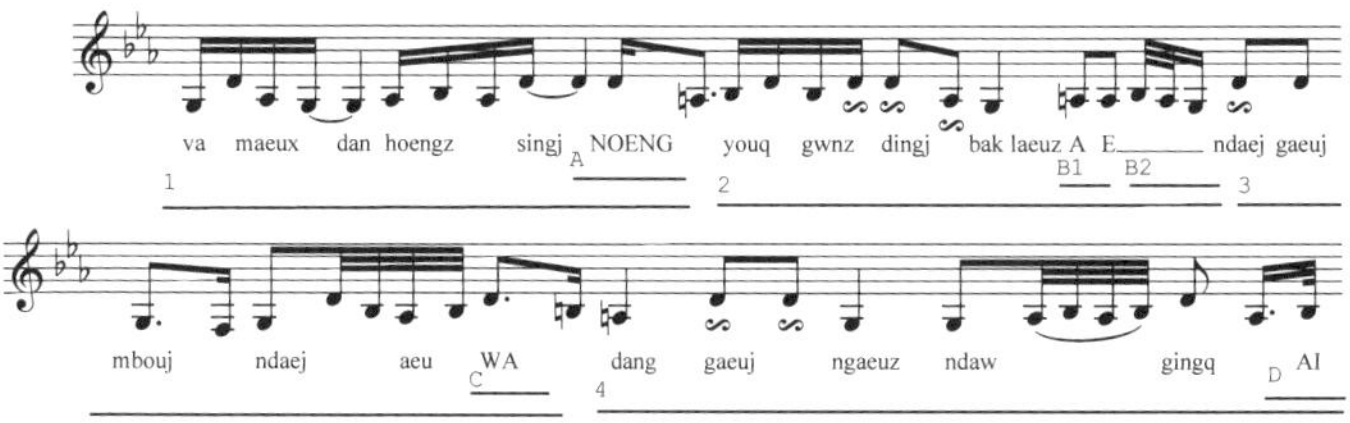

採譜：東山真奈美

これは北部地域の男性の歌い手がうたったフォンをもとに作成したものである。
音節の部分は NOENG のように大文字で記し、さらに A-のようにアルファベットを付した下線を引いた。

東部と北部のフォンにおける詞と音節の配置

1a		va	maeux		dan		hoengz		singj	
1b	*E*			A		NA		GA		GA
1c										NOENG
2a		youq	gwnz		dingj		bak		laeuz	
2b				NA		NGA		KA		OU *I AU OI*
2c										*AE*
3a		ndaej	gaeuj		mbouj		ndaej		aeu	
3b	*WN HE*			WA		A		YA		WA
3c										WA
4a		dang	gaeuj		ngaeuz		ndaw		gingq	
4b				WA		HO		A		GA *I I AU OI*
4c										*AI*

注記　aは東部地域と北部地域に共通する部分（詞）を
bは東部地域のフォンにだけ見られる部分（音節）を
cは北部地域のフォンだけに見られる部分（音節）をあらわす。
音節のうちイタリック体のものは、固定された音節である。
東部地域のフォンの1行目は、次のようにうたわれる。

E　va　maeux A dan NA　hoengz　GA　singj GA

北部地域のフォンの1行目は、次のようにうたわれる。

va　maeux dan hoengz　singj NOENG

東部のb群を構成する音節が北部のそれよりも多いのは、東部の曲の旋律が、北部のそれに比べて長いことに対応しているためであろう。例えば東部のフォンの冒頭部分は e va maeux a danna hoengzga singjga とうたうが、これに対応する旋律の拍数は十四である。北部のフォンの冒頭部分は va maeux dan hoengz singj noeng とうたわれ、この部分に対応する旋律の拍数は五拍である。それぞれの拍数の内訳をみると、詞に対応する拍数は、東部が七拍であり、北部が四拍である。これにたいして、音節に対応する拍数は東部が七拍であり、北部が一拍である。詞に含まれる言葉の数が同じであるのに、旋律の長さの違う東部と北部では、詞に相当する部分の拍数を増やすだけでなく、音節部分の音節の数そのものを増やすことによって、音節部分に対応する拍数を増やし、この矛盾を解決しようとしているようにみえる。

先に挙げた、フォンが特定の旋律を持ち、それが一定範囲の人々にしか使用されないという問題は、詞と音節の組み合わせの違いから生じている。北部地域のフォンの冒頭部分は、va maeux dan hoengz singj noeng と聞こえる。最後の noeng 以外には装飾的な音節はなく、詞(牡丹の花は目が覚めるように赤く)そのものに近い。東部地域のフォンの冒頭部分は、e va maeux a danna hoengzga singjga と聞こえる。ここから、e a na ga ga の五音節を抜き去らないと、va maeux dan hoengz singj(牡丹の花は目が覚めるように赤く)という、詞は現れない。北部の者には、この音節の抜き去り方を知らないので、詞を理解できない。また東部の者は、本来なら中間部には抜き去る部分がない北部のフォンから、何かを抜き去ろうとするので、やはり詞を理解できない。全く同じ詞であっても、旋律が違えば、詞と音節の配置は異なった組み合わせになる。このことが、旋律の異なる地域のフォンを、互いに理解不能なものにしているのである。

私と公を繋ぐ回路

フォンが特定の旋律を持ち、それが一定範囲の人々にしか使用されない。このことは、詩型と旋律の組み合わせの問題として考えることができる。しかしながらそれと同時に、その詩型と旋律の組み合わせが、なぜ一定の地域にのみ通用し、他に対して排他的なのかは、詩型と旋律の組み合わせの外部にある問題として考えることもできる。

羅波郷でうたわれるフォンの旋律は、武鳴県東部でのみ通用する。この東部という区分は地理的なものであるが、自然環境が区分を切り分けているわけではない。フォンは人間の間でうたい交わされる歌である。時には、家屋といった物資的なものにうたい掛けることもあるが、基本は人間にたいしてうたい掛けるものである。それ故一定の地理的範囲というのは、一定の人間の範囲に置き換えて考えることが可能である。

フォンが交換される一定の人間の範囲とは何か。フォンは結婚が許される間でしか交換されない。男女の間でうたわれるということもそうであるし、近親相姦の禁忌にふれる間柄ではうたわれることがないということも、それにかなっている。壮族は父系出自集団で系譜を継いでいくので、この父系出自集団内では、どれだけ血縁関係が薄くても結婚は禁忌であり、それ故にフォンがうたわれることもない。近親相姦の禁忌の外側、これがフォンのうたい交わされる最小の範囲である。

フォンのうたい交わされる最大の範囲は、それぞれの通婚範囲と一致する。スキナーは、漢族の農村社会の通婚範囲が、定期市の標準市場圏と深い関係にあると指摘しているが(3)、壮族の場合はそれより一回り大きい中間市場圏がそれに相当する。羅波の街の場合、通婚圏は羅波の街の標準市場圏である羅波郷ではなく、陸斡街の定期市を中心において構成される中間市場圏にある。この中間市場圏は、陸斡郷、羅波郷、馬頭郷、両江郷と城廂郷の一部を含み、人口約二〇万人を持つ。これら五郷は、五郷が属する武鳴県の県庁所在地から見て東部に位置することから、地元では「東部」と呼ばれている。

フォンが交換されるのは、「東部」の内側であり、かつ父系出自集団の外側である。これ以外の人間関係のなかで、フォンが交換されることはない。そしてここでいう「東部」とは、言うまでもなく、先に挙げたフォンの旋律圏の「東部」と同じ範囲である(4)。

人間にとって、結婚する相手を供給してくれる集団は、何者にも代え難い存在である。各々のフォンが持つ旋律が、この集団(通婚圏)にのみ、限定的に通用するものであるが故に、フォンは人々にとって、特別な存在になる。あたかもそのフォンの旋律がその共同体そのもののように感じられ、それを象徴したものと受け取られるのである。

このように、フォンが共同体そのものと意識される故に、フォンに個人の思いをうたうことによって、その行き場のない感情が掬い取られ、それが共同体の中に溶解していくように感じたり、あるいはたとえそれが奇抜な思想であったとしても、フォンを通して披露される限り、人々はそれを共同体が認めた、聴くに値するものとして、受け取ったりすることができるのである。

五言四句

フォンが圧倒的な存在感を持つのは、それが通用する範囲が限定されているからであった。それでは、各々のフォンは絶海に浮かぶ孤島のように、孤立して存在しているのだろうか。再び詩型と旋律の問題に立ち戻って考えてみよう。

先の図によると、北部地域のフォンは、（va maeux dan hoengz singj ＋noeng）（youq gwnz dingj bak laeu ＋a,e）（ndaej gaeuj mbouj ndaej aeu ＋wa）（dang gaeuj ngaeuz ndaw gingq ＋ai）とうたわれている。（牡丹の花は目が覚めるように赤く　ノン）（百楼の頂に咲いている　ア、イ）（手に取ることはできるだろうか　ワア）（瑠璃に映る影を見るのみ　アイ）である。一曲のうちに「詞＋音節」の組み合わせが四回見られるので、四句という詩型が意識されていることがわかる。

広西壮族自治区の壮族には、次のような、フォンに用いられる詩型が知られている。上下句聯成一首的短歌式（上下五言短歌形式が主流、上下七言短歌形式もある）、三行聯成一首的短歌式（五言が主流、五言七言の混じったものもある)、四行聯成一首的短歌式(五言)、勒脚歌(五言が主流、七言、五七五言、七三七言のものもある)、排歌(五言、七言、四六言)[5]。

これらの詩型のうち、上下句聯成一首的短歌式が最も早くからある様式(諺はこの様式をとる)であること、四行聯成一首的短歌式の通用範囲が最も広いことが先行研究によって明らかにされている。

北部地域のフォンは四句であるので、壮族の四行聯成一首的短歌式の伝統のうちにあることがわかる。四行聯成一首的短歌式には五言のものしか知られていなく、北部地域でも五言以外のものはみられない。

旋律の森

北部と東部の旋律の違いは武鳴県では絶対的である。しかしそのような先入観を持たない私たちは、武鳴県の人達とは異なる見方も可能である。

グラフ「東部と北部の旋律比較」は、東部と北部の旋律のなかから、詞の部分を抜き出したものを一句ごとにまとめ、さらにその一句の中に含まれる旋律的音程を数値化したものである。旋律的音程に焦点をあてるのは、非西洋音楽では、絶対音高やリズムの変化よりも、音程の変化によって差異が認識されるからである[6]。

武鳴県の北部旋律と東部旋律の場合、使用されている旋律的音程は次のものである。完全一度

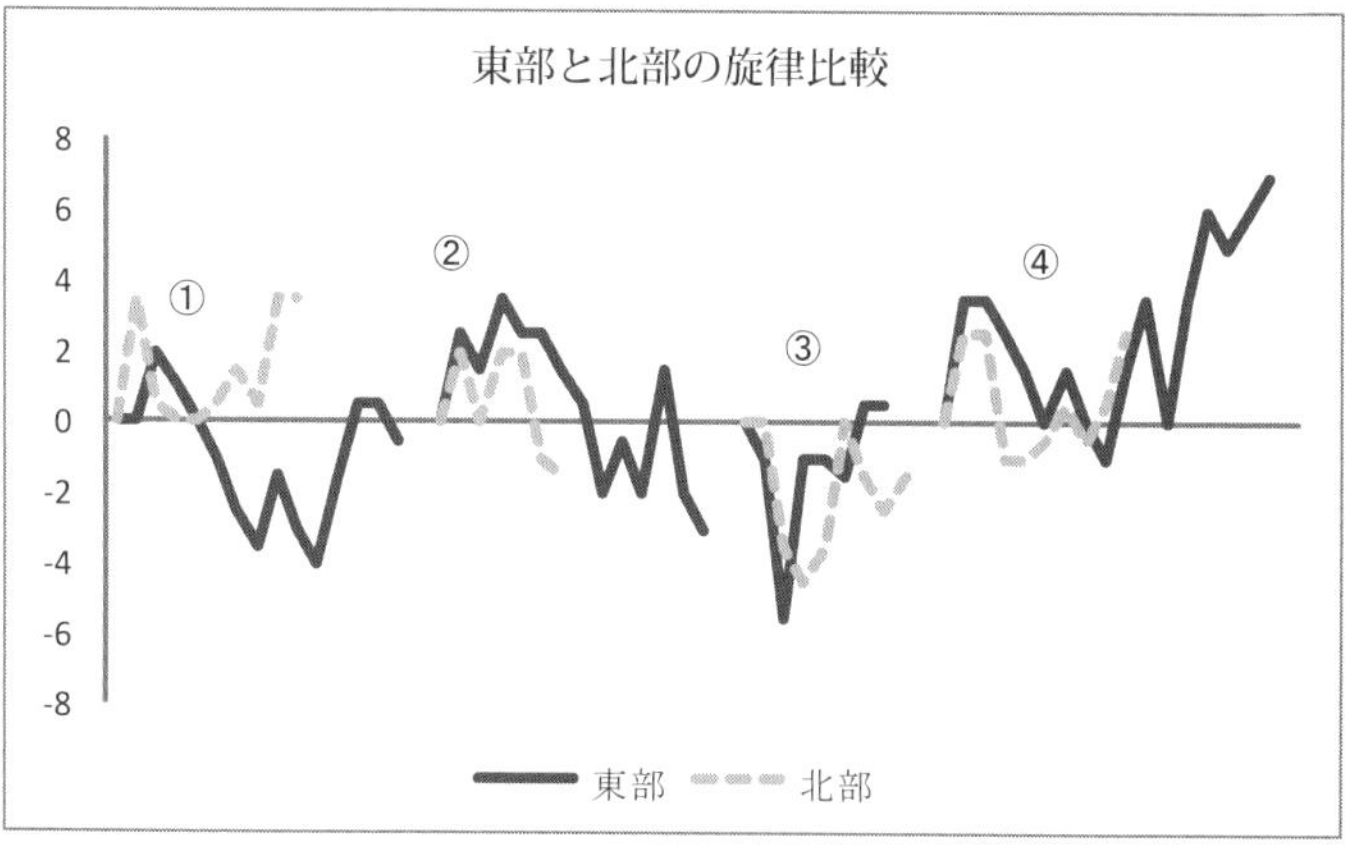

（同じ高さ）、長二度（二全音）、短二度（一半音）、長三度（二全音）、短三度（一全音＋一半音）、完全四度（二全音＋一半音）、増四度（三全音）、完全五度（三全音と一半音）、長六度（四全音と一半音）。さらにこれらの音程は上昇するものと下降するものに分類される。

北部旋律の楽譜1を例にして、グラフ作成の手順をあげる。楽譜1から音節部分のNOENGの旋律（下線A）を省く。削除後の楽譜は、ソ・レ・レ・♭ラ・ソ・ソ・♭ラ・♭シ・♭ラ・レ・レである。

次に隣り合う音同士でその旋律的音程をとる。楽譜1（下線Aを除く）の旋律的音程は、上昇完全五度、下降増四度、下降短二度、完全一度、上昇短二度、上昇長二度、下降長二度、上昇増四度、完全一度である。最後にそれぞれの音程が持つ数値を、時間軸に沿ってグラフに落とすと完成である。このような手順を踏むことによって、楽譜1（但し下線Aを除く）はグラフの---①に移し替えることができる。

東部旋律も同様の手順で作業を行う。東部旋律の楽譜1（下線A～Eを除く）の旋律的音程は、完全一度、上昇長三度、下降長二度、下降長二度、下降長二度、下降短三度、下降長二度、上昇完全四度、下降短三度、下降長二度、上昇完全四度、上昇長三度、完全一度、下降長二度。グラフは――①となる。

グラフ「東部と北部の旋律比較」において、東部と北部の旋律的音程は、重なり合うように軌跡を描いている。ただ東部旋律は北部のものより音数が多いために、それを受けてその軌跡も北部旋律より長くなっている。それはグラフ①のように、同一軌跡の音数の違い（北部旋律の第一番目の下降は増四度、短二度で構成されているが、東部旋律の第一番目の下降は長二度、長二度、短三度、長二度で構成されている）という形で現れたり、グラフ②のように、新しい軌跡を付加する形、すなわち東部は、北部東部に共通する旋律的音程の軌跡である上昇（北部では上昇長三度、東部では上昇完全四度）、下降（北部では下降長三度、東部では下降長二度）上昇（北部東部とも上昇長三度）、下降（北部では完全一度、下降増四度、下降短二度、東部では下降長二度、完全一度、下降長二度、下降長二度、下降短三度）に加えて、上昇（上昇短三度）、下降（下降短三度）、上昇（上昇完全五度）、下降（下降完全五度、下降長二度）と軌跡を描く形で現れる。

この音数の違いによる軌跡の違いを除けば、東部の旋律的音程の描く軌跡と北部のそれが描く軌跡は、ほぼ同じ形である。武鳴県の人々の持つ認識とは異なり、音楽学上では東部と北部の詞の部分の旋律的音程は同じものとみなせる。

それではこのように東部と北部の旋律的音程が同型なのは、両者が隣接する地域だからだろうか。地理的に隔たりがあったり、あるいは方言圏が異なる地域のフォンとは、どのような関係が成り立つのだろうか。武鳴県から二五〇キロ離れた柳州市（壮語の方言分類では武鳴県は北部方言邕北土語、柳州市は北部方言柳江土語に属する。）の五言四句のフォンの旋律をあげてみよう。

「送妹過長嶺」は『中国民間歌曲集成・広西巻』[7]に収録されている掛け歌（フォン）である。注記には、「五字歓（五言のフォン）」と記載されている。柳州郊外の農村の壮族がよくうたう伝承されてきた旋律である。歌詞は漢語訳をした」と記載されている。この「送妹過長嶺」の楽譜から、先ほどと同じ手順に従って、旋律的音程を書き出し数値化し、それを武鳴県北部の旋律と比較したグラフが「武鳴県と柳州県の旋律比較」である。

このグラフにおいて、武鳴県の旋律的音程と柳州県の旋律的音程は異なる軌跡を描いている。この二者は東部と北部とは違って、同型ではない。しかしこの二者の旋律的音程の間を、全く無関係だということもできまい。

グラフ①の武鳴県の旋律的音程と柳州県のそれは、音程数値ゼロを中心にして、蝶が羽を広げたような形に、その軌跡を描いている。武鳴県の旋律的音程の描く軌跡は、上昇、下降、平行、上昇、下降、上昇、平行であり、柳州県のそれは、下降、上昇、平行、下降、上昇であるから、両者の描く軌跡は、鏡面対照的である。

グラフ③の武鳴県の旋律的音程は描く軌跡は、倒立した台形の上部に倒立した三角形を載せた

送妹過長嶺

柳州市

『中国民間歌曲集成・広西巻』所収

原版の数字譜を五線譜に改めた。

音節の部分は（哈）のように（）で付し、さらにA-のようにアルファベットを付した下線を引いた。

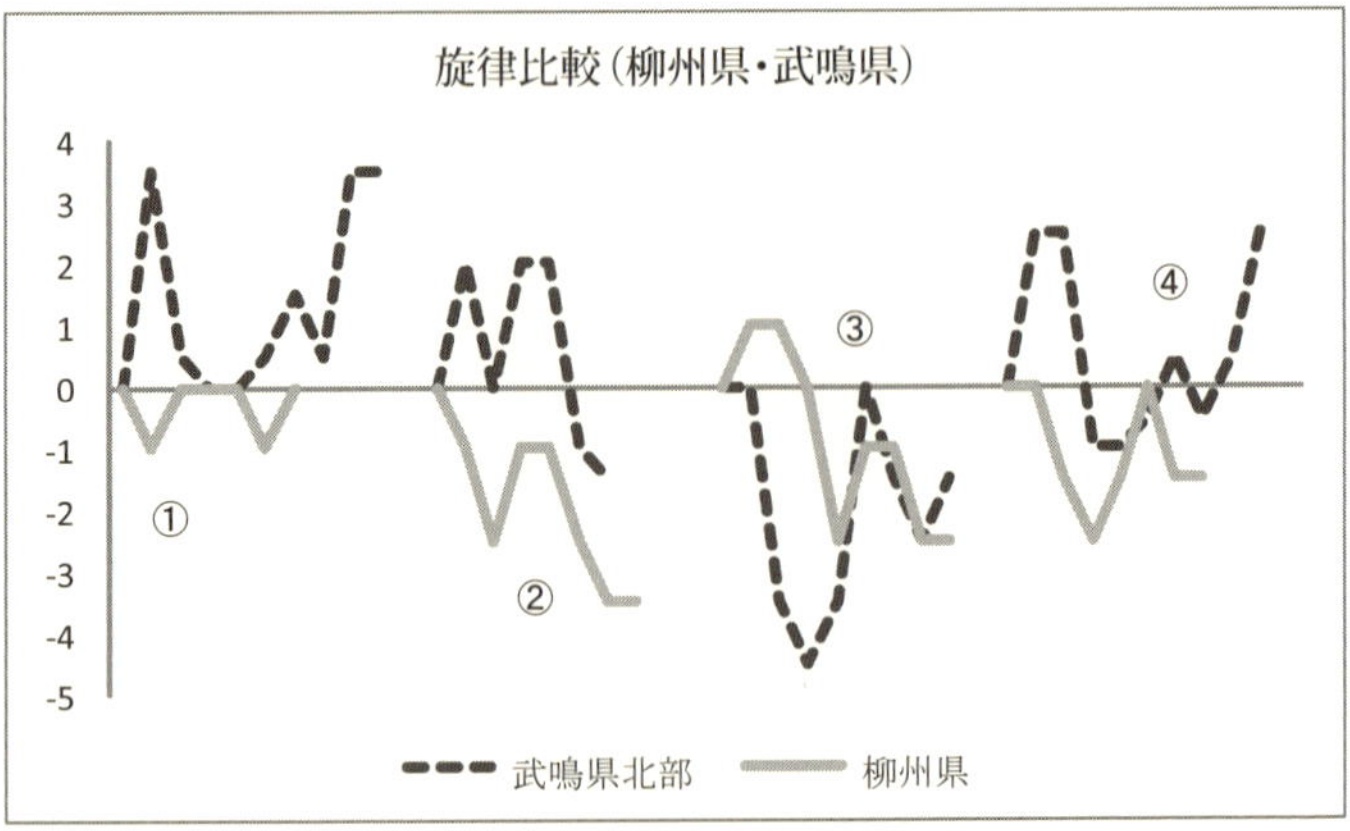

形とそれよりやや小ぶりの倒立した三角形である。柳州県のそれは、大きな台形の上に小さな台形を載せた形とそれよりやや小ぶりの台形である。グラフ①ほど明確ではないが、グラフ③でも、武鳴県と柳州県の旋律の描く軌跡は、鏡面対照的である。

グラフ②の武鳴県の旋律的音程の描く軌跡は三角形とそれよりやや大きい台形であり、柳州県のそれは、三角形（一辺を欠く）とそれよりやや大きい台形の二辺である。柳州県の軌跡を武鳴県の台形に合わせるように平行移動すると、両者の旋律的音程は重なり合うように、線を描く。

グラフ④の武鳴県の旋律的音程の描く軌跡は大きめの台形と小さな三角形であり、柳州県のそれは大きめの台形（一辺を欠く）と三角形である。柳州県の軌跡を武鳴県の台形に合わせるように平行移動すると、グラフ②ほど明確ではないが、両者の旋律的音程は重なり合うように、線を描く。

武鳴県と柳州県の①②③④の旋律的音程は、①同士のようにお互いに鏡面対照的であったり、または②同士のように、平行移動すれば重なり合うような関係にある。このような関係にある二者は、同じ構造のうちにあるといえるのではないだろうか。

おわりに

悲しみにくれるとき、行き場のない感情を掬い取り、それを外の世界に連れ出すこと、私たちの世界では文学が担うであろう役割を、壮族ではフォンが担う。このようなフォンの力は、フォンが特定の旋律を持ち、それが一定範囲（通婚圏）の人々にしか理解されないことから生まれる。フォンの旋律は人々を、あの集団この集団へと分け隔てる。それと同時にフォンの旋律は、その構造によって、お互いを結びつける。フォンは人々の心を、それぞれにある唯ひとつの歌のなかに溶解させる。そして同時にそれを、旋律の森へと誘うのだ。

注

（1）壮族　中華人民共和国に居住するタイ系民族。人口約一五〇〇万人。
（2）劉錫蕃『嶺表記蠻』商務印書館　一九三四年　一五六頁
（3）スキナー・G. W『中国農村の市場・社会構造』法律文化社　一九七九年
（4）手塚恵子『広西壮族歌垣調査記録』大修館書店　二〇〇二年
（5）黄勇刹『壮族歌謡概論』広西民族出版社　一九八三年
（6）Vida Chenoweth *The Usarufa and Their Music* SIL Museum of Anthropology Dallas, Texas 1979
（7）中国民間歌曲集成・広西巻編纂委員会『中国民間歌曲集成・広西巻』新華書店　一九九五年　なお原版は数字譜であったので、これを五線譜に改めた。

付表

武鳴県東部地域			武鳴県北部地域			柳州県		
旋律的音程	数値	グラフ値	旋律的音程	数値	グラフ値	旋律的音程	数値	グラフ値
①			①			①		
u	0	0	P5a	3.5	3.5	M2d	−1	−1
M3a	2	2	＊4d	3	0.5	M2a	1	0
M2d	−1	1	m2d	0.5	0	u	0	0
M2d	−1	0	u	0	0	u	0	0
M2d	−1	−1	m2a	0.5	0.5	M2d	−1	−1
m3d	−1.5	−2.5	M2a	1	1.5	M2a	1	1
M2d	−1	−3.5	M2d	−1	0.5			
P4a	2.5	−1.5	＊4a	3	3.5			
m3d	−1.5	−3	u	0	3.5			
M2d	−1	−4						
P4a	2.5	−1.5						
M3a	2	0.5						
u	0	0.5						
M2d	−1	−0.5						
②			②			②		
P4a	2.5	2.5	M3a	2	2	M2d	−1	−1
M2d	−1	1.5	M3d	−2	0	m3d	−1.5	−2.5
M3a	2	3.5	M3a	2	2	m3a	1.5	−1
M2d	−1	2.5	u	0	2	u	0	−1
u	0	2.5	＊4d	−3	−1	m3d	−1.5	−2.5
M2d	−1	1.5	m2d	−0.5	−1.5	M2d	−1	−3.5
M2d	−1	0.5				u	0	−3.5
m3d	−1.5	−2						
m3a	1.5	−0.5						
m3d	−1.5	−2						
P5a	3.5	1.5						
P5d	−3.5	−2						
M2d	−1	−3						
③			③			③		
M2a	−1	−1	u	0	0	M2a	1	1
M6d	−4.5	−5.5	p5d	−3.5	−3.5	u	0	1
M6a	4.5	−1	M2d	−1	−4.5	M2d	−1	0
u	0	−1	M2a	1	−3.5	m3d	−1.5	−2.5
m2d	−0.5	−1.5	P5a	3.5	0	m3a	1.5	−1
M2a	1	0.5	M3d	−1.5	−1.5	u	0	−1
u	0	0.5	M2d	−1	−2.5	m3d	−1.5	−2.5
			M2a	1	−1.5	u	0	−2.5
④			④			④		
P5a	3.5	3.5	P4a	2.5	2.5	u	0	0
u	0	3.5	u	0	2.5	m3d	−1.5	−1.5
M2d	−1	2.5	P5d	−3.5	−1	M2d	−1	−2.5
M2d	−1	1.5	u	0	−1	M2a	1	−1.5
m3d	−1.5	0	m2a	0.5	−0.5	m3a	1.5	0
m3a	1.5	1.5	M2a	1	0.5	m3d	−1.5	−1.5
m3d	−1.5	0	M2d	−1	−0.5	u	0	−1.5
M2d	−1	−1	M2a	1	0.5			
P4a	2.5	1.5	M3a	2	2.5			
M3a	2	3.5						
u	0	0						
P5	3.5	3.5						
P4a	2.5	6						
M2d	−1	5						
M2a	1	6						
M2a	1	7						

注記　u　完全一度　m2　短二度　M2　長二度　m3　短三度　M3　長三度
P4　完全四度　＊4　増四度　P5　完全五度　M6　長六度　a　上昇　d　下降

八　漢族の声の歌における歌詞の規則性と多様性
——中国陝西省紫陽県漢族の掛け合い歌を事例に

飯島　奨

はじめに

漢《かん》族は漢詩において、例えば、五言七言という音数律や対句に規則性を見ることができるが、では、声に出して歌われる歌、特に掛け合い歌では、歌詞のリズムはどのようになっているのか。例えば、漢詩に見られるような厳密な規則が声の歌では踏襲されているのか否か。本稿では、現代の漢族、特に中国陝西省紫陽県漢族の声の歌を資料として、漢族の声の歌における歌詞のリズムについて考察していきたい。

一　旋律と歌詞のリズム

一―一　はじめに

一―一―一　中国の漢詩における音数律とは何か

中国の漢詩における音数律とは、絶句も律詩も五音、或いは、七音という音のまとまりが作られ、そのまとまりは、言い換えれば音の流れであるのだが、そのような音の流れは一つの周期であり、その周期が繰り返される。一つの周期は脚韻によって終息し、そして再び新しい周期を開始する期待を生む。すなわち、一つの周期が一句であり、またこのような周期をつくる音の集まりが、漢詩における音数律であると言える。例えば、

登岳陽楼　杜甫
昔聞洞庭水、今上岳陽楼。（昔　聞く　洞庭の水、今　上《のぼ》る　岳陽楼。）
呉楚東南坼、乾坤日夜浮。（呉楚　東南に坼け、乾坤《けんこん》　日夜　浮かぶ。）
親朋無一字、老病有孤舟。（親朋《しんぽう》　一字無く、老病　孤舟《こしゅう》有り。）
戎馬關山北、憑軒涕泗流。（戎馬《じゅうば》　關山《かんざん》の北、軒《のき》に憑《よ》りて　涕泗《ていし》　流《なが》る。）

中国語の場合、一語＝一音＝一字という特徴があり、また、一音一音が等しい時間をもつ等時性をもつ。また、

昔／聞／洞庭水、今／上／岳陽樓。

時間（名詞）／動作（動詞）／事物（名詞）

というように、一語＝一音故に、前の句と後の句の語を対応させて周期内部の区切りを前後の句でそろえることが可能となる。これは、例えば、中国語の名詞では「青 qing・黄 huang」のように、一語一音で同じ長さで発音されるために語と語に対称性があるからで、それに対して日本語では「あお・みどり」のように二音と三音とになり発音の長さが異なるために語と語に非対称性がある（松原朗「中国古典の音数律――対偶性と人為性」、『アジア民族文化研究』第七号、二〇〇八年三月）。

ところで、五音七音という音数律をつくる漢詩の句とは何であろうか。例えば七言絶句の場合、

故人西辞黄鶴楼、
煙花三月下揚州。
孤帆遠影碧空尽、
唯見長江天際流。

の「楼」「州」「流」の脚韻によって一句が終息し、また、七言という音数律によって一句という周期が作られているから、脚韻と音数律の両者によって句という単位が意識されていると言える。松原は、一句は「一呼気で読み上げるべき単位」（松原朗、前掲、一六二頁）と述べている。

さて、漢詩では、一句という単位が繰り返されて、それによって、あるリズムが生みだされていくと思われるが、漢詩におけるリズムとは、韻律であると言えるだろう。韻律とは、言葉の長

短やアクセントの高低・強弱などの調子を、規則的に繰り返してつくられる音楽的な音の流れ、というふうに言えるだろうか（日本国語大辞典を参考）。この場合、注意したいのは、韻律は言葉に関わるリズムであり、音楽的なリズムとは区別しておく必要があることだ。遠藤耕太郎は「音楽的なリズム」と「言語的なリズム」との差について詳しく述べている（遠藤耕太郎「音楽的リズムと言語的リズムの交差―モソ人の「歌われる歌の音数律」―」、『アジア民族文化研究』第八号、二〇〇九年三月）が、本稿で扱う資料は、声の歌であるので、例えば、それは旋律に音楽的なリズムを持つものもあり、それと同時に、歌詞は韻律という言語に関わるリズムを持っている。従って、両者がどのように関わりあうのか、それとも関わりあわないのかについて、本稿で明らかにしていく。例えば、本稿で扱う掛け合い歌には、打楽器の演奏を伴って歌われるものがあるが、それらの歌は手拍子がとれるものとなり、本稿ではそのように手拍子のとれるものは「有拍節」の歌とし、反対に、手拍子のとれないものは「無拍節」、或いは、「フリーリズム」の歌としている。それに対して、言語に関わるリズムとは、例えば漢詩の場合では、韻律である。韻律には三つの要素があり、イ、音数律、ロ、押韻律、ハ、音調律である（松浦友久『リズムの美学―日中詩歌論―』、九―十頁、明治書院、一九九一年三月、を参考）が、押韻律は押韻の位置や種類の規則であり、音調律は例えば平仄律や四声律があるが、本稿では、もっぱら音数律が問題となる。

一―二　紫陽県及び紫陽県で歌われる歌の概況

本稿では、筆者が採集した紫陽県漢族の掛け合い歌を資料とするが、まず紫陽県について簡単に紹介しておきたい（紫陽県、及び、紫陽県の歌の詳細は、拙稿「中国陝西省紫陽県漢族の掛け合い歌――盤歌『十二ヶ月の花』調査報告」、『アジア民族文化研究』第八号、前掲、を参照されたい）。

紫陽県がある陝西省は、北部と南部とでは自然環境が大きく異なり、北部は黄土高原に代表されるような乾燥した厳しい環境であるが、紫陽県を含む南部は温暖な気候で、長江の支流の漢江によって水資源に恵まれている。紫陽県は、陝西省の最南部の一つで四川省と重慶市とに接し、重慶市と接する地域は山間部で、標高二五〇〇メートルほどの山々があるが、県の中央部は漢江とその支流の任河との合流地点で、豊かな水資源がある。紫陽県へは、西安から列車で約五時間半ほどでいくことができる。

紫陽県に住む人々は大部分が漢族で県の全人口は約三十五万人、うち漢族が約三十四万人、回族が一万人強。回族以外に特に少数民族はいない（二〇〇八年四月のデータ）。

次に、紫陽県で歌われている歌の主なものは、号子、山歌、小調の三種類で、その他にも、花鼓子、風俗歌などがある（参考：程天健「陝南紫陽地区民謡概論」、『黄鐘』、中国・武漢音楽学院学報、二〇〇六年第一期、八十六―九十頁）。

号子は労働歌のことで、山歌は山や野原で労働したり生活したりする中で個人が創作し歌うもの、小調は歴史、科学技術、生産知識などを人々に教えるものや恋歌などが含まれ、花鼓子は祭りの時に太鼓や銅鑼などのリズム楽器の伴奏がついて歌われるものである。風俗歌は例えば孝歌があり、葬儀の時に歌われ、死者が無事死者の世界へたどりつくことを祈る内容などが歌われる。

一―二　資料の分析

一―二―一　資料の紹介

本稿では、紫陽県漢族の掛け合い歌を資料として扱うが、「掛け合い歌」とは、恋愛、冠婚葬祭、挨拶、喧嘩などの諸々の状況において、最低二人、或いは、二人以上の複数の人間たちによって、掛け合いの形式で歌われる歌のことである。掛け合いとは、同じ旋律、同じリズムを用いて、歌詞は、伝統的な昔から伝わる固定されたもの、或いは、その場の状況に応じて歌い手自身が即興で作り出す歌詞を相互に歌い合うことである。本稿で主に扱う掛け合い歌は、二〇〇八年八月に私が採集[1]した、四首の掛け合い歌である。

それら四首は三種に分けることができ、イ、手拍子のとれる有拍節の旋律で歌詞が定型の音数律の歌、ロ、手拍子のとれない無拍節（フリーリズム）の旋律で歌詞が可変的な音数律の歌、ハ、フリーリズムの旋律で歌詞が定型の音数律の歌、である。有拍節の旋律の歌は二首の悪口歌で、フリーリズムの旋律の歌は「郎は向こうの山から降りてきた」と「麦藁帽子の歌」である。これら四首の歌詞資料と楽譜資料を作成し、四首それぞれにおいて歌詞のリズムと旋律との関係について分析を試みた（それらのうち、悪口歌と「郎は向こうの山から降りてきた」の資料は、拙稿「歌詞の音数と旋律との隔たり――中国陝西省紫陽県漢族の掛け合い歌を事例に」、『アジア民族文化研究』第八号、前掲、に詳しい)。

悪口歌

悪口歌は葬儀の時に歌われ、特に出棺の前夜に歌われる。葬儀は死者の家で執り行われ、親族や客が招かれるが、加えて葬儀を執り行う死者の親族によって「歌師」と呼ばれる歌の名手が招かれる。この「歌師」が葬儀に関わる様々な歌、例えば、死者を弔う孝歌を歌ったり、また、葬儀に招かれた人たちに向けてからかい歌を歌ったりするのだが、葬儀を執り行う家が裕福な場合、複数人の「歌師」が招かれる場合があり、そのような時に招かれた「歌師」同士が相手を罵る悪口歌を掛け合うことがある。通常その歌詞は即興で作られ歌われる。それから、葬儀では、「歌師」以外に打楽器演奏者がおり、五人編成で銅鑼や太鼓など五種類の打楽器が用いられるが、従って、葬儀で歌われる歌は打楽器演奏が伴うので、葬儀で歌われる歌は悪口歌も含め、手拍子のとれる有拍節の歌になる。

悪口歌を歌う目的は紫陽県の葬儀のあり方と関係があり、葬儀の日の夜は死者の家に多くの人々が招かれ賑やかなものとなるが、なぜなら、賑やかな葬儀は「白喜事」と呼ばれて人々に尊ばれるからである。従って、「歌師」同士が掛け合う悪口歌は、本来の目的は冗談で相手をからかってその場の人々を笑わせ、場の雰囲気を盛り上げることであるが、掛け合いがだんだんとエスカレートしていくと本気で歌で相手と罵り合うこともあるという。

郎は向こうの山から降りてきた

「郎は向こうの山から降りてきた」は、主に山で男女が集まって労働する際の、休憩の時に歌われる。歌詞は即興でつくられたものではなく、固定されたものである。歌詞の内容は男女が浮気をして密会するものであるが、この歌を歌う男女は本気で密会をするわけではなく、冗談で歌う。歌詞の形は六連あり、五句で一連を成し、歌詞の内容は偶数連は女が男へ歌い掛ける内容、奇数連は男が女へ歌い掛ける内容になっていて、歌う時は歌詞の内容と同様に偶数連を女が、奇数連を男が歌う。

麦藁帽子の歌

「麦藁帽子の歌」は、いつ、どのような目的で歌うのかは、未詳である。歌詞は即興でつくられたものではなく、固定されたもので、連は三連あり、各連は五句からなる。その内容は一連と三連は女が男に歌い掛ける内容、二連は男が女へ歌い掛ける内容で、歌う時は女が一連と三連を、男が二連を歌うが、この歌を歌える女性がいない場合は男が一人で全ての連を歌ってもかまわない。

一―二―二　有拍節の旋律で定型の音数律の歌

私の採集した二首の悪口歌は、共に固有名をもたないので、私はさしあたり悪口歌A[2]・悪口歌Bとした。これらの悪口歌は、前述したが、打楽器演奏を伴うので、手拍子のとれる有拍節の歌である。両者の歌詞は音数律が緩やかではあるが一定の規則性をもつので、定型の音数律をもつ歌と言える。

悪口歌A

悪口歌Aは相手をしびんに喩えて貶した歌である。一句を規定しているものは、脚韻であり（以下に挙げた歌詞の傍線部）、悪口歌Aは全十六句からなる。一句は、句番号④⑪⑭⑯が八音で、それらを除く他の全ての句は七音である。従って、悪口歌Aは一句七音を基本形とした定型の音数律である（紫陽県で話される言葉は、北京語と呼ばれる標準中国語の方言であり、標準中国語と比べると声調が大きく異なったり、漢字が同じでも発音が異なったりする場合があるが、標準中国語と同じく一字一音である）。

さらに、句同士の構成は、基本的に二句でひとかたまりになって意味を構成し、例えば、

句番号	歌詞	音数	息つぎ	日本語訳
④	我把你比成死黄泥	八		私はあなたを黄色い泥にたとえます。
⑤	把你勾在坪坪里	七	○	あなたを庭に放り投げます。

楽譜資料1　悪口歌A　⑥⑦　⑧⑨部分

⑥
⑦
qing ge ― jiang ren lai cha ni 〈ya〉― ba ni 〈do〉 cha de i nuo nuo ― di
⑧
⑨
ba ni 〈do〉 ban de i ci ci di ― ba ni 〈do〉 fang za i yao zi di

⑥请个匠人来叉你(3)　七　　職人に踏みつけてもらいます。
⑦把你叉得糯糯的　七　○　粘りの強くなるまで踏みつけます。
⑧把你拌得糍糍的　七　　粘りの強くなるまでかき混ぜます。
⑨把你放在窑子的　七　○　あなたを窯におきます。

「④⑤」、「⑥⑦」、「⑧⑨」、がそうであり、これは一句七音が二つ集まり一つの聯をなしているとも言えよう。

次に、それら聯をなしている部分を楽譜資料1で見てみると、まず、終止音が「レ」の音である。終止音とは、声の歌にも楽器演奏による音楽にも全ての音楽に存在するもので、その音楽の旋律の最終音にあたり、その旋律を終息させるものである。

すると、例えば、⑥⑦⑧⑨の旋律を見てみると、⑥⑧の旋律の末尾は、旋律が終息せずに次に展開しているのがわかり、それは、終止音がないことからもわかる。反対に、⑦⑨の旋律は、⑦⑨の旋律の末尾に終止音「レ」があるので、つまり、旋律が閉じて終息していることがわかり、それ故⑥⑦⑧⑨の旋律は、「⑥⑦」「⑧⑨」という二句でひとかたまりの旋律をなしていることがわかる。

また、脚韻と旋律との関係は、⑥⑧の脚韻部は、旋律が展開していく部分にあたり、反対に、⑦⑨の脚韻部は、終止音と重なり、旋律が終息する部分である。それと同時に、⑦⑨の脚韻部は次の旋律に折り返すはたらきがあり、また、息つぎの場所でもある。従って、ひとかたまりをなす二句の二句目の脚韻部は、旋律を終息させ、かつ、次の旋律に折り返し、かつ、息つぎを行うところであるということが言えよう。

従って、悪口歌Aでは、二句でひとかたまりの意味を構成し、また、旋律も二句でひとかたまりであることに対応している。

悪口歌B

悪口歌Bは相手の身体の特徴を別のものに喩えて誇張し貶す歌である。一句を規定しているものは、悪口歌Aと同様、脚韻であり、全十二句からなる。一句の音数は悪口歌Aに比べると、やや不規則で、六、七、八、九音が見られるが、基本的に二句でひとかたまりの意味を構成するのは、悪口歌Aと同じである。

次に旋律であるが、悪口歌Bの終止音は悪口歌Aと同じく「レ」の音であるが、楽譜資料2で⑥⑦の旋律を見てみると、⑥の脚韻部は終止音がないことからもわかるが、旋律が終息せずに次へ展開し、⑦の旋律の末尾は終止音「レ」で、従ってそこで旋律が終息しており、かつ、次の旋律に折り返している。また、そこは脚韻部でもあり、息つぎの場所でもある。

従って、⑥⑦の旋律は二句でひとかたまりをなしていることがわかる。それ故、悪口歌Bも、

楽譜資料２　悪口歌Ｂ　⑥⑦部分

⑥
⑦
bi zi 〈ni〉 dia o qi ― xiang hong sha o
zu i ba 〈ni〉 xiang 〈yi〉 ge ― lan zhu ― cao

二句でひとかたまりの意味を構成し、また、旋律も二句でひとかたまりであることに対応している。

以上のことより、悪口歌Ａ・Ｂはどちらもおおむね七音一句を基本形とし、二句でひとかたまりの意味を構成し、旋律も二句でひとかたまりに対応している。従って、悪口歌Ａ・Ｂは旋律と音数律とが対応関係にあると言える。

一―二―三　フリーリズムの旋律で可変的な音数律の歌

郎は向こうの山から降りてきた④

一連　女

句番号	歌詞	音数	日本語訳
①	郎⑤在对门下山来|	七	郎は向こうの山から下りてきました。
②	姐⑥在房中绣花鞋|	七	姉は部屋で靴をつくっています。
③	手提一把青龙伞	七	(郎は) 手に黒い傘を持っています。
④	姐指尖尖搂在怀|	七	姉は (郎を) 胸に抱きます。
⑤	问郎哪里来|	五	(郎よ、) どこから来ましたか。

この歌は連が六連あり、各連は五句からなる。一句は七音が多いが、音数律は可

楽譜資料3　郎は向こうの山から降りてきた　一連　④⑤部分

④
〈wo〉 jie zhi jian — jian 〈du〉 lou za i 〈e〉 〈yo〉 〈wo〉 〈na〉 hua i 〈yo〉 — — — —
⑤
〈wo〉 〈jiu〉 wen — lang 〈pu〉 na li — 〈yo〉 — 〈hou〉 lai 〈yo〉 —

変的で、例えば、一連は「七・七・七・七・七・五」、二連は「七・八・七・七・五」、四連は「七・八・七・八・八」のように一句の音数律が多様である。また、一句を規定する脚韻は、例えば一連は、一句「来」(lai)、二句「鞋」(紫陽方言では「hai」と発音)、四句「怀」(huai)、五句「来」(lai)であり、各連の一句の音数が可変的ではあるが、脚韻は一応見られる。

旋律は、フリーリズムで伸縮性に富み、音が自由に伸ばされたり、或いは、たたみかけるように音が連続したりする。例えば、各連の五句目(句番号⑤)の旋律について言えば、一連では歌詞の音数は五音で、四連では八音であるが、楽譜資料3より、一連の五句目の歌詞の音は伸ばされる音が多く、反対に、四連の五句目の歌詞の音は伸ばされる音が少ない。このように旋律が伸縮性をもつことが、一句の音数が可変的で多様であることを可能にしているのではないかと思われる。

一―二―四　フリーリズムの旋律で定型の音数律の歌

麦藁帽子の歌[7]

この歌は連が三連あり、各連は五句からなる。一句を規定しているのは脚韻であり、一句七音で（一連と二連の三句目だけ八音）「七・七・七・七・七」となる。脚韻は、例えば三連では、一句「绿」（紫陽方言では「lou」と発音）、二句「头」（tou）、四句「头」（tou）、五句「头」（tou）である。以下に三連の歌詞を引用しておく。

三連　女

句番号	歌詞	音数	日本語訳
①	细篾草帽红和绿	七	麦わら帽子は赤と緑があります。
②	一直飞在水里头	七	（麦わら帽子が）飛び続けたら、水の中に飛び込んでください。
③	要沉就要沉下底	七	沈むのだったら、水の底まで沈んでください。
④	要流就要流出头	七	流れ出すのだったら、水の流れに沿って川の果てまで流れてください。
⑤	莫给奴家丢想头(8)	七	私に思う余地を残さないでください。

旋律は、フリーリズムで伸縮性に富み、音が自由に伸ばされ、特に各句の後半部の旋律が伸ばされる。

旋律が伸縮性に富む特徴は、前述の「郎は向こうの山から降りてきた」と同じであるが、異なる点は、旋律が伸縮性に富んでいても、歌詞の音数律は不変的、つまり、各連がほぼ「七・七・七・七・七」の定型であるという点である。

一―二―五　加補音の存在

有拍節の歌とフリーリズムの歌のどちらにも見られることに、歌詞の意味とは関わらないが、メロディーにはのる、はやし言葉[9]の音が歌詞と歌詞との間に差し挟まれたり句末に添えられたりすることがある。本稿ではそのような音を、さしあたり「加補音」と呼びたいが、この加補音は歌詞を書き出す時には書かれない。例えば、歌い手に歌を歌ってもらい、その直後に歌詞を聞き取りして書き出す時には加補音の存在はない。つまり、歌い手自身の中では加補音は歌詞として意識されておらず、私のような外の人間が楽譜を作ろうとしたり声の歌を文字で書き起こそうとしたりする時に確認される音である。つまり、加補音は声の歌の段階では存在するが、文字で書かれる段階では存在せず、従って、加補音は音数律には含まれない。では、加補音にはどのような働きがあるか。

例えば、前記した「楽譜資料1　悪口歌A　⑥⑦　⑧⑨部分」に見られる歌詞と歌詞との間に差し挟まれた〈ya〉〈do〉の音が加補音であるが、これらは旋律を構成する音の一つ一つではあるが、歌詞の音数律とは関係がない。

「郎は向こうの山から降りてきた」では、第五句が連によって五音の場合と八音の場合とがあるが、五音の場合には加補音が六つ、八音の場合は三つ確認できる。つまり、歌詞の音数が少ない時は加補音が多く、反対に歌詞の音数が多い時は加補音が少ないと言えるから、従って、加補音はある種の調節の役目を果たしていると言えないか。つまり、ある一定の旋律の長さを目指そうとして音数律を中和して調節する働きである。

一—三　まとめ

フリーリズムの旋律で可変的な音数律の歌の場合で見られたこととして、加補音の働きからわかったように、旋律の方が可変的な音数律を中和して調節することがあった。このことから、可変的な音数律の言語に関わるリズムは、旋律の働きによって、より定型に近いリズムに近づくということがあるようだ。

従って、旋律と音数律は不可分ではなく、旋律の方が音数律よりも自由で、音数律を一定の流れに向かわせるということが言えるのではないか。

二　漢詩の規則と声の歌

二—一　はじめに

松原朗によれば、漢詩における対偶を構成する要素は四つあり、イ、音数の一致、ロ、句内部の文法構造の区切りの一致、ハ、意味（品詞）の対応、ニ、声律の対応であるが、律詩の場合はこれら四条件を全て必要とし、それ以外はイ〜ハの三つを満たせば対句という（松原、前掲、二〇〇八年三月）。

例えば、先に取り上げた杜甫の律詩では、

呉楚東南坼、乾坤日夜浮。（呉楚　東南に坼け、乾坤《けんこん》　日夜　浮かぶ。）
親朋無一字、老病有孤舟。（親朋《しんぽう》　一字無く、老病　孤舟《こしゅう》有り。）

のように、頷聯・頸聯で対句が用いられている。また、ここで言う声律は、平仄律も含まれるが、松原が述べるには、最も重要なのは、脚韻律、それも一聯につき一つの脚韻を押すという隔句韻であるといい、例えば、右の例で言えば、「浮（フウ）」「舟（シュウ）」が隔句韻となる。

ところで、本稿では、声の歌が、このような漢詩の規則をどのように踏襲しているのか、それとも踏襲していないのかという問題を明らかにしたいのだが、そのために、前記した対句の規則性の有無を声の歌の歌詞から探していく。

二―二　資料の分析

二―二―一　有拍節の旋律で定型の音数律の歌

悪口歌A

悪口歌Aでは、前述したが、一句を規定するものは脚韻で毎句韻となっている。従って、隔句韻という律詩における脚韻の規則は踏襲していない。また、句数は十六句あるが、対句になっている箇所もあれば、なっていない箇所もある。対句になっていても、それは漢詩のそれと比べると、やや緩やかなものである。例えば、歌い出しの、①～③句は、

①歌师唱歌莫用比　歌師は歌を歌うとき、他の人と比較しないでください。
②你一比来我一比　お互いに比較したら
③比得我俩不欢喜　お互いの気持ちが悪くなりますよ。

脚韻によって一句が七音の音数に規定され、音数律がそろうが、三つの句が一つの文意をつくり、それ故、一つのまとまりとなるから、二句が原則の対句にならない。ただ、④からは、やや対句の規則が見えてくる。例えば、文の意味から見てみると、

⑥请个匠人来叉你　職人に踏みつけてもらいます。
⑦把你叉得糯糯的　粘りの強くなるまで踏みつけます。

ここでは、「踏みつける」ということで句同士につながりを持たせている。或いは、

⑩脚下处个平底底　下に平たいそこを作ります。
⑪上边处你个翻嘴皮　上を縁かがりのようにします。

「下」「上」というふうに場所を対応させて、それぞれの部分にふさわしい形をつくろうとしている意味の句がある。これら⑥と⑦、⑩と⑪では、一句内部の文法構造の区切りは異なり、また、意味（品詞）の対応も行われていないが、⑥と⑦は七音という音数の一致がある。ただし、⑩と⑪は、七音と八音で、音数が異なる。また、

⑫把你放在窑子里　あなたを窯において、
⑬把你烧得红红的　あなたを赤く焼きます。

は、「把你／放在／窑子里」「把你／烧得／红红的」のように句内部の文法の構造の区切りが同じで、音数は七音でそろう。

悪口歌B

この歌は前述したが、全十二句あり、毎句韻で、各句は脚韻によって一句を規定している。歌詞の内容は、悪口歌Aと同様、歌の出だし部分と終わりの部分は対句にならない。例えば、

①歌师唱歌丢了丑　歌師は歌が下手なので皆の前で恥をかきました。
②黄老鼠披起鞍缠走　(あなたは) イタチのくせに背に鞍をつけて
③假装一匹大牲口　(馬や牛のような) 大きい役畜を装っています。

歌の終わりは、

⑪尊声歌师听分描　歌師はよく聞いてくれ。
⑫莫在歌场打捞搅　この歌場で邪魔をしないでくれ。

となる。

④句目から対句らしきものが見えてくるが、例えば、

⑥鼻子吊起像红苕　鼻は唐芋のように (顔に) 吊り下がっています。
⑦嘴巴像个烂猪槽　口は壊れたブタの飼料箱のようです。

⑥と⑦は共に七音で音数がそろい、句内の文法構造は「鼻子／吊起／像红苕」「嘴巴／像个／

烂猪槽」と句切れが同じだが、意味（品詞）は対応していない。また、⑧と⑨と⑩は歌われる時は、旋律が一周期で、それら三つの句はひとまとまりとして歌われるが、歌詞の内容では、

⑧两个耳朵瓦粪瓢　　二つの耳はブタの糞をすくう柄杓のようです。

⑨走起路来猴跳　　歩くときはサルのように飛び跳ねています。

⑩坐到像个癞壳包　　座るときはヒキガエルのようです。

⑧がやや独立し、⑨と⑩が「歩くときは」と「座るときは」、「サルのように」と「ヒキガエルのようです」というふうに内容が対応しているように見える。しかし、句内の文法構造は「走起／路来／猴跳」「坐到／像个／癞壳包」となり、意味（品詞）が対応せず、音数も合わない。

二―二―二　フリーリズムの旋律で可変的な音数律の歌

「郎は向こうの山から降りてきた」は対句の規則を踏襲しない歌である。例えば、

三連　女

①愛しい兄よ、私の郎ですよ。　②靴をつくっていますが、まだできあがりません。

③（あなたは）私の家に一泊したら、　④私は徹夜してつくってあげます。

⑤明日、必ずつくり上げますよ。

四連　男

①愛しい妹よ、私の妻ですよ。　②あなたの家に泊まるのは無理です。

③前回一泊しましたが、　④家に帰った後、妻に怒られましたよ。
⑤どうしたらいいか分かりませんでした。

どの連もほぼ、①は相手への呼びかけで、②以降は前の句を受ける内容を述べている。連の内部に対句は見られないが、例外として、五連の③④に、

③一天給她三顿打　　一日に三回彼女を殴り、
④三天给她九顿杖　　三日に九回殴ったら

とあり、この二句は音数が七音で一致し、脚韻は一致しないが、「一天／给她／三顿打」「三天／给她／九顿杖」のように句内の文法構造の句切れが一致し、意味（品詞）の対応がある。しかし、ここだけに見られるので、全体的に見れば、この歌は対句の規則を踏襲しないと言える。

二—二—三　フリーリズムの旋律で定型の音数律の歌

「麦藁帽子の歌」は音数律がほぼ一定で、例外的に一連③と二連③のみが八音であるが、それ以外は七音である。

一連　女

①细篾草帽到高台　　麦わら帽子の歌を歌うためにこの「高台」に来ました。
②我劝情哥你莫来　　愛しい兄よ、（私の家に）来ないでください。
③当门独木桥不能过　　（私の家の）門前には丸木橋があって（それをあなたが）渡ることは

④铜打的锁不能开　　　銅でつくった鎖は外すことができません。
⑤奴家人多狗也歪　　　私の家は人が多く、犬も凶暴です。

二連　男
①细篾草帽到高台　　　麦わら帽子の歌を歌うためにこの「高台」に来ました。
②我说情妹我要来　　　愛しい妹よ、私はぜひ（あなたの家に）行きます。
③当门独木桥我能过　　（あなたの家の）門前の丸木橋を渡ることができます。
④铜打的锁我能开　　　銅でつくった鎖は外すことができます。
⑤不怕人多狗又歪　　　（あなたの家は）人が多くても、犬が凶暴であっても、（私は）怖がりません。

どちらの連とも、①は序的な内容で、②で相手への呼びかけがなされる。それと同時に、一連の②では相手に対して距離を置こうとする内容が歌われ、反対に二連の②では相手との距離を近づけようとする内容が歌われる。従って、②は前の連の内容を受けるかたちだ。③からは、一連では自分のところに来ることはいかに困難であるかが歌われ、反対に、二連ではその困難を克服できるほどに自分の相手に対する愛情が強いということが歌われる。歌詞の構造は、「当门／独木桥／不能过」と「当门／独木桥／我能过」、「铜打的锁／不能开」と「铜打的锁／我能开」、「奴家／人多／狗也歪」と「不怕／人多／狗也歪」のようにそれぞれ前後の連の句が対応している。

従って、連の内部では対句が見られないが、連が二つそろうことによって、前後の連のそれぞれの句が対偶の形となる。

二―三　まとめ

対句の規則性が見られたものは、有拍節の歌の悪口歌であったが、悪口歌A・Bともに、その規則性は緩やかであると言って良いだろう。では、なぜ緩やかなのか。まだはっきりとしたことは言えないが、歌い手自身が自己で即興的に作った歌詞であるから、つまり、自身で創作したものは現場の状況に合わせて臨機応変に対応することが求められるから（悪口歌は葬儀の場で、掛け合いで歌われるので）、厳密に規則を踏襲することができないかもしれないし、また、そのような規則は求められていないのかもしれない。しかし、手塚恵子の報告するチワン族の歌掛け（手塚恵子『中国広西壮族歌垣調査記録』、大修館書店、二〇〇二年七月）のように、即興性の中にも、規則（押韻・音数律・句構造など）を厳密に守る例があるので、即興性が求められるから規則性が緩やかであるとは言いきれないかもしれない。ともかく、紫陽県漢族の悪口歌では、対句の規則を緩やかではあるが踏襲しているということが重要であろう。

反対に、対句の規則性が見られないものは、フリーリズムの歌で、なぜ見られないのかは、これは歌詞の形が五句という定型で、五句がひとかたまりとなって、前の五句の内容を受けてそれに対する答えのようなものが歌われていくからだろうか。悪口歌は一首が十数句あり、一首の内部で句の繰り返しが何度も起こる。そのような繰り返しは対句でつくられていると言ってもよい。しかし、フリーリズムの歌はそうではない。悪口歌もフリーリズムの歌も、どちらも掛け合い歌であるから、相互に対唱されるものであるのだが、どうやらフリーリズムの歌の方は、対句の非踏襲の歌であると言える。

結論(10)

紫陽県漢族の声の歌では、漢詩に見られる対句の規則を踏襲しているものとそうでないものとがあった。また、その踏襲のあり方は、比較的緩やかなものであった。そのような、対句の規則を緩やかに踏襲している歌の特徴は、句の繰り返しが許容され、打楽器などの演奏を伴って歌われる有拍節の歌であるということと、歌い手自身の個別の能力、例えば、即興性や創作性が求められるような歌であるということだ。また反対に、対句の規則を踏襲しない歌は、フリーリズムの旋律で、五句という決まった句数がひとかたまりをなし、前の五句の内容を受けて次の五句が歌われるという特徴があった。

そして、旋律と音数律の関係については、旋律の方が音数律という言語に関わるリズムよりも自由であり、音数律をある一定の方向へ向かわせる働きがあるようなこともわかってきた。つまり、音数律は可変的な場合であっても、旋律によってある規則性を帯びてくると言えよう。

注

（1）聞き取り・録画・録音等、飯島奨、現地調査各手配、権春国（紫陽県文化旅遊局副局長）、日本語↕標準中国語の通訳、及び、聞き取り、朱棠（湖南省科技大学外国語学院日本語学部講師）、標準中国語↕紫陽方言の通訳、張紫均（紫陽県委党校補助講師）、中国語歌詞の日本語翻訳、朱棠、中国語歌詞最終日本語調整、飯島奨、楽譜資料の採譜、佐藤まり子（東京音楽大学付属民族音楽研究所研究員）の御協力による。楽譜作成、東京音楽大学付属民族音楽研究所研究員の御協力による。（以上敬称略）

（2）歌い手、王安銀、男、一九六二年（農歴）生まれ、四十五歳。悪口歌Bも同じ。

（3）「叉」とは、踏むの意。

（4）歌い手、何耀信《かようしん》、男、一九四七年（農歴）生まれ、六十二歳。

（5）「郎」とは、女から夫または恋人に対して用いる呼称。

（6）「姐」とは、女の自称。

（7）歌い手、王安銀（前掲）。

（8）「奴家」とは、女の自称。

（9）例えば、沖縄の民謡やインドネシアのジャワ芸術歌謡に加補音と似たようなものが見られ、それらを「産み字」「埋め字」という。佐藤まり子氏の教示による。ちなみに、「産み字」とは、歌詞のある単語の母音がもう一度出現することで、例えば、「Asahi」が「Asaahi」となることである。「埋め字」とは、歌詞のある単語の内部に意味のない音をはめこむことで、例えば「sumirat」は「um」が意味のない音で、本来は「sirat」が一単語である。

（10）本稿でとりあげた掛け合い歌は、それぞれごく限られた歌い手だけに歌ってもらい資料化したものであるため、本稿では同じ歌を複数の人に歌ってもらった場合の資料がない。また、紫陽県の城関鎮と界嶺郷との二つの地域の人（何耀信が城関鎮の人、王安銀が界嶺郷の人）の歌のみを扱っただけなので、紫陽県全体の状況を把握することは不可能である。従って、現時点の資料だけで結論を述べることは、やや危険ではあるが、今ある資料だけからわかることを本稿で述べておきたい。

九　ヤミ歌謡に音数律は有るのか？

皆川隆一

1　はじめに

五音・七音への偏向性が日本詩歌の一大特徴であることは、万葉集以来の否定しがたい文学史的事実である。しかし、近年、五音・七音への偏向性が必ずしも日本文学史だけに特徴的なわけではないということがわかりつつある。アジア一帯広範な地域からその事例が報告されてきている。(1) 二〇〇八年一〇月二五日に開催された第一六回アジア民族文化学会のシンポジウムもそうした流れの一つであった。「アジアの歌の音数律」と題され、前年二〇〇七年から二度にわたって開催されたシンポジウムである。本稿はそのシンポジウムで私自身が報告した内容に加筆訂正をほどこしたものである。

そのシンポジウムで私が報告しなければならなかったことは、私がフィールドとするバシー海峡上の離れ小島蘭嶼の住人ヤミ族[2]の音数律について論じることであった。私自身本来は万葉歌の勉強から歌を考え始めた者である。当然のことながら五音・七音への関心は持っていた。それゆえ、事の重大さを熟慮することなく、簡単にこのテーマでの報告を引き受けてしまった。そして、いま、その軽率さを大いに反省している。ヤミ族歌謡をどうひっくり返してみても、音数律といった表現規範は見えてこないのである。正直言えば、私に「見えない」のではなく、ヤミ歌謡に「音数律は無い」と言い放ちたい所である。しかし、何事につけ、「無い」ことの証明は至難である。ヤミ歌謡に「音数律は無い」との証明はできそうにないが、「無さそうだ」という説明を本稿の目的としよう。

2　日本詩歌における音数認識

われわれ日本人にとって言葉の音数を数えることはわけも無いことである。「やま」「かわ」と発声すれば二音、「たぬき」「さんま」と発声すれば三音、老若問わず答えはすぐにはね返ってくる。二音や三音の語なら、指折り数えてみなくとも誰にでも明白なことである。

しかし、「dog」という英単語を例にしてみよう。子供に英語では犬は「dog」だと教えたとしよう。仮名文字を知っている子ならば、きっと、「dog」を「ド・ッ・グ」と三文字で表記するであろう。そして、何音の語かと尋ねれば、ゆっくり「ド」・「ッ」・「グ」と発音しながら指を三本折って答えるであろう。子供でなくとも、「ドッグ」は「ド」・「ッ」・「グ」と三音で捉えるのが日本人としては普通だ。が、英語を母語とする人たちにとって、「dog」は「dog」で一まとまりの語である。音の捉え方は、言語によって一様では無いのだ。

ヤミ歌謡で音数律を論ずる困難さもそこに理由が有る。だが、問題の難解さを嘆くばかりでは始まらない。問題を立て直してみよう。ヤミ歌謡における音数の問題はさて置き、逆に、日本詩歌では何故いとも簡単に音数を数えることができるのだろう。詩歌だけの問題ではない。事は日本語全般にかかわる問題のはずだ。語の音数を数えることは、老若問わず日本人には自明なことだと言った。しかも、他言語すら日本語のように簡単に数えてしまう。問題をこんな風に捉え直すことができるであろう。われわれが言葉の音数を数えると言う時、われわれはいったい言葉の何を数えているのかと。音数を数えることを疑いようのない自明なこととして、「何を数えているのか」についてわれわれは無自覚であった。

製字能力に欠けたわれわれの祖先は漢字がもとになった文字を創出するしかなかった。仮名である。仮名の特徴は一字が一音を表すことにある。たとえば、「あ・し・び・き・の」は、平仮名五文字がぴったり五つの音に対応している。直音からなる語であるならば、どの語も仮名一字が必ず一音に対応している。日本詩歌の音数の数え易さの理由の一つが、ここにある。一文字が直音一音に対応していることにである。異文化の文字を下敷きとしたが、音を視覚的に計量するにはうってつけの文字を祖先は創出してくれた。英語を母語とする人の音数認識では、「dog」は「dog」で一単位のまとまりであった。一単位のまとまりというのは、一音節と言い換えてもよい。そこでは一音節を表すのにアルファベット三文字が必要である。日本語の直音は、見えざる一音が一文字で視覚化計量できた。音と文字の対応関係が「1対1」の場合と「1対3」の場合とではどちらがわかりやすいであろうか。当然のこと、「1対1」である。この仮名文字の特性が日本人の音数把握に大きな役割を果たしたことに注意しておこう。（このことは、本節末尾で大竹孝司の仮説の紹介で再確認する。）

しかし、仮名文字だけが数え易さの理由のすべてではない。日本語の音そのものにも音数の数え易さの理由がある。日本語は直音だけから成っているわけではない。直音のほかに、拗音もあれば、促音・撥音・長音もある。しかし、促音や撥音が入ってくると音数の問題が急にややこしくなる。まず、直音だけで考えてみよう。仮名一字に相当する直音一音は、音声学で言う一音節（syllable）に相当している。たとえば、「いぬ」は二つの直音「い」と「ぬ」からなっているが、その直音「い」・「ぬ」はそれぞれが一音節に相当している。先に、仮名と直音の関係を「1（文字数）対1（直音数）」だと図式化した。そこに、音声学上の音節（syllable）を重ね合わせるならば、「1（文字数）対1（直音数）対1（音節数）」と説明できる。日本語の音数のわかり易さは、この三者が「1（文字数）＝1（直音数）＝1（音節数）」と等号で結ばれるところにある。

ところで、そもそも「音節（syllable）」とは何なのか。一般的には、①母音（V）、②子音＋母音（CV）、③母音＋子音（VC）、④子音＋母音＋子音（CVC）のように母音を中心とした音の一まとまりのことである。日本語は、上記の②CVを基本とした開口音節の言語だということになる。日本語に一番多い直音は、まさにこの②CVの組み合わせである。「やま」・「かわ」はローマ字表記すれば、それぞれ「ya (CV)＋ma (CV)」・「ka (CV)＋wa (CV)」となる。語それぞれが二組の（CV）から成り立っている。つまり、二語とも二つの音節から成り立つ語ということだ。この「子音＋母音」からなる直音が日本語の中心である。日本語の音数が数え易いということは、言い換えれば、一直音が一音節であって、しかも一文字によって表されるわかり易さだということになる。

しかし、直音が日本語の全てではなかった。拗音もあれば、促音・撥音・長音もあった。「にっぽん」を例に考えてみよう。「にっぽん」は仮名四文字で表される。促音・撥音を持ったこの語をゆっくりと発音すれば、だれもが、「に」・「っ」・「ぽ」・「ん」と四音で言う。四文字は四音にぴたりと対応している。とすれば、促音・撥音の例も、先に挙げたすべて直音から成る「あしびきの」と同じことなのだろうか。いや、話はそこでは終らない。オリンピックのような大きな国際大会を想起してほしい。試合が競り合い、日本人総立ちとなるような応援シーンを。その時、人々は思わず知らず、「ニッ＋ポン」・「ニッ＋ポン」と二単位（二拍のリズム）の掛け声で応援するではないか。つまり、「にっぽん」という語は、ある時には四単位として数えられるが、また、ある時には二単位としても捉えられているということだ。どちらも、日本語を母語とするわれわれの音数認識である。つまり、われわれの音数認識には二通りあるのだ。

　では、その二通りの認識は何が違うのだろう。

まず、「にっぽん」という語の音節について考えてみる。促音や撥音の入った「にっぽん」をローマ字表記すれば「nippon」である。先に述べた音節の一般的定義からすれば、日本語の音節は（CV）の形式を保つ。「nippon」は、「ni（CV）＋p＋po（CV）＋n」ということになるから、（CV）の形式が見えるのは「ni」と「po」の二箇所だけである。二番目の「p」と四番目の「n」は子音一音としてしか表記されない。つまり、音節についての一般的定義からすれば、「p」「n」は一まとまりの音節とは見做しえない。畢竟、「にっぽん」は二音節の語だということになる。「ニッ＋ポン」・「ニッ＋ポン」という二拍（二単位のリズム）の声援は、音節の概念と重なる。あの二拍の区切り方は、日本語の音節を基礎とした認識なのである。

　それに対して、「に」・「っ」・「ぽ」・「ん」と四単位で捉える方はどうなのか。

　音声学に、等時性（isochronism）という概念がある。どの言語にあっても、発話時には、何らかの音声的要素が時間軸上にほぼ等間隔に現れるものだと言う。それを音声学では等時性と言うのである。その音声的要素は、言語によってみな異なっている。『言語学大辞典』[3]が説明するところによれば、英語やドイツ語・ロシア語は、「強勢（stress）」のおかれた音節が等時的に現れる傾向にあると言う。また、フランス語は、個々の「音節（syllable）」そのものがほぼ等時的に現れる傾向の言語だと述べている。日本語はどうであろうか。勿論、方言による違いもあるようだが、東京方言について言えば、「モーラ（mora）」が等時性の基礎になっていると言う。「モーラ」が等時性の基礎である言語はあまり多くない。代表的なものは古代ラテン語であり、日本語である。

われわれが「五七五」や「七七七五」と詩歌を数える時、促音や撥音・長音も一単位として数える。「にっぽん」を「ニッ＋ポン」ではなく、「に」・「っ」・「ぽ」・「ん」と四単位で捉える数え方である。日本詩歌の音数律とは、実は、音節を数えるのではなく、「にっぽん」を四単位として捉える数え方――つまり、モーラを数えるということだったのである。

「音節」は勿論だが、「モーラ」もまた、極めて抽象的な概念である。両者をどう定義するかは論者によって相当揺れが見られる。[4] しかし、その揺れを差し引いても、その音声学的知見がわれわれに教えてくれることは重要である。われわれは、音節（あるいは拍か）を単位に音数を数える時と、モーラを単位に音数を数える時と、二通りの音数認識を持っていたのだ。

この二つの認識方法を論じた興味深い論がある。先にも名前をあげたが、大竹孝司の「メタ言語としての音節の下位構造の発達に関する研究」[5] という論文である。難解ではあるが、本稿を作成するに当たってもっとも刺激を受けた論考である。大竹は次の三点を指摘する。日本人の幼児には、「かな文字獲得以前にモーラの認識がすでに存在」していること、仮名文字の獲得によって「モーラの認識が促進される」ということ、文字未獲得幼児の間では「音節からモーラ」[6] へといった認識の発展が見られるということ、以上の三点である。日本人の幼児にとっては、音節認識の方がモーラ認識より原初的らしいという指摘にまず注目しておこう。それが、やがて、モーラによる認識に取ってかわられる。仮名文字習得の過程においてだと言う。個体における音数認識の変化に関するこの知見は、日本語を母語とする集団全体にも応用できよう。音数を数えると言う時、われわれは、暗黙裡にモーラを単位とした認識を前提としている。音節を単位とした認識の自覚は無い。ただ、時として感極まった時など、突然に、「ニッ＋ポン」「ニッ＋ポン」という二単位の認識を思い出す。無意識領域に沈潜した幼児期の感覚の湧出とすべきであろうか。

3　ヤミ歌謡における歌の律

日本人の音数認識は主にモーラを単位としていた。詩歌で問題にされる音数律も、そのモーラを数えることであった。では、本題のヤミ族歌謡はどうなのであろうか。ヤミ語は日本語のように（CV）という開口音節だけで成り立つ言語ではない。非モーラ言語である。日本詩歌のようにモーラの数に制約を受けた歌形ではない。しかし、モーラの数による制約を受けていなくとも、何らかの律に従ってはじめて歌は歌たり得るはずだ。モーラ数の規制だけが律のすべてではないだろう。モーラの音数律以外にも詩歌たらしめる律があったとしても不思議ではない。ヤミ歌謡をヤミ歌謡たらしめているものは何なのであろうか。

まずは、ヤミ族の歌謡を紹介しよう。平成四年、ある放送局がヤミ族文化を取材したいというので私のところへ相談に来たことがあった。その時、私はヤミ族文化全般にわたる私のインフォーマントであり、ヤミ歌謡の師でもあった今は亡きシャプン・マニワン（syapen mangiwang）翁を紹介した。その当時、翁には三十五歳くらいの息子がいた。ヤミ族ではじめて台湾の大学に進んだ自慢の息子である。その頃の私と翁にはすでに数年の付き合いがあったが、息子には一度も会ったことがなかった。高校は台東、大学は台北と、島を出て十何年にもなっていた。時に翁は寂しい思いをしていたかもしれない。時々、息子の噂話を聞いた。テレビのドキュメンタリーは、島を出て久しい翁自慢の息子が、紆余曲折の末にヤミ族社会へ回帰してくるという筋立てのものであった。その後半部で、父は、帰ってきた息子の初めて釣り上げた大きなシイラを前に心のうちを即興[(7)]で歌い上げる。『大漁祝いの歌』とでも題すればよいであろうか。以下、その原文と歌の大意を掲げる。表記は、キリスト教伝道師で中央研究院民族学研究所ヤミ族嘱託研究員として劉斌雄所長を手伝っていたシャプン・マガヴァトゥン（syapen magavaten）氏の助けを借りた。意味は歌い手であるシャプン・マニワン翁本人から教えを受けた。

□で囲んだ数字にダッシュ記号のついた部分はリフレインの箇所である。歌の大意は次のようになる。

①　私ら一家の美しい船よ、舟魂斎い込めたのは、この私だ。

②　美しい舟よ、未来占う、あの占い師（ソムクイ）の如く、我らを導け。魚群れる場へ。

③・④海原漕げば、シイラは飛び跳ね、トビウオは糸引く。

『大漁祝いの歌』

〈syapen mangiwang 作〉

① imo a, ni－vazat a tatala namen am.
あなたよ(舟よ)、穴(舟魂の)を穿った (私たちの小舟に)

② akma kay somkey do ahapen.
～のようである ソムクイ(占い師) さかなを捕まえる

②′ akma kay somkey do ahapen.

③ do arayo a maycha－vavalatogen.
アラヨ(日本名シイラ) (飛び跳ねる)

③′ arayo a maycha－vavalatogen.

④ kano alibangbang a iingiten.
又 トビウオ 引っ張る

④′ kano alibangbang a iingiten.

⑤ tianem, tililimaen sira.
(anem＝6) (lima＝5) それら(シイラの事)

⑤′ tianem, tililimaen sira.

⑥ o asa ko a kapangid do vanea,
一度 私 戻ってくる 船が出入りする海岸に

⑥′ o asa ko a kapangid do vanea,

⑦ so iama no vilang no arayo namen,
一番 数 シイラ 私たち(が捕まえた)

⑦′ iama no vilang no arayo namen,

⑧ do sinamorangan na no piya－vean.
～の時 新月の出る第一日目 ピャヴアン月

⑤・⑥一たび海原漕げば、かならず手にする、大きなシイラ数匹。
⑦・⑧漁期（三月頃〜七月初旬）が済んで、夏（ピャヴアン月）になれば、村一番の幸せ者。
干し竿にかかるシイラの数は、私が一番。

右記のようにアルファベットに置き換えた歌詞を見ただけでは不明瞭だが、ヤミ語は日本語のように（CV）という開口音節だけで成り立つ言語ではない。非モーラ言語と言ってよいのではなかろうか。少なくともモーラによる数え方が不能な語が多い。

今でこそ、ヤミ族の若い世代は自らの思い・意見を繁体字で自由に表現できるようになった。しかし、ほんの数十年前までヤミ族は自らの文字を持たなかった人たちである。歌は、文字ではなく、口伝えで受け継がれてきたのである。アルファベットに置き換えた字面を眺めていても、歌のルールが見えないのは当然かしれない。旋律からの考察も必要である。

民族音楽専攻の姫野翠によれば、ヤミ歌謡の特徴は拍節リズムによらず、「柔軟で、伸び縮みするフリー・リズム（自由リズム、非拍節的リズム）的なもの[8]」にあると指摘する。そして、「一つの音にたくさんのシラブルがつく、いわゆるサーモディ型の旋律[9]」であって、「一つの音のなかに入るシラブルの数は一定していない。[10]」ことも特徴であると言う。そして、それゆえに、祖先のことを歌った重要な伝承歌も、その他の雑多な歌も「ほとんど同じ旋律で歌われる[11]」のだろうとヤミ歌謡の特徴を指摘する。つまり、音楽的に見ても、ヤミ語はけっして一字（一音符）が一音を表すモーラ言語ではなく、「dog」三音三文字が一音節という音節言語的特徴が見られる言語なのである。

　ヤミ歌謡は、日本詩歌のようにモーラの数に制約を受けた定型は持たないと言ってよい。しかし、モーラの数による制約を受けなくとも、何らかの制約があるからこそ、はじめて歌は歌たり得るのだろう。モーラの音数律以外にも詩歌たらしめる律があったとしても不思議ではない。

　モーラ言語の文化であれ、非モーラ言語の文化であれ、無文字社会では歌は声で歌われなければ歌たり得ない。歌の制約と言うことでいえば、やはり、まず、旋律そのものが大事になるであろう。ヤミ歌謡は、さまざまな歌詞がその重要さの大小にかかわらず、「ほとんど同じ旋律」で歌われている。姫野のその指摘は間違っていない。ということは、無文字社会のメンタリティーをかすかに窺うことができるヤミ族の歌謡世界では、その定まった「ほとんど同じ旋律」以外は、旋律の範疇・音楽の範疇・歌の範疇とは意識されなかったはずである。

　小泉文夫はヤミ族の歌謡を引用しながら音楽の成立について次のような発言を残している。[12] 本来ヤミ族が持っていた歌い方は「ミカリヤグ[13]と呼ばれる合唱の形式」だけであり、ヤミ族のみならず、多くの民族が、本来は、「歌というものは一つしかないのです、たいていの民族の場合に。二つ歌を持っている民族がいたらあやしいのです。それは何かよそから影響されたか、まじった」歴史を考えるべきだと講演で述べている。さまざまな歌詞が「ほとんど同じ旋律」で歌われることは、けっして稀有なことではないのだ。

　音数による制約は見られないが、ヤミ歌謡は、何よりもまず、定まった一つの旋律に制約されている。正確に言えば定まった二つの旋律というべきであろうか。ヤミ歌謡には大きく分けて二種類の旋律がある。「ANOHOD（アノウッル）」と「RAHOD（ラウッル）」である。姫野は、先に、ヤミ歌謡が「ほとんど同じ旋律で歌われる」と述べていた。姫野がそこで述べている「同じ旋律」とは、おそらく、前者の「ANOHOD（アノウッル）」を指してのことだと思われる。上記『大漁祝いの歌』もまたアノウッルである。ヤミ族の歌謡場面が日本で放映されたことはほとんどない。その意味で「大漁祝いの歌」を収録した先のドキュメンタリーはきわめて貴重である。[14] それを見ればアノウッルの旋律がいかなるものか簡単に理解していただけるだろう。シンポジウムと違い、この場にあっては紹介しようのないのが残念である。

旋律の制約とともに、もう一つ、音楽的制約を考える必要がある。小泉は、ミカリヤグという「合唱の形式」が、ヤミ族本来の歌い方だと述べていた。そう言えば、確かに、ヤミ族の生活で独唱の場面を見た記憶がない。調査の過程でインフォーマントから歌を独唱してもらうことはあるが、それは実生活の歌の場面ではないだろう。シャーマンが憑依して一人で歌うのは何度も見たが、それは神が歌うのであって、人の独唱ではない。そういう意味で独唱場面が撮影されている先の映像も、実は、ドキュメンタリーとしての演出と見るべきかも知れない。実生活の歌の場面とは言えないのかもしれない。唯一、独唱場面があるとすれば、それは母親が赤ん坊をあやす時の子守唄の場面であろうか。実見したことはないのだが、ヤミ族には美しい子守唄がある。しかし、普通は、ミカリヤッグや祝い事に続く歌会の場での集団で歌っている姿しか思い浮かばない。そして、そういう場面では一人のリード役がまず途中まで一節を歌う。区切りのよいところで、一堂そろってユニゾンするという歌い方である。『大漁祝いの歌』が、もし集団の場で歌われるとすれば、□で囲んだダッシュつき数字部分がユニゾンされる箇所である。この場合（ドキュメンタリー映像）は独唱であったから、ただ、リフレインされただけである。リード役がまず歌い、続いてユニゾンするという「合唱形式」、これもまた、ヤミ歌謡における制約の一つであろう。

ヤミ歌謡の音楽的制約について、もう一つ注意を喚起しておこう。『大漁祝いの歌』には、二つの旋律が繰り返されている。①の行の旋律を［A］とすれば、ほんの微妙なズレでしかないのだが、②は［B］というバリエーションに変わる。②′はまた［A］に戻り、③は［B］となる。⑦′は［A］で、最後の歌い収め⑧はまた［B］となる。姫野翠、小泉文夫両氏のような豊かな音楽的教養を持たない筆者の耳である。［A］と［B］の微妙な旋律の違いを譜面で伝えることができない。断言はできないのだが、アノウッル、ラウッルともこの形式に則って歌われていると考えられる。今後の課題ではあるが、ヤミ歌謡の歌の制約の一つである。

「ANOHOD（アノウッル）」と「RAHOD（ラウッル）」は、旋律の違いだけでなく、前者が歌い手自身の創作歌であることが多く、後者のラウッルは祖先から伝承された歌であることがほとんどだ。アノウッルが創作歌だということは、そこで用いられている語は口語的といってよい。

しかし、まったく日常的な語が用いられるわけではない。アノウッル用歌語とでも呼べる語が用いられる。『大漁祝いの歌』では、取材の求めに応じて気軽に作ったからだろうが、その歌語は比較的少なく思われる。⑤行目「tianem」・「tililimaen」は六匹・五匹と釣れたシイラの数多いことを意味しているのだが、日常的には六は「anem」、五は「lima」である。一応はアノウッルに用いる歌語である。また、⑧行目「sinamorangan」は月の第一日目を意味するが、日常的会話場面では「samorang」が普通である。老人達によれば、日常語で歌ったのではアノウッルの旋律に合わないのだと言う。「sinamorangan」はアノウッルの旋律に載るが、「samorang」では歌にならないという説明が意味することは筆者にはよく理解できない。しかし、ここでは、現代口語だけの歌詞ではアノウッルにならないのだというその事実だけで十分である。旋律のみならず、言葉もまた、アノウッルという歌謡が成立する上で必須な条件だったのである。

ラウッルの歌詞はアノウッルよりはるかに難解である。いま、本稿においてラウッルの歌詞を提示する余裕はないが、伝承歌がほとんどであるということを考えれば、古語の多用を十分に予測されよう。台湾化する以前の伝統的ヤミ族社会では、飛び魚の漁期（三月頃〜七月初旬）が済んだ満ち足りた夏の一夜、老若男女が作業小屋に集い、手拍子とってミカリヤッグの歌会を楽しんだ。その場で皆がユニゾンする歌はラウッルと決っていた。ミカリヤッグの場を通して古歌は伝承されていたのである。その歌の場が同時に、若い男女の出会いの場にもなっていた。ミカリヤッグはそうした夏の夜の歌会を指し、あるいは、また、若い男女の交際を意味することもあった。しかし、その場は失われた。今では、造船儀礼や新築儀礼に欠くことのできない呪的ラウッルの意味がわからなくなってきている。意味どころか、歌詞を知る者自体稀になってきた。旋律が伝承されても、ラウッル用の古語を知らなければ、ラウッルは成り立たないのである。

4　まとめ

非モーラ言語のヤミ歌謡では、日本の詩歌のように音数による制約――つまり、定型は見られない。冒頭で言い訳したように、断言はできぬが。しかし、ヤミ歌謡にあっても、歌が歌たり得るには、日本詩歌の音数による規制と同じくらい厳密な条件が満たさなければならなかった。アノウッル・ラウッルという旋律の遵守と、合唱形式の習得と、同時に歌語・古語を駆使することであった。しかし、はたしてこの遵守と習得と駆使は、日本詩歌の音数律に比較しうる律であったのだろうか。御教示を願う次第である。

注

（1）「【シンポジウム】アジアの歌の音数律」『アジア民族文化研究』7号（二〇〇八年三月刊）などにもそうした広がりの具体例を知ることができる。

（2）漢字では雅美族と表記する。民族アイデンティティーの高まりの中、一九八八年ころより、ヤミ語では人を意味する「タオ（達悟）」を民族名称とする人々も現れてきている。
（3）『言語学大辞典』（一九九六年一月、三省堂刊）第六巻38頁「イソクロニー」の項参照。
（4）「モーラ」・「音節」に加えて、「拍」も関係する概念ではあるが、これらの定義は研究者によってあまりに異なっている。言語学領域における明解な整理が欲しい問題である。そういう意味で、音数律とモーラについて発言することは危くもあるが、有効な概念であることは間違いない。
（5）大竹孝司「メタ言語としての音節の下位構造の発達に関する研究」『情報科学研究』19号（二〇〇一年一二月刊）
（6）古代ラテン語は次第にモーラを失う歴史をたどったらしい。このラテン語の歴史と「音節からモーラ」へとする大竹説の間にどう整合性を保てばよいのかは不明である。
（7）ヤミ歌謡における即興や独創については、いささか説明が必要である。歌会などで他人が披露した歌の一節を記憶しておき、自作を歌わなければならない機会に、そうした一節を利用する。近代文学でいう独創的即興とはやや異なる。ヤミ歌謡では、即興的に章句をアレンジする力が重要なのである。
（8）姫野翠『異界へのメッセンジャー』（二〇〇四年七月、出帆新社刊）206頁参照。
（9）（10）（11）姫野翠『同右』207頁参照。
（12）「自然民族における音楽の発展（講演）」『音楽芸術』三四巻4号（一九七六年四月、音楽之友社刊）35頁参照。
（13）陽暦3月くらいから7月初めまでの回遊魚のやって来る漁期が終ると、人々は数か月分の食料を手に入れ、豊かな季節を迎えることとなる。そんな満ち足りた夏の夜に開催される老若男女が集う手拍子を打ちながらの歌会をミカリヤッグという。小泉文夫の指摘では合唱を意味する語と捉えているようだが、私の調査では歌会そのものを意味している。検討の余地があろう。
（14）このドキュメンタリーの唱歌場面だけを「第一六回アジア民族学会」（二〇〇八年一〇月二五日）シンポジウムの際に紹介した。

十　ホジェン族民謡のリフレインのルーツを探る

于《ウ》　暁《ショウ》飛《ヒ》

はじめに

ホジェン（赫哲）族は中国少数民族のうち最も人口の少ない民族である。中国黒竜江省の黒竜江南岸、松花江下流、烏蘇里江西岸に住み、昔は狩猟漁業採集で暮らしていた。彼らは文字を持たないが口承により、語りと歌による英雄物語イマカンを語り伝えていた。一九三〇年民族学者凌純声がホジェン族の民俗風習を調査したとき、十九編の物語と二十七曲の民謡を採取した。この民謡二十七曲の音数とリフレインを解析した。これらには「音数律」はないが、音数に対する緩い規則が見られ、リフレインが歌の調子を整える重要な役割を果たしている。凌純声が採取した十九編の物語の中で歌が歌われていたが、彼は物語の粗筋のみを漢語で記録して、歌を記録していない。この語りと歌が交互に演じられる文芸は、一九五〇年以降イマカンと呼ばれた文芸と同じものである。一九五〇年以降イマカンは十五編採取され、漢訳されている。この中に総計約九〇〇の歌が含まれている。これらの歌にも音数律はないが、周辺民族のシャーマン神歌によく似ている。シャーマンの祈りの言葉の間に周囲の人たちが唱和する意味不明の言葉がイマカンの歌のリフレインの原型と思われる。

一　ホジェン族の民謡

凌純声は一九二四年国立東南大学（後の中央大学、南京大学）を卒業後、一九二六年フランスのパリ大学に留学し、人類学を学び、一九二九年博士学位を得た。帰国後中央研究院歴史語言研究所研究員、民族学組主任となった。当時最新の西欧学問を持ち帰り、新しい眼で一九三〇年中国東北地方に行き、ホジェン族の調査をした［李亦園二六七頁、以下文末の文献参照］。凌純声は、ホジェン族の風俗習慣、ホジェン語、宗教、口承文芸など広い範囲で調査収集した。彼は、民謡の採集方法を著書の中に次のように記している。「録音機がないので、一曲ずつ習い覚えた。五夜費やした歌もあった。覚えてから帰るまで、忘れないため、毎日二十七曲を一度は歌った。調査から帰り、上海で友人の手助けで、整理した。楽譜を見て演奏できるが、音がわかるホジェンの人がいないので、この方法に対する批評は聞けなかった。」［凌純声一九三四年一四四—一九三頁］　当時既に蠟管蓄音機が存在し、ブロニスワフ・ピウスツキが二〇世紀初めに樺太アイヌ語の録音を行っているが、凌純声は調査の時に録音機を持っていなかった。しかし彼は、一九二五年に「中学音楽集」「霓裳羽衣歌舞」や「琵琶集成」を著し「東南音楽家」と呼ばれるほどで、音楽の才能があったので曲を覚えることができたのである。外国語などの音を漢字の音を当てて記すのが一般的であったが、彼は国際音標文字を使用して歌詞を記録している。これは彼がフランスで人類学を学び、西洋の方式を取り入れた結果であろう。

彼が採取した二十七曲の内八曲は男子の歌で、十九曲は女子の歌である。男子の歌四曲は彼が採取した物語（後のイマカン）に関連している。女子の歌は、恋歌、不幸な結婚を嘆く歌などである。民謡には伴奏はなく、xe ri re, e na ni, ge i などのリフレインが歌の最初と最後に現れ、歌詞の文や句にリフレインが挿入される。歌詞には韻はない。男子の歌詞は、ホジェン語であるが、女子の歌詞は、ホジェン語化した漢語単語が非常に多く使われている。このことは、日常生活の言葉に多くの漢語が使われていたことが推定される。十九世紀から二十世紀にかけて、ホジェン族居住地域にホジェン族の人口の一〇〇〇倍近い七〇〇―八〇〇万人の漢族が東北地方に移民した結果、漢民族の文化がホジェン族に大きな文化的影響をあたえ、多くの日常の漢語が外来語として流入し、ホジェン語に取り入れられたと考えられる。

民謡の歌詞を、凌純声が国際音標文字を用いて記しているが、筆者の表記法に変換後ここに引用している。［于暁飛二〇〇五年八四頁］

二　リフレインの種類と分類

凌純声の調査では、男子の歌と女子の歌の区別があり、男子の歌では xe ri re, e na ni, ge i の八音のリフレインが使用され、xe ri re, ge i ni の六音の長いリフレイン、e na ni の三音が短いリフレインがあると述べている。近年のイマカンの導入部のリフレインは中国語の起調、途中にあれば過門調に相当している。女子の歌は、xe ne nen の三音ではじまり、男女区別容易であると述べているが、王士媛らの一九八〇年調査では、男女の区別はなかった。

二十七番目のラムート（海浜ツングース族）の歌を除き、二十六曲を次のようなタイプに分類した。

タイプ一　各行毎に短い同一のリフレイン（enani, xenenenino, bebencu）の句がある民謡であり、リフレイン enani の民謡は、凌純声採集歌一、二、三、四、五、八番、xenenenino の民謡は二二番、bebencu の民謡は二六番。

タイプ二　長いリフレイン xenenene xenene などが歌の最初と最後にある民謡であり、六、七、二四番の民謡が該当する。さらに歌詞の散文に短いリフレイン enenenino などが挿入されている民謡は一、九－二一、二三、二五番の民謡である。

タイプ三　音数の規則がある民謡であり、二二番の民謡のみである。

一―二　タイプ一の民謡について

タイプ一の歌には、各行に決まったリフレインの句 enani, xenenenino, bebencu bebencu がある。その前後にある句や文の音数を数え、音数律があるかを調べてみよう。

(a) 凌純声採集歌一番の「スワニが夫王に別れを歌う」

これは、物語「シルダル」の中で歌われる歌である。この歌のリフレインは最初は xerire, xerire、最後の長いレフレインは eneni xeri xeri, enani geigen geige, enani geereya である。途中は、短いリフレイン eneni の後に、三小節の歌詞があり、このパターンが繰り返される。音韻の数は四、五、六個で、歌詞により変化する。この部分は、厳密な音数規則ではないが、大体一定の音数になっていて、緩い「音数律」に近いものがある。しかし、日本語の音数律とは異なる。

左記の上の列はホジェン語、中央の数字は音節、下の列は日本語訳を示す。規則性を強調するため、各行の単語の位置を調整した。リフレインの意味は不明である。

凌純声採集歌一番の「スワニが夫王に別れを歌う」

リフレイン＋句	音数	日本語訳
xerire xerire	○ 三 三	
enani xere xere	三 二 二	
enani xeri xeri	三 二 二	

enani ejexen eigeng　三三三　結婚した男子よ

enani xariuxeng xaxa　三四二　妻を娶った男子よ

enani doridiru　三四　聴きなさい

enani bueren barkon　三三二　仇、敵の

enani nani goruko　三二三　地の遠くから

enani geereye　三四　帰ってきた

enani eji-xai　三四　決して

enani dedu-wodu　三四　娘を

enani durune-re　三四　奪うな

enani ejixai　三四　決して

enani fujinendu　三四　姫を

enani furiu dere　三四　奪うな

enani ejenxenne　三四　エジェンは

enani banaani　三四　故郷から

enani gorukore　三四　遠く（遠征し）

enani gurugoa　三四　国を

enani goton gire　三二二　村を討ち

enani geereye　三　四
enani yala-woa　三　四　氏族を
enani yaneurire　三　五　討った
enani geereya　三　四
（以下続く）

紙面に制限があり、全文を掲載していないが、この民謡には五十四個の基本的な句があり、三音節＋四音節または三音節＋二音節＋二音節の句三十三個、三音節＋三音節の句三個、三音節＋五音節の句十個、三音節＋六音節の句七個、四音節の句一個である。

三音節＋五音節は母音を欠落させ、三音節＋三音節は母音の長音化させることで、準三音節＋四音節とみなすと、（音数律としてはではなく、緩い音数の規則として）、三音節＋四音節、三音節＋二音節＋二音節と準三音節＋四音節は、四十六個で全体の八五％を占める。

また、一文は、基本的に三つの「三音節＋四音節」から成り立っている

例：enani ejixai 決して enani deduwodu 娘を enani durunere 奪うな
音数　三　四　三　四　三　四

これを見ると、緩い音数の規則があり、旋律に歌詞が載せられている。旋律部分が同じ部分であれは、音数が少なければ、音を伸ばし、多ければ早く歌うので、旋律から来る規則かも知れない。または、「自然発生的な音数律」または「音数律の近いもの」と言えるかもしれない。

凌純声採集歌二番の「夫王がスワニに別れを歌う」は、物語「シルダグル」の中で歌われる歌で、一番の歌の返歌である。この歌もenaniの短いリフレインがあり、基本的に三音節＋四音節が基準になっているが、少し崩れている。凌純声採集歌三番の「モトウ・ガガ月へ奔る」もenaniの短いリフレインがあり、基本的に三音節＋四音節が基準になっているようである。

一―三　タイプ二の民謡について

長いリフレインが、歌の最初と最後にあり、途中にはリフレインが何箇所かに挿入されている歌である。

凌純声採集歌八番「テンを狩る」

xenenene xenene　xenenene xenene	
abigere miauni	アビガは我が心に
abikere tongenni	アビガは我が胸に
gadelinde mingege	半禿頭は私の物
xotudene mingge	禿頭は私の物
budexende eme kansi	死ぬ時は同じオンドルで
tukuxende eme tirenku	同じ枕に
xenenen xenene　xenenene xenene	

calinxe ge-bare mayin-xe genare　チャリン河マイン河に
sebuwo ganixen　テン狩りに行った
sensing jie-la jujure　サンシンの街へ寄り
xe-t-ku-fon-ku gadaren　頭巾を買い
meu kejeji gajuren　銀の指輪を買い
fisui suya sau-le-ku-ren　翡翠の煙管を求め
xenenene xenene　xenenene xenene

□で囲んだ単語は漢語由来の単語で、次の漢語に対応している「炕席　戒指　翡翠」

ホジェン族の多くの民謡や、後に述べるイマカンの歌の大部分はこの形式に分類される。

一―四　タイプ三　音数の規則がある民謡

凌純声採集歌二十二番「不幸な結婚を嘆く」は、女子の歌で、夫婦仲が悪く、人生最大の苦しみを味わう。妻が傷ついた心で歌う歌である。全て四音節＋四音節＋五音節である。音数に規則があり、音数律があるといえる歌である。ただし、漢語の単語が使われていて、対応する漢字一字を一音節と数えている。「音数律」と言えないこともないが、別の例も見つからないので、偶然に音数が揃ったと考えられる。

凌純声採集歌二十二番の「不幸な結婚を嘆く」

句　リフレイン	リフレイン	日本語訳
xenenene xenenene	**xenenenino**	
enenene enenene	**enenenino**	
sansin-dure sansin-goro	**xenenenino**	悲しい　悲しい
bicu-dure bicu-koro	**enenenino**	悔しい　悔しい
tien-lau-yie-na ji-dao-ba-ya	**xenenenino**	お天道様　知っていますか
di-lau-yie-na zen-bu-ji-dau	**enenenino**	地の神様　どうして知らないの
i-be-ji-ne i-li-yi-du	**xenenenino**	一生
ben-bei-ji-ne ba-di-yi-du	**enenenino**	長い間住み
sin-deu i-teu age-wona	baka-badiki	気の合う人ならば兄さんと　暮らし
bu-da-wo-ne ge-le-xeng-de	ti-xa-la-ni-ko	乞食になってもかまいません

□で囲んだ単語は漢語由来の単語で、「伤心」「天老爷」「知道」「地老爷」「怎不知道」「一辈子」「半辈子」「心投」「意投」である。

二　イマカンの謡の中のリフレイン

ホジェン族は、ホジェン語を話していたが、文字を持たず、彼らの神話や物語は口伝えに伝承していた。イマカンは、語りと歌を交互に演じる口承文芸である。語りは粗筋を述べ、歌は台詞や感情の高まりを表現する。「イマカンはホジェン族民族英雄の歴史詩で未成熟の叙事詩である」といわれている。類似なものは周辺民族に存在する。満州族の「ダブダリン」やオロチョン族の「ムスクン」があり、語り謡う演奏形式の物語である。

イマカンは、ホジェン族の口承文芸の中で、内容が最も豊富で民族的特色が濃く、多くのホジェン族の人々が聞いて楽しんでいた。ホジェン語で語りと謡を交互に繰り返し、一つのイマカンを演じるのに数夜要した。凌氏は十九編の物語を採録し著書の中で「物語に謡が入るが内容に重きをおいて収録し、形式に注意を払わなかった」と記している。イマカンという言葉が使われたのは一九五〇年代赫哲族社会歴史調査の時、「イマカンは、ホジェン族に長く口承された文芸形式であり、一段語り、一段謡う形式で、謡が主である。物語をショフリと呼び、伝説をタルンクと呼ぶのに対して、長く、謡が入る英雄叙事詩をイマカンと習慣的に呼んでいる」と記している［黒竜江省編輯組　一九八七年　一七九頁］。一九五〇年以降に採録されたイマカンは十五編あり、他にイマカンの断片二十二編ある。全て漢語訳されており、直接ホジェン語で記録されたものはなかった。ホジェン語で書かれたイマカンは四編と断片三編があるが、一度漢語訳されたものから再度ホジェン語に翻訳されたものであり、発音を国際音標文字などを用いている。筆者は、イマカン二編と断片一編をホジェン語で語りと歌から直接アルファベットで記述したが、これは初めての試みであった。［于暁飛　二〇〇五年］

イマカンに共通する内容は、次のようである。

（1）主人公モルゲン（英雄の意味）は、不幸な生い立ちで、戦争で両親が殺されたか、捕虜にされ、一人か兄弟姉妹二人で暮らし、境遇ははじめは悲惨である。モルゲンの名は、ムドリ（竜）、シルダル（明かり）、アガディ（雷）などであり、これらは当時の信仰の対象であった。

（2）モルゲンは、山で神と出会うか、重い病から神に救われるかして、自らシャーマンの能力を得る。

（3）モルゲンは、親の敵討ちに出かけ、途中で出遭ったモルゲンと素手で戦い、勝敗を決するか、誰かの忠告で義兄弟の契りを結ぶ。

（4）モルゲンは婿選びに挑戦する。相撲、弓、力比べ、鹿狩の他、ダド（娘）の親が出す難題を娘の助けを受けて解決するなど、イマカンで最も華やかな部分である。

（5）モルゲンの妻（女主人公）や姉妹は、コリ（神鷹）に変身し、モルゲンの敵討ちを助ける。コリはモルゲンの保護神であり、シャーマンでもある。イマカンでは、多くの妻を持つが、一夫多妻の風習はないので守護神を増やしてシャーマンの神力を増すことを意味しているようだ。

（6）モルゲンはコリたちの助けをえて敵討ちを果たし、故郷に凱旋する。村は栄え、モルゲンはエジェン（首領）となる。

この他、漢語の狐仙物語、英雄伝岳飛などが、途中に織り込まれており、シャーマニズムの影響が色濃く反映している。

イマカンの更なる特徴は、演じ方である。一人の語り手が語り歌い、伴奏楽器はない。日本における講談や浪曲にも似ている。謡は、台詞や主人公らの感情の高揚を謡う。一つのイマカンを演じ終えるのに、数夜を要する長編である。

イマカン十五編の謡の数を数えてみると、九〇〇以上ある。この中で、定型的なリフレインのある謡は、次の一曲だけである。これは、葛徳勝が語り謡ったイマカン「シルダル・モルゲン」の中で歌われるものである。シルダルはダマインチュ（シャーマン）に従い神鼓を摑み、叩きながら、祈りの言葉を歌う。後方の人は腰に付けた鈴を鳴らし、トロ（トーテム）の竿の周りを跳ねながら、一句ずつあわせて謡う歌である。〔黒竜江省民間文芸家協会一九九八年一七一―一七三頁〕これは、シャーマンの神歌そのものである。

主（ダマインチュ）　　従（周囲の唱和）
xelei naxele
nani xelei naxele　　nani xuoguyage
四方八方にまします万の精霊よ
精霊たちよ、お聞き届けくださいnani xelei naxele
ムジェン・アイミ（ムジェン偶神）　　nani xuoguyage

身を守るサリカ神
熊神、鹿神
啄木鳥が木を突き道を導く神

祖先が祀った諸々の神

聞こえたらすぐ降りてきてください
南山のウルグリをやりあなたを祀る

お供えした肉を味わってください
お供えした酒を味わってください
香炉からの香を聞いてください
四〇人のマインチュがきて精霊を拝む
シルダルもきて拝む
父もきて拝む
ダドもきて拝む

nani xelei naxele
nani xuoguyage
nani xelei naxele
nani xuoguyage
nani xelei naxele
nani xuoguyage
nani xelei naxele
nani xuoguyage
nani xuoguyage
nani xelei naxele
nani xuoguyage
nani xelei naxele
nani xuoguyage
nani xuoguyage
nani xuoguyage
nani xelei naxele
xuoguyage

強い敵を討つために遠征に来た　nani xelei naxele
精霊よ、出てきて守ってください　nani xuoguyage
凱旋するのを待ってください　nani xelei naxele
猪を殺し羊を生贄にダドもきて拝む　nani xelei naxele
xuoguyage
さらに良い場所に精霊方を祭ります　nani xuoguyage

イマカン歌手葛徳勝がホジェン語で謡ったものが、漢訳され、これをさらに日本語に訳したものである。行末の nani xelei naxele, nani xuoguyage, nani xelei naxele xuoguyage は、元々ホジェン語でもあったと想像できる。凌純声採取の物語「ナウオンバルジュン」の中で、シャーマンが祈る言葉として「yegeyage yege yage xuoguyage yege yege yayeyege ye」とあり、xuogu は神の名、yegeye は神に降りてくるように願う意味であると彼は注釈をつけている〔凌純声六六〇頁〕。前掲のリフレインが規則的に繰り返されているが、修正された可能性は残る。葛徳勝がそのように歌ったか？　もしくは、訳者傅万金が挿入したかもしれない。xuoguyage はエウェンキ族のシャーマンの神歌の祈りの言葉でもある。

葛徳勝は、「マンドウ・モルゲン」「シャンソウ・モルゲン」「アガディ・モルゲン」「シルダル・モルゲン」「ムドリ・モルゲン」「ウフサ・モルゲン」「サルン・モルゲン」を語り歌った。

しかし、葛徳勝の歌は、音数の規則は全くなく、散文も長く、リフレインの形は大体一九三〇代の形 xeleins nixeleina などが見受けられる。

筆者がホジェン族の尤金良がホジェン語で語り歌うイマカン「シタ・モルゲン」「カンタ・モルゲン」を直接ホジェン語テキストに記録した際、尤金良の歌は、散文の長さも、リフレインの長さも大幅に変化していた。一九八〇、二〇〇〇年に採集されたイマカンの歌をみると、音数律はない。それに代わるものとして、リフレインがある。

一九八〇年代末に、尤志賢と傅万金が漢訳されたイマカンをもとに、四編をホジェン語に訳し、国際音標文字などで表した。葛徳勝が語り歌った「シャンソウ・モルゲン」〔尤志賢一九八八年〕では、全ての歌には音数律はなく、最初にリフレイン xerila xerila geixelei などがあるだけである。筆者は葛徳勝が語り歌う「ムドリ・モルゲン」の録音テープを聴いたが、リフレインが途中にも随所に挿入されている。これから判断すると、リフレインはあまり重要視されずに、ホジェン語翻訳に重点が置かれたため、リフレインが取り除かれたかもしれない。

傅万金も葛徳勝が語り歌う「シルダル・モルゲン」の始の部分三分の一くらいをホジェン語に訳した〔傅万金　一九八七年〕。その中の歌には、やはり音数律はなく、リフレインが歌の出だしにのみ使われている。リフレインには xelila xelilani xelila xelilani xelila gaixele など幾種類かがあり、一つの長い歌には中程にもう一つのリフレインがある。リフレインの付かない歌もある。

傅万金が整理した漢訳には、リフレインが歌の最初と最後、途中に挿入されているが、ホジェン語訳をみると、リフレインが最初の一行のみのものが多い。どちらが実際の葛徳勝の歌に近いかは、録音テープを聴かなければ判定できない。ただ尤志賢の翻訳と同様にホジェン語翻訳に重点を置いたため、リフレインを重要視しなかったとも考えられる。彼らが翻訳して書いた歌は、散文であり、音数律はなく、緩い音数に対する規制もみられない。このことは、もともとホジェン族の歌には音数律がなかったことを示していると思われる。

尤志賢と傅万金は、共にホジェン族の人で、ホジェン族文化の研究者である。彼らが歌をホジェン語に翻訳するとき、音数を考慮していない。彼らの生年（尤志賢は一九二七年生まれ）から考えると、もし一九四〇年代に歌に音数律とい概念がわずかでも残っていれば、復元すべく努力しいくつかの歌に音数律らしきもののホジェン語で記すと推測しても不自然ではない。また緩い音数に対する規制も見られない。このことは、ホジェン族の歌には、音数律がなかったことを意味していると思われる。

筆者が葛徳勝がホジェン語で語り歌うムドリ・モルゲンを、一九八〇年の録音テープから直接テキスト化した。これには初めに、長いリフレインがあり、あとは規則的に短いリフレイン xeli nani xeli があり、間に散文が挿入されている。二節で述べた一九三〇年凌純声採集の女性の民謡と調子がよく似ている。

三　周辺民族のシャーマン神歌

ホジェン族が住む東北アジアの諸民族には、広くシャーマニズムが信仰されている。周辺の民族の満州族、エウェンキ族、オロチョン族、シベ族は、ホジェン族と同じアルタイ語ツングース満州諸語に属しており、彼らの民謡もシャーマン神歌と同じ形式であることを示す。

凌純声が採集した十九編の物語の一つ「イーシン・シャーマン」は、「ホジェン族の人が、満州語の本を見て、語った」と記している。この物語の筋は、満州族の「尼山薩満」と同じで、尼山薩満には六種類の写本がある。その中のチチハル本と最も似ているが、どの写本か特定できていない。この物語の中に現れる歌の一つを例に挙げる。これは、イーシン・シャーマンが他の人の魂を取り返しに陰界へ行った時、陰界で追剝をしている夫に出会った。夫は、生き返らせてくれと頼むが、肉体が既に朽ち果てているのでできないと話す歌である。

eigen haji **xailambi sulembi** 愛しい夫よ
ekseme donji **xailambi sulembi** よく聞いてください
haha haji **xailambi sulembi** 愛しい男よ
hahilame donji **xailambi sulembi** 注意して聞いてください
nekeliyen san be **xailambi sulembi** 薄い耳たぶを
neifi donji **xailambi sulembi** 広げて聞いてください

giramin san be　**xailambi sulembi**　厚い耳たぶを
gidafi donjireo　**xailambi sulembi**　押し上げて聞いてください
sini beye　**xailambi sulembi**　貴方の体の
siren sube lakcaha　**xailambi sulembi**　筋や血管はすでに断ち切れ
aifini bucefi　**xailambi sulembi**　死んでから永い時間が過ぎ
aikime niyaha　**xailambi sulembi**　腐りはて
giranggi yali　**xailambi sulembi**　骨も肉も
absi weijubumbi　**xailambi sulembi**　既に朽ち果てました
haji eigen　**xailambi sulembi**　今更蘇ることができない

（以下続く）［趙志忠二〇〇一年一一三―一一五頁］

これには、音数律はないが、リフレイン xailambi sulembi が各行にある。このようなリフレインが趙志忠によると「尼山薩満」に三四種類（ara, eikule yekule, heye hiyelu など）ある［趙志忠二〇〇一年一五四―一五五頁］。enani というリフレインは「尼山薩満」にはないが、ホジェン族の歌の形式とよく似ている。このことから、満州族とホジェン族の歌に関しても非常に密接な関係があることが、窺い知ることができる。

凌純声は一九三〇年代に民謡二十七曲を採取した。その中の四曲は物語（イマカン）の中の歌であり、そこには音数律はないが、緩い音数に対する規則がみうけられる。句または短文毎にリフレインがついている。この形式は、満州族のシャーマンの神歌の形式とよく似ている。このことは、周辺のエウェンキ族、オロチョン族、シベ族の歌にも当てはまる。ホジェン族やその周辺の民族の歌はシャーマンの神歌の影響を強く受けていると思われる。

他の曲は、最初、途中、最後の部分にリフレインが挿入されて、リフレインが歌の調子を整える役割をしている。明らかな音数律がある歌がホジェン族に一曲、エウェンキ族に一曲見つけることができた。しかし、他の多くの曲には音数律が見受けられないので、この二つの例はおそらく偶然に音数が揃ったものであろう。

ホジェン族がもつ語り歌う芸術「イマカン」の歌をみてみると、イマカンの歌の部分は、ジャリンク（民謡）を元に、歌詞をつけて歌うということである。韻はなく、歌詞は散文である。対句のものもあるが、リフレインが、歌の調子を整えている。一九三〇年凌純声が四曲の物語中の歌の形式と同じものが、一九八四年葛徳勝の「シルダル・モルゲン」の中に一曲見つけることができた。これは、シャーマンの神降ろしの歌である。他のイマカンの歌には、「音数」に対する規制は全くなくなり、散文となり、リフレインの行が最初、最後、途中にあり、歌全体の調子を整えている。リフレイン自体特別な意味がないので、シャーマン神歌の祈りの言葉の発展系とも考えられる。

ホジェン族文化の研究者尤志賢と傅万金が歌をホジェン語に翻訳するとき、音数を考慮していない。このことは、ホジェン族の歌には、音数律がなかったことを意味していると思われる。彼らは、歌うように翻訳せず、頭の中で意味だけを翻訳したのだろう。

実際の民謡には旋律があり、それに歌詞を載せるので、拍子の許される範囲で長短され音数が変化する。そのため、緩い音数の規則ができていると思われる。

口調のよいもの、同じ旋律に載る歌詞は、根底に原始的なまたは「別の意味の音数律」があると言えるのではないか。

文献

（1）凌純声　一九三四年『松花江下流的赫哲族』南天書局有限公司
（2）李亦園　一九七七年「凌純声先生與中国民族学」『拓墾者的書像』二六七頁　中華文化復興月刊社
（3）黒竜江省編輯組　一九八七年『赫哲族社会歴史調査』黒竜江朝鮮民族出版社
（4）傅万金　一九八七年『満語研究』黒竜江省満語研究所　第一巻―第四巻
（5）尤志賢　一九八七年『満語研究』黒竜江省満語研究所　第一巻―第六巻

(6) 尤志賢　一九八八年『満語研究』黒竜江省満語研究所　第五巻―第一五巻
(7) 尤志賢編集　一九八九年『赫哲族伊瑪堪』黒竜江省民族研究所
(8) 徐昌翰・黄任遠　一九九一年一月『赫哲族文学』北方文芸出版社
(9) 納喇二喜傳写・永志堅編譯：一九九二年『薩満神歌』天津古籍出版社
　これは一八八五年満州語の手書き写本『薩満神歌』とその漢訳とそのローマ字表記満州語を一冊の本にまとめたものである。
(10) 孟淑珍整理一九九三年『鄂倫春民間文学』（中国少数民族古籍）黒竜江省民族研究所
(11) 黒竜江省民間文芸家協会
　一九九七年『伊瑪堪』（上）黒竜江人民出版社
　一九九八年『伊瑪堪』（下）黒竜江人民出版社
(12) 王宏剛・関小雲著・黄強・高柳信夫他訳　一九九九年『オロチョン族のシャーマン』第一書房
(13) 黄任遠・黄定天・白杉・楊治経　二〇〇〇年『鄂温克（エヴェンキ）族文学』北方文芸出版社
(14) 超志忠　二〇〇一年『薩満的世界』遼寧民族出版社
(15) 王宏剛・于暁飛　二〇〇三年『大漠神韻―神秘的北方薩満文化―』四川文芸出版
(16) 于暁飛　二〇〇一年「シタ・モルゲン」『叙事詩の学際的研究』千葉大学大学院社会文化科学研究科二〇七―二九一頁
(17) 于暁飛　二〇〇四年五月「ホジェン（赫哲）族の歌」『アジア遊学』八三―九三頁
(18) 于暁飛　二〇〇五年『消滅の危機に瀕した中国少数民族の言語と文化』明石書店
(19) 于暁飛　二〇〇五年「イマカン　カンタ・モルゲン」研究プロジェクト報告『ユーラシア諸民族の叙事詩研究（二）テキスト化の概要と解説』千葉大学大学院社会文化科学研究科八〇―二四二頁
(20) 于暁飛　二〇〇七年「テキスト化を通してみたイマカン像」―一九八二年に録音されたイマカン「ムドリ・モルゲン」」、千葉大学『ユーラシア言語文化論集』一〇号

コラム5

「五-七」の詩学と和歌のリズムについて

エルマコーワ・リュドミーラ

五七五七七という短歌の五句体構造の成り立ちと機能の問題は、日本の伝統的歌学の中心的問題の一つだが、同時にこの問題は研究の最も行き届いていない領域だとも言える。近年、このテーマに関する研究がすでに現われ、坂野信彦や山中圭一といった研究者によって、歌学のこういった側面が著しい広がりを見せているのが現状である。

五句体構造に対するこれまでの見方が常に極めて一貫性に欠けていたことは知られている。例えば、今まで五句体という音節構造は漢詩の伝統から移植してきたものの一つであるという説が出ているが、他でもないこの五句体構造が日本の詩歌にとって最もすわりが良いものであったとするなら、なぜそうなのかを更に説明する必要があろう。またその外に、随分昔からある説によれば、七五調は文字使用以前の日本列島原民がもっていた民謡リズムであるというもので、それは日本語という言語に自然のリズムであり、本来的に備わっているというのである。

二〇世紀後半の西欧の日本研究を見ると、ロシア（当時はソヴィエト）での事情と同様に、和歌の音の響きに関する問題が考察されることは極めて稀であった。実際、これまで何度となく重要視される形で、和歌の音節数の奇数性が強調されてきた。今からすると、当時の西欧の文化人類学は日本文化に関するユートピアモデルのようなものを作り上げ、日本的精神の現れである文化的独自性を何よりも先ず発見しようと躍起になっていたかのように見える。そういった独自の特徴としては当時、西欧詩と対峙するものとしての短歌や俳句の《非対称的》奇数構造が俎上に上げられたが、その西欧詩は和歌と比較される中で、その対称性が行末で対韻する（二行ずつ押韻する）語によって強められる特徴をもった、均等な偶数構造として意識されていった。奇数音節の和歌はそういった西欧の研究においては、意図的に不安定にされた詩、作品の《未完性》を再現する詩、作品を《宇宙へと引き延ばしていく》可能性として姿を表したのだった。和歌の構造のこういった哲学的、世界観的な根拠付けは、二〇世紀のとりわけ西欧的な《ジャポニズム》に対する一風変わった貢ぎ物なわけだが、しかも注目すべきは、これと似たような、和歌形式そのものをコスモロジー化する傾向が、実は日本中世の注釈伝統においても存在したという点である。それによれば、五七という音節の数は『古事記』と『日本書紀』の中のある世代を構成する神々の産まれてくる数と結びつけられていたのである。

日本における研究でもやはり一番注目されるのは詩歌のもつ内容的、意味的側面であり、さらには、語彙や修辞の有無（枕詞、縁語など）、詠み人、作品の制作背景や文脈といったものである。また、短歌に《ひびき》という要素が存在することは日本語を話す誰もが認めているところだが、ひびきという現象を深く掘り下げて多角的に分析するのは今後の課題である。

上述の諸研究で証明が試みられているのは、現代においてもその伝統的短歌の詠み方は、たとえ歌の音節数が奇数であっても、各詩行の音の詠みの長さが偶数であることを前提にしているという点である。これら研究によると、短歌は同じ拍をもつ五つの断片（詩行）から成り立っている。和歌の五つの断片（詩行）それぞれに八つの拍がある。つまり、和歌の五音節からなる短い詩行は5モーラ／音節＋休止3モーラの構造を、また、長い詩行は7モーラ／音節＋休止1モーラ等々の構造をもつというのである。したがって、短歌はその詩行が五音節ないしは七音節に分割されるものの、全て同じ8モーラという拍で発音されるというわけである。また、短歌は三十一音節だが、響きとしては40拍あることになる。この現象から判断すると、短歌の基本特徴とされる《奇数性》と《非対称性》といった考え方は完全に消え去るとは言えないまでも、大体においてその強みは弱まることになる。

　実際のところ、これに類似し、しかもこれよりはっきりとした現象がロシア民謡に例として見られる。ロシアのフォークロア歌謡そのものは日本のそれと十分に比較対照が可能だが、両者の最大の違いはそれぞれの歴史にある。日本の和歌が〝うたかけ〟の儀式から文学へとそのまま推移していったのに対し、文字によって書かれたロシアの詩はフォークロア的伝統を直接継承したものではない。さらにもう一つの違いがある。それは、ロシア民謡に見られる詩行内の音節数と強アクセント（強勢音節）の数は実に多様で、偶数もあれば奇数もあり、詩行については長短のいずれもが存在している。

　ここで興味深いのは、ロシア民謡にも五、五、五、ゝゝゝ音節や七、七、七、ゝゝゝ音節のまとまりを反復した唄がかなり多く見られることだ。その例として広く歌われる民謡を少し見てみよう。《Iz-pod kamushka / iz-pod belago / Techet rechushka, rechka bystraya / Na toj rechushke / devka mylasya,/ Devka mylasya,/ nabelilasya》（小岩の下から／白い下から／流れる小川、流れは速水／あそこの川には／娘が水浴み、／娘は洗うと、／ほれ真っさらよ）。次の例は七音節の歌《Stal molodets zasypat'/ usnul, usnul, molodets / U devushki na ruke》（若人うとと／すうすう眠る／娘の腕に）等々。興味深いことに、同一の歌も地方ごとに決まって異なる拍で歌われる。ある地方では詩行内の語が8拍であるのに対して、別の地方では12拍で歌われる。このようなことが可能なのは一音節を数拍で歌うからであり、そういった場合には頻繁に歌われる一音節の音程が何度か変化する。つまり、まさしくこのような長く引き延ばされた音節には旋律面での手直しが必要になるのだと結論出来る。

以上のように、このロシア民謡において韻律形式とその朗誦に際して用いられるリズムとは完全に一致していないと言える。詩行内には五音節があり得るが、実際に唄を歌う際にはその音節が8拍にも12拍にもなり得るのである。その場合、聞き手が受ける効果は興味深い。その効果とは、耳にする言葉の理解が《先延ばし》(引き延ばし)され、言葉が謎めいて聞こえるという効果である。歌い手がある単語の最初の音節を、例えば、複雑な旋律と共に数拍で唄うとして、同じ単語の次の音節に移るまで、一体どんな言葉が発せられるのかが聞き手には分からないということがよくある。それに対し、長々と唄われる言葉でも文脈によって第一音節から分かる場合は、その唄われる音節の抑揚ならびに旋律のアレンジの仕方に聞き手の一番の注意が向けられるのだが、他でもないこの点にこそ歌い手の才能と力量が発揮されるのだ。

さらにもう一つ、唄の響き具合に影響を与える民謡の重要な要素としては、詩行の意味を変えることなく、様々な感嘆詞や助詞、反復語などからなる様々な語彙を付加していくことによって生まれるリズムの可変性が挙げられる。例えば、上に引用した民謡《iz-pod kamushka, iz-pod belago, Techet rechushka》の最初の数語が他の地方で記録されている別のヴァージョンになると《Oj da kak Sura-to, brattsy, reka, bezhit iz-pod kamushka, Oj da iz-pod kamushka nu bezhit, iz-pod belago》（ああほれ、スーラよ、皆の衆、川よ、岩の下からさららと流れる、ああほれ岩からほれさららんと、白の岩から）。これと類似したもののあることが、例えば『万葉集』（3154）「いで我が駒早く行きこそ真土山待つらむ妹を行きて」と古代歌謡の一ジャンルである催馬楽の「出であが駒早くゆきかえ真土山あわれ真土山あわれ真土山待つらむ妹をゆきて早あわれゆきて早見む」（古代歌謡集、N12）を比較することで確かめられる。言うまでもないが、このようなヴァリエーションが可能であることによって、歌の基本的な意味を変えることはなくとも、リズムや詠い方を大きく変化させてしまうことになる。

以上のことからさらにもう一つ、次のような推測が出来るかもしれない。かつてのフォークロア学者たちや歌い手たち本人ですら、暗記のためだとか、学者の資料採集の求めに応じて、歌謡を記録した際に、歌謡そのものにとっては重要でない、演奏ごとに変化する「ほれ」「ああ」「さあ」や「あわれ」といった言葉を省いたことも十分考えられるのだ。それに、歌謡を記録するという事実やその手法自体がその後世の歌のリズム観に影響を与えた可能性も考えられる。

歌ごとに備わったこの音響的個性を形作る諸要因は数多くあるだろうが、ここでは紙幅の都合上、その存在の推測される要因を、一般詩学理論、類型学的対照、そして、各種テクストについてわれわれが行った考察から以下に挙げてみよう。

1　古代日本語においては恐らく、現代日本語よりも単語の内部における声調の高低という要因が強く働いていたと思われる。和歌を創作する際に作者はその声調の上下に配慮して、例えば、同一詩行内部での上昇調どうしを連関させたり（同一抑揚）、反対に、上昇の声調どうしを互いに際立たせたりしていた（同一抑揚の回避）と考えられる。

2　和歌の一詩行中に収まり得るのは一語のみか、数語である。例えば、《ホトトギス》や《夢かとぞ思ふ》。数語からなる詩行の場合、休止の配置位置は語と語の境目と一致したり、しない場合がある。詠み手は語末あるいは語頭の音節を引き延ばして長々と詠うことがあり、こういった相違があることによって、リズム・抑揚上の独自の輪郭が浮き彫りにされるものと思われる。

3　他の音節よりも長く朗詠される音節、特定の語の後にくる休止、語の後への囃子詞の挿入によって、特別な意義を付与される語に目印を付けることが出来た。例えば、枕詞を担う語や、掛詞の同音異義語的メタファーとなる語など。

このような要因が果たして他の要因とともに、十九世紀末のロシア詩人インノケンチー・アンネンスキーが《詩的催眠》と呼んだような効果を促し得たのだろうか、という問いについて論じるのは、もはや日本人読者と日本人研究者にお任せするしかない。

十一　アジアの歌文化と日本古代文学
――あとがきにかえて

工藤　隆

1　日本文芸史に「アジア諸民族のことば表現文化」の章が必要

私が日本古代文学研究にかかわり始めたのは一九七〇年前後のことだったが、当時の研究における海外の神話資料の用い方は、ほとんど神話の「話型」や「話素（神話素）」に限定されていた。たとえば、『古事記』の黄泉の国神話は、ギリシャ神話のオルフェウス神話と「話型」が類似している（実は黄泉の国神話の前半部だけだが）といった指摘をすることで終わっていた。

しかし、一九八〇年前後から、アマミ・オキナワ文化やアイヌ文化資料を積極的に取り入れる動きが出始め、それがたとえば古橋信孝《のぶよし》編『日本文芸史・古代Ⅰ』[1]では、「第一部　文芸の発生」「第二部　歌の定立と周辺」「第三部　神話・伝承の世界と歴史」に続いて、「第四部　オキナワとアイヌの文芸」という独立の章が設けられるという形で具現化した。

この「第四部　オキナワとアイヌの文芸」の章の登場は、二つの意味で大きな意味を持っていた。その第一は、日本文学の発生を論じるにあたって、九州・四国・本州を居住地とする本土ヤマト族の文化以外に、それとは異質あるいは独自性の強い文化を保持してきたアイヌ民族およびオキナワ民族の文化まで視界に入れたことである。この方向は、日本国の現在の国境の内側に限定されていたという限界はあったが、少なくともこの時期にあっては画期的なことであった。

その第二は、オキナワ・アイヌの言語文化資料を単に「話型」「話素」の部分だけで用いるのではなく、その表現形態にまで注目する「表現論」的視点を持っていたことである。この視点は、たとえば古橋信孝が『古代歌謡論』[2]で、沖縄県宮古島狩俣の「祖神（ウヤガンあるいはウヤーン）祭」で歌われる「祓《ハラ》い声《グイ》」（「タービ」と呼ばれる神うたの一つ）の分析によって提示していた。

しかし、第一の点は、一九九〇年代末からの、日本国の現在の国境を越え、アジアを中心とする世界の少数民族（私の用語では「原型生存型民族」）の文化にまで視界を拡大する研究の登場によって、さらに新しい段階に進むことになった。したがって、現在ならば『日本文芸史・古代I』には、たとえば「第五部　アジア諸民族のことば表現文化」といった章が置かれるべきだということになる。このような視点から言えば、本書『七五調のアジア』は、その「第五部　アジア諸民族のことば表現文化」の内容の一角を占めるものだとしていい。

また、第二点の「表現論」的視点について言えば、古橋信孝が「祓《ハラ》い声《グイ》」の分析で示そうとしたことが、オキナワという単独地域の素材までで止まっていた一九八〇年代までの段階を終えて、アジアを中心とする諸民族の文化素材という大規模なスケールで実現し始めたということになる。

古橋は、〝歌う神話〟としての「祓い声」とそれを〝話し〟調で語った〝話す神話〟との違いに注目した。[3] 〝歌う神話〟としての「祓い声」は44句（同内容別表現の句を2句連ねているので、実態としては×2の計88句）から成る。[4] 〝話す神話〟資料は、《川満メガさん（当時六十三歳）が語った狩俣の「創始神話」[5]》である。

古橋は、「声の神話」「歌う（唱える）神話」としての「祓い声」と、それが〝話し〟として語られた「概略神話」（私の用語）とでは、物語の内容や表現の細部、また全体の長さなどに違いがあることに注目した。これは、「神話」研究に、「話型」「話素」だけでなく、それらが歌われているのか、話されているのかという「表現形態」の視点を取り込もうとしたという点で、画期的なものであった。

ただし、この時点では素材がオキナワ文化の資料に限定されていたところに弱点があった。古橋が打ち出した「表現形態」にまで注目する視点をさらに深めるためには、少数民族文化（原生存型文化）の範囲をさらに少なくともアジア全域のそれへと拡大する必要があった。この模索は、一九九〇年代後半から、古橋とは異なる人たちによる、中国長江流域を中心とするアジア全域の少数民族文化の現地調査の進行として具現化した。

いかに「声の神話」だとはいえ、オキナワ文化の素材だけに依拠してモデルを作っているのでは、オキナワの「声の神話」それ自体を相対化することまではできない。オキナワ文化の素材を相対化し、またより普遍性の高い原型神話モデルを作るためには、たとえば中国少数民族イ（彝）族の創世神話「ネウォテイ」[6]などのように、アジアの辺境でまだ〝生きた神話〟として存在している神話の、「話型」「話素」だけでなく「表現形態」「社会機能」の視点も加えた綜合的な資料が必要なのである。〈古代の古代〉（縄文・弥生期から古墳時代までの約一万二〇〇〇年間）の日本列島文化に迫ろうとするときには、後世の国境や、後世の「日本語」（実はもともとはアジア全域の言語の混血言語であったのだが）の範囲を越えなければならない。

2　時代の制約ゆえに断念せざるをえなかった折口信夫の願望

ところで、伝統的な国文学的古代文学研究者でも、折口信夫《しのぶ》が提示した諸理論に依拠している人は大変に多いのだが、その折口自身は一九二一（大正十）年、一九二三（大正十二）年、一九三五（昭和十）年の計三回、オキナワ調査を行なっている。当時のオキナワ調査は、現在の中国長江流域調査に匹敵するくらいに困難なものだったろう。また彼は、一九二三年のオキナワ調査の際に台湾（当時は日本領だった）にも行った。本格的な民俗調査はしなかったようだが、台湾の「蕃族調査報告書」には目を通したようである。[7]つまり、折口は文化人類学的研究にも強い関心を持っていた。彼は、「私などの対象になるものは、時代がさかのぼっていくことが多いので、エスノロジーと協力しなければならぬ[8]」と述べているように、日本古代文学を発生の時点から把握するには「エスノロジー」（民族学、文化人類学）との交流が不可欠だと認識していた。

しかし、現在、私など古代文学研究者の一部が開始しているような少数民族文化の現地調査は、国際情勢、交通通信網の未発達そのほかさまざまな時代の制約があったので、折口には実現できなかった。もし折口が現代に壮年期を生きていたら、おそらく彼は、オキナワ・台湾だけでなく、中国そしてアジア全域の少数民族の村にまで足を踏み入れたことであろう。

現在、多くの折口信夫論が書かれ、多くの単行本も刊行されている。しかし、そのほとんどが、折口が強く願望しつつも時代の制約ゆえに現地調査を断念せざるをえなかった、アジア全域の少数民族文化の問題に触れようとしない(9)。折口を神格化し、折口の提示できた論理の範囲内に限定した折口論を続けているだけでは、海外での現地調査の条件が折口の時代よりはるかに好転している後世の現在の研究者は、あの世の折口から怠惰だと評されても仕方がないであろう。

もし壮年期の折口を少数民族文化の調査に連れて行けるとするなら、私は台湾ではなく、長江流域を選ぶ。というのは、日本古代文化との近接度という点で言えば、台湾の先住民族文化よりも長江流域の少数民族文化のほうがより重要だということが、近年の少数民族文化研究の深まりによってわかってきたからである。地図上だけで見れば、台湾と与那国島（沖縄県）の距離は短いのでオキナワ文化と台湾先住民族文化とは近接しているように見えるが、実は両者の文化はかなり異質である(10)。それに対して、長江流域の少数民族文化は、神話で言うなら、「話型」「話素」だけでなく「表現形態」「社会機能」の視点から見ても共通のものが多いのである。

本書『七五調のアジア』の諸論文は、「神話」だけでなく、アジア全域の少数民族文化の「歌」表現の音数律・定型という「表現形態」の問題に力点を置いたものである。その結果、長江流域のそれらと、北方アジア・朝鮮半島・インドネシア地域のそれらとのあいだには、顕著な違いのあることが浮かび上がってきた。そして、以下に述べるように、日本列島の〈古代の古代〉の歌文化は、かなりの比率において、長江流域の歌文化と共通していることが見えてきたのである。

3　話型・話素に表現態・社会態の視点を加える

芸能史研究の分野には、具体的な身体所作を指す「芸態」という用語がある。それにならって、「表現形態」すなわち音声によることば表現のメロディー、韻律、合唱か単独唱か、掛け合いかどうかといった表現のさまざまな具体的パフォーマンス部分を「表現態」と呼ぶことにする。

この「表現態」の視点をとると、『古事記』（また『日本書紀』『風土記』も）の神話は文字で書かれた（文字で表現された）神話だから「文字神話」だということになるが、その中には、純粋な文字文章体の部分と、無文字段階の「声の神話（音声で表現された神話）」の痕跡を残している部分があるという区別づけができるようになる。文字文章体の部分にも、文章の運び自体は「声の神話」的であるものもあるし、よりはっきりと「宇士多加礼許呂呂岐弖《うじたかれころろきて》」のように一字（一漢字）一音表記でヤマト語の「声の神話」表現の断片を伝えているものもある。さらには、「声の神話」あるいは「声の歌」そのものの一字一音表記による歌謡（いわゆる記紀歌謡）も『古事記』

『日本書紀』にそれぞれ一〇〇を超える数で収録されている。記紀歌謡は、「声の神話」「声の歌」そのものあるいはその宮廷芸能化したものの忠実な文字記録（あるいはそれに近いもの）だと思われる。本書『七五調のアジア』の諸論文は、『古事記』『日本書紀』『風土記』などのこれら「声の神話」あるいは「声の歌」部分の表現の分析にも大いに貢献するであろう。

なお、一般に「古事記神話」という言い方がされているが、その地の文の散文体の部分の本質は、「表現態」としては「文字神話」でありまた「概略神話」であるから、歌われている「声の神話」そのものからはかなり距離のあるものだということがわかる。活字文化に慣れた近代人は、神話とは文字で書かれたもので、それを〝目で読む〟ものだと思っている人が多い。

あるいは、岩手県遠野の昔話のように〝語る〟ものだと思っている人も多い。しかし、少数民族文化の現場で生きている神話はまず第一に〝歌う〟か〝唱える〟ものであり、語ったり話したりするものはあくまで副次的なものである。しかし一般の人には、文字の散文体で記述された「文字の神話」が、「声の神話」と違うことはある程度理解できるだろうが、〝生きている神話〟の〝歌う（唱える）神話〟と「昔話」の〝語る神話〟はどちらも「声」で表現されるので、その違いは何かということになると区別がつきにくくなるかもしれない。その場合には、旋律、韻律を持つ〝歌う（唱える）〟と〝話し〟の一種である〝語り〟の違いは、「表現態」の視点からの区別と同時に、「社会機能」（社会的位置づけ）の点での区別も必要になる。というのは、遠野の昔話と先に挙げた中国少数民族イ族の創世神話とでは、その社会の中での「社会機能」の点で、大きな違いがあるからである。

ここで、そのことば表現がその社会の中でどのような位置づけに置かれていて、その社会の維持にとってどのような機能を果たしているのか、またその社会の呪術・世界観などとどのような関係を持っているのかといった「社会機能」を、「芸態」「表現態」にならって「社会態」と呼ぶことにする。

日本の遠野で語られている「昔話」は、「表現態」としては〝話し〟なので、少数民族社会での〝生きている（歌われ、唱えられている）神話〟から見れば、かなり変質の進んだものだということになる。また、「社会態」としては、〝生きている神話〟の「ムラの生活を維持していくのに不可欠な儀礼に必ず歌われる実用性(11)」を持たないだけでなく、享受者は主として子供なので、イ族の創世神話に比べれば社会的位置づけは格段に低い。イ族の創世神話「ネウォテイ」を素材としてモデル化すれば、〝生きている神話〟は、壮大なスケールの世界観や自民族の歴史についての知識の凝縮であると同時に、さまざまな〈ことば表現のワザ〉の結晶でもある。また、ムラの内側で人々の心を一つにまとめて秩序を維持する政治的な役割も果たすし、自民族の歴史や、生活のさまざまな知恵の教科書でもあるという綜合性を持っている。創世神話自体が宴席で歌われれば余興歌・遊び歌としての役割も果たす。そして、創世神話は、葬式、結婚式、新築儀礼、農耕儀礼、呪《のろ》い返し儀礼といった、ムラの生活を維持していくのに不可欠な儀礼に必ず歌われる実用性を持っている。これが「社会態」の視点から見た〝生きている神話〟のあり方である。

4　歌垣文化圏と兄妹始祖神話文化圏

日本古代文化全体についてのイメージ作りの作業は、主として考古学や古代史学が行なってきた。しかし、神話や歌ということば表現の世界については、考古学が対象とする遺物・人骨などのような〝物〟としての実物はない。ヤマト族は無文字民族だったので、それらを文字で記録した文献もない。したがって、『古事記』以前のことば表現世界のイメージ作りのためには、従来の「話型」「話素」だけでなく、「表現態」「社会態」の要素を基本データに加えて、少なくともアジア全域の無文字民族のことば表現世界の実態資料を素材としてモデル化する必要がある。本書『七五調のアジア』の諸論文の多くは、特に「表現態」の視点に重点を置いて、アジア全域の無文字民族のことば表現世界の実態を把握しようと試みたものである。

以下に、本書『七五調のアジア』やアジア民族文化学会のこの十年余にわたる研究の成果を踏まえることで明確になってきたことを、簡潔に列挙してみよう。

①　神話の「話型」「話素」などは、直接の伝播関係がなくても、同じようなものが別の民族、別の地域の神話に登場することがある。したがって、神話の「話型」「話素」が似ているからといって、それらだけでは生物体では絶対であるＤＮＡのような扱いはできない。

しかし、過去に実態としての伝播があった場合もあるので、神話の伝播については、そのほかのいくつかの〝状況証拠〟を積み上げることで補強する必要がある。その〝状況証拠〟の主要なものとして、「表現態」と「社会態」を加えるべきである。

② 記紀神話と、長江流域の、特に南・西部の少数民族（原型生存型民族）の神話とを関係づける〝状況証拠〟の有力なものとして、「歌垣」（中国語では「対歌」）の存在がある。

長江流域の少数民族のほとんどで、つい最近まで「歌垣」が行なわれてきたか、現に今も行なわれている。具体的には、ペー（白）族、ナシ（納西）族、イ（彝）族、チベット（蔵）族、ワ（佤）族、ラフ（拉祜）族、リス（傈僳）族、ジンポー（景頗）族、ハニ（哈尼）族、チワン（壮）族、ミャオ（苗）族、ヤオ（瑶）族、プイ（布依）族、タイ（傣）族、シュイ（水）族、そのほかほとんど。また、ブータン、ネパールにも「歌垣」が存在している。

③ アフリカ、北欧、シベリヤ、アイヌ、インディアン、インディオなどには、「歌垣」に対応するような「恋の歌掛け」の習俗についての報告がない。

これらのうちで日本古代文化の問題と直接に関係するものとしてはアイヌ文化がある。しかし、アイヌ文化では、以下の⑨に示すような定義での「歌垣」は存在していない。また、丸山隆司「アイヌ歌謡と音数律」（本書所収）でわかるように、ヤマトの歌に定着した五七五七七のような、音数を主とした定型はない。この傾向は、于暁飛「ホジェン族民謡のリフレインのルーツを探る」（本書所収）でもわかるように、アイヌ文化と類縁関係にある中国黒竜江省のホジェン（赫哲）族の歌謡でも同じである。ということは、「歌垣」という「表現態」を基準に取ったときには、日本古代文化は、北海道および現在の東北部と、それより西・南の本州・九州・四国とでは文化的に異質であったという結論になる。

長江流域の民族が南下したベトナム・ラオス・カンボジア・タイなど東南アジア地域の少数民族には「歌垣」がある。しかし、中国大陸と海を隔てたインドネシア地域などには「歌垣」の報告例がない。『古事記』には、海幸山幸、稲羽《いなば》の素《しろ》ウサギなどインドネシア系統の神話がいくつか見られるが、「表現態」としてみたときには、「歌垣」までの共有はないということになる。

④　記紀神話や『風土記』『万葉集』には「歌垣」関係記事が豊富である。ということは、〈古代の古代〉の日本列島民族（ヤマト族）もまた、長江流域の少数民族と同じく、「歌垣」文化を共有する文化帯（以下、「歌垣文化圏」とする）の中にあったことになる。

⑤　アマミ・オキナワ文化にも「歌垣」がある（オキナワでは、「夕遊び＝モーアシビ」）。日本列島に水田稲作技術を持ち込んだのは長江流域の諸民族だったと考えれば、長江の出口の上海・寧波あたりからアマミ・オキナワ地域へ、あるいは北上して九州にたどり着いた文化移動の流れが想定できる。

⑥　一方で、台湾の先住民族（中国政府の呼び方では「高山族」）には、今までのところ、私の定義に当てはまる「歌垣」に類するものがあるという報告はない。先に述べたように、台湾先住民族文化とオキナワ民族文化とのあいだには、異質性があるようである。

⑦　なお⑤で、長江流域の水田稲作技術（代表的遺跡は、長江河口近くの紀元前約五〇〇〇年の河姆《かぼ》

渡《と》遺跡）の日本列島への流入について触れたが、しかし「歌垣」自体は、それ以前に、海によって大陸から分離された縄文時代初期にすでに存在していた可能性も否定できない。

いずれにしても、「歌垣」という「表現態」の視点からは、〈古代の古代〉のヤマト族（日本列島民族）文化と、長江流域の諸民族との文化的類縁性は濃厚である。

⑧　長江流域の諸民族の文化は、縄文・弥生期的なムラ段階の文化を類推させる「生きた化石」として位置づけることが可能である。

⑨　私の定義によれば、歌垣とは《不特定多数の男女が配偶者や恋人を得るという実用的な目的のもとに集まり、即興的な歌詞を一定のメロディーに乗せて交わし合う、歌の掛け合い》のことである(12)。

この「一定のメロディー」には、それをあたかも絵画の画用紙のように用いて歌詞をはめ込むのだが、メロディーの「定型」だけでなく、そこにはめ込まれる歌詞にも「定型」があるのが普通である。たとえば、ペー族の「歌垣」の歌は、七七七五＋七七七五の計52音から成る歌詞であり、脚韻の規則もある(13)。このような、メロディーの「定型」、音数・脚韻・句数などの「定型」も「表現態」の視点からのものである。

このような歌詞についての「定型」を「音数律」と呼べば、長江流域を中心とする「歌垣文化圏」の「歌垣」の歌詞には、厳しさの度合いに差があるとはいえ、多かれ少なかれ「定型」の「音数律」があるとしていい。本書の諸論文また遠藤耕太郎の論文「音楽的リズムと言語的リズムの交差」[14]でもわかるように、「歌垣文化圏」では、一句の音数は七音あるいは五音が圧倒的に多い（少数だが、四音、六音、八音もあるが、これらも定型の「音数律」の一つであることに変わりはない）。現地調査に基づくものとしては、ペー族の七音・五音のほかにも、チワン族の五音[15]、モソ（摩梭）人の七音[16]、ミャオ族の七音[17]そのほかの報告が公開されている。

5　朝鮮半島には「兄妹始祖神話」と「歌垣」がない

⑩「話型」「話素」の側から言えば、日本古代神話の系統研究において、「兄妹《けいまい》始祖神話」を〝状況証拠〟の一つとして活用することができる。「兄妹始祖神話」の基本型は、洪水などによって人類のほとんどが死に絶えたが、生き残った兄一人と妹一人が結婚して子供が生まれ、最初の子と二番目の子はムカデや蛇や肉塊などであったが三番目にやっと普通の人間の子が生まれ、それからは次々と子孫が続いて現在のように村や島が栄えている、というものである。

長江流域を中心とする「歌垣文化圏」には、この「兄妹始祖神話」が、「歌垣」と重なるようにして分布している。『古事記』『日本書紀』の神話では、イザナキ・イザナミ神話などにその痕跡を残しており、さらにアマミ・オキナワ文化には、さまざまな同系統の神話が伝えられている。

逆に、アイヌ民族には「兄妹始祖神話」がない。『三国史記』（一一四五年）、『三国遺事』（一二〇〇年代末）を見るかぎり、朝鮮半島の神話にもない。ただし、朝鮮半島の「昔話」には一部分それらしきものが少数あるようだが[18]、後世性の強いものだ（たとえば中国との交流の中で流入した）と私は判断した。

なお、朝鮮半島文化では、現在だけでなく古代の資料の中にも前出の私の定義に合うような「歌垣」の事例がない。

紀元後三世紀後半成立の『魏志』韓伝(19)には、「歌舞」関係の次のような記録が残されている。

〔夫余〕以殷正月祭天　国中大会　連日飲食歌舞（飲食して歌い舞う）

〔高句麗〕其民喜歌舞（歌い舞う）　国中邑落　暮夜男女群衆（男女が群れ集まって）　相就歌戯（歌って戯《たわむ》れる）

〔濊《わい》〕常用十月節祭天　昼夜飲酒歌舞（酒を飲み歌い舞う）　名之為舞天　又祭虎　以為神

〔馬韓〕常以五月下種訖　祭鬼神　群衆歌舞飲酒（歌い舞い酒を飲む）　昼夜無休　其舞数十人（その舞いは数十人）　倶起相随（立って列を成す）　蹈地低昂（地を踏んで低く沈み込んでは伸び上がり）　手足相応（手と足がよく応じ合い）　節奏　有似鐸舞（リズムは鐸《たく》舞いに似ている）　十月農功畢　亦復如之　信鬼神　国邑各　立一人主　祭天神　名之天君

〔辰韓〕俗喜歌舞飲酒（歌い舞い酒を飲む）　有瑟（弦楽器）　其形似筑　弾之亦有音曲（これを弾く音曲がある）

このように、『魏志』韓伝に収穫儀礼などのときの「歌舞」の記述があるにしても、その具体的な内容まではわからない。単なる「歌舞」なら世界中のどの民族にも存在するから、それを直ちに「歌垣」だとすることはできない。

また、若い男女が「恋歌」を歌うのも、世界中どの民族にもあることだから、私の歌垣定義の「配偶者や恋人を得るという実用的な目的のもとに集まり」という「社会態」の部分に注目すれば、やはり朝鮮半島文化は、私の言う「歌垣文化圏」から外《はず》れるということになる。また「即興的な歌詞を一定のメロディーに乗せて交わし合う、歌の掛け合い」という「表現態」の部分からみても、「カンカンスオルレ」など朝鮮半島歌謡は、「歌垣」の定義から外れる。現在残っている「カンカンスオルレ」は、女性たち数十人が円陣を作って一人が真ん中で音頭を取り、他の人が声を合わせる形式のものなので、「歌垣」だとすることはできない。

萩原秀三郎・崔仁鶴[20]によれば、「カンカンスオルレ」は、「旧八月十五日に行なう婦女子の踊り。十五夜の月あかりで、婦女子が着飾って広庭にあつまり、円くなって手に手をつなぎ踊りまわる。このときひとりのリーダーが音頭をとって斉唱する。主に全羅南道の海岸地方に行なわれている」というものである。ここには、前述の私の定義した「歌垣」の、男女が即興で歌を掛け合うという「表現態」がない。

また、宋晳来は次のように述べている[21]。

玲瓏なる月影が、漣のまにまに砕け散る海辺で、四・五十名の婦女、まるい円をつくって繊々たる玉手をつなぎ、円中央の指揮者の音頭を待つのである。カンカンスオルレの音頭に答えて斉唱また斉唱、はじめは、徐ろに左右廻行するのである。それが、歌唱の雰囲気によって、歌舞動作が変化したり、円が縮小したり、拡大されたり、最高潮に達すれば左右廻行の速度も急に速くなり、音頭の美しい歌声、それに答える歌声、四四調の律調のもとに、美の総和、秩序の調和をなし、それこそ一代饗宴を繰り広げるのである。

歌詞は、「○○○○　○○○○　カンカンスオルレ」というふうに、「○○○○　○○○○」の「四四調」のうしろに囃子ことばの「カンカンスオルレ」を添えるという形式で一句を作り、「四四調」部分の歌詞を変えながら句を連ねていくので、音数律的には「定型」を持っていることがわかる。また、続けて宋晳来は次のように述べている。

筆者はあまたの諸説にカンカンスオルレは集団演舞であるといっている事実に疑問を抱くのである。カンカンスオルレはあきらかに先後唱の歌謡形式である。先後唱であるからには、その発生的原型は女ばかりの円舞では、なかったはずである。またこのようなことを証拠づける事実として、八月の嘉俳の夜、若い男性（ジョンカ）たちが、カンカンスオルレにつきそって、どら（鉦）をならし太鼓を叩いて、乙女たちの興に相応するのである。

このあと宋は、渡邊昭五の歌垣論やフレイザーの理論、折口信夫の「神に仮装した男」と「神に仕へる処女」の「問答」という把握に依拠して、「カンカンスオルレあるいは歌垣は模擬の結婚ともいえるし、それに参加する男女は、仮装した精霊ともいえるのである」と述べて、「カンカンスオルレ」と「歌垣」を同じものとして扱うことを主張している。しかし、「表現態」として見た場合に、歌垣の歌の「即興性」と〝男女が交互に歌を掛け合う〟要素がカンカンスオルレには欠けているという決定的な違いを越える証拠は示していない。

このように、「表現態」として見たときにはやはり朝鮮半島は「歌垣文化圏」の中に入らない。また、先にも述べたように、古代の朝鮮半島文化には「兄妹始祖神話」が存在しない。したがって、日本古代文化と朝鮮半島文化の関係を論じるときには、その地理的近接性や古代中国国家の文化の享受という点での類縁性を強調するだけでなく、「表現態」としては「歌垣」の欠如、「話型」「話素」としては「兄妹始祖神話」の欠如という点での異質性にも注目する必要がある。

6　朝鮮半島文化と歌謡の音数律

⑪　ただし、朝鮮半島古代文化にも、歌謡の音数律は存在したようである。金思燁は次のように述べている。[22]

新羅は高句麗、百済と同じく、中国との外交上は勿論、公式的にも漢字を専用したので、早くから漢字を借りて自国語を表記する試みが行なわれた。その結果として考案されたのが、所謂吏読（イドゥ）と呼称されるもので、これは漢字の訓と音を借り、新羅語を表記する、日本の万葉仮名と酷似したものである。

このように、古代朝鮮半島民族は、日本列島古代のヤマト族と同じく無文字民族だったのだが、漢字を取り入れることによって、「漢字の訓と音を借り」て自民族語を表記するくふうをしていたのであり、この先行経験が「日本の万葉仮名」に与えた影響は大であったろう。

しかし、「今日継承遺存された作品をみても、朝鮮語及び漢字の借字による表記作品の量に比べ、漢字漢文の作品が八割以上を占めてい」るために、日本古代文学における記紀歌謡や万葉歌に比較すると、自民族語による歌謡資料がいちじるしく少ない。その少ない資料の一つとして「漢字の音と訓を借りて、当時の新羅の歌を表記した、郷歌《ヒャンガ》」が残っているとして、金思燁は次のように述べている。

郷歌の形式に関する学説は、すでに多くの学者（小倉進平・土田杏村・梁柱東・洪起文・李鐸・金思燁）によって論議されてきたが、その論拠の重要な資料は、「釈均如伝」中の崔行帰の述べた一節、「詩構唐辞　磨琢於五言七字　歌排郷言　切磋於三句六名」であり、又各学者によって解読された歌に即して字数を分析した結果得た形式に、次の如き二種類があることが判る。

（1）長形式（三句六名式）郷歌

前句　1句　[6] [6] [6] [6]

　　　2句　[6] [6] [6] [6]

後句　3句　[嗟辞] [6〜11] [6]

（2）短形式郷歌

[嗟辞] [6] [6] [6] [6]

この二種類の中、（2）短形はより古い形式で、古代歌謡を漢訳して今日伝わるものを現代語に訳したものと対比すると酷似しており、これは（1）長形が出来あがる以前、長い間用いられて来たもので、最も原始的な形式と言える。郷歌の形式を構成する基本的音律は6字であるが、これは音節としては3・3の合成を意味する。しかし歌の実際においては、3字は必ずしも3字を墨守しておらず、3字が時には4字、又は5字にもなれば、反対に2字の場合もある。これは漢詩の如く決められた字数は守らなければならないのとは違って、朝鮮語は音韻構成上、字の増減があっても3字の音律と呼吸が維持出来るからである。

このように、「郷歌《ヒャンガ》」には、6音＋6音＋6音＋6音を一句とする音数律定型が存在していたことがわかる。この定型は「高麗朝末期、元に服属するに至」ったころから「変形を余儀なくされ」、次のような「時調《シジョ》」という新しい形式を生んだという。金思燁は次のように述べている。

時調形式とは普通次のようなものである。

初章　4・4・4・4

中章　4・4・4・4

終章　3・3〜11・4・4

この形式は、初・中章を合わせて見ると、郷歌の一句、6・6・6・6と同じものであり、終章は変りない。

つまり時調の形式は、郷歌の場合前句が二句から形成されているものを、時調はそれを短縮して一句にしたままでである。詩形は社会性の影響を鋭敏に反映するもので、当時の不安な世相に適応してこの異形を生じたのである。

この新しく衣更えした時調は、李朝に入ると益々隆盛を極め、現代まで続いている。恰も日本の和歌の如き存在である。

以上から、朝鮮半島文化と日本古代文化の関係については、「表現態」としては音数律定型はあるが「歌垣」は欠如、「話型」「話素」としては「兄妹始祖神話」の欠如という結論になり、これからこの問題をどう考えるべきかという新たな問題提起をしておきたい。

7 台湾先住民文化とオキナワ・日本列島文化の断絶と類縁性

⑫ 台湾には、「兄妹始祖神話」に類するものが、アミ族・タイヤル族・パイワン族・セザク族などに豊富に存在する。[23] また、フィリピンの中央イフガオ族や、インドネシアのセレベスのミナハサ、北ボルネオのドゥスン族にも類話があるという。[24]

しかし、皆川隆一「ヤミ族歌謡に音数律はあるのか?」(本書所収)がその一端を示しているように、台湾ヤミ族歌文化においては、日本の五七五七七定型のようなものはないし、「歌垣」にあたるものもない。

台湾先住民には、広い意味での「社会態」として首狩り習俗の保持があるが、「歌垣」はなかった。それに対して、中国雲南省のワ族は、同じく首狩り習俗を持っていたのに、同時に、主として七音の句を連ねる「歌垣」もつい近年まで行なっていた。[25]

ところで、「表現態」のより音声的な視点からは、音楽としての分析も重要である。ここで、藤井知昭「歌垣の世界」(26)からの引用を示そう。

ヒマラヤ南麓のチベット・ビルマ語系の諸族、西南中国の諸族の間で圧倒的に多い集団的歌垣の形が、二声部以上の合唱の形式である。(略)ここでいう合唱とは、ただ声をそろえて合ったり、相互の掛け合いのなかで生ずる歌の重なりをいうのではなく、同時に異なった旋律を調和をもって歌うシステムをさしている。(略)日本を除く照葉樹林帯の文化のなかで、まさに共通するのが合唱の文化、多声性の歌唱文化といえよう。(略)この文化は中国西南部から東南部を経て、台湾高砂族、さらにはオセアニア地域に連なってゆく。合唱という文化要素は、照葉樹林帯の東部から台湾へと折れまがり、日本とはかかわりをもたないというのが、目下の私の意見である。(略)民族の基層にある「音感覚」は、音楽の多くの要素のなかでも、きわめて変化しにくい要素と考えられる。その限りにおいて、合唱の型のない日本の文化と合唱の型をもつ照葉樹林文化との間には明確な断層がみられるのではなかろうか。

これに対しては、小島美子《とみこ》による次のような反論がある。(27)

六世紀から八世紀に中国や朝鮮などから伝えられた音楽や芸能を日本人は受け入れて雅楽をまとめたが、それには音の縦の重なりを持ったハーモニーがある。また古代の仏教の声明《しょうみょう》(お経など法要で唱えるもの)の姿をかなりよく伝えていると考えられる奈良声明には、例えば薬師寺の声明のように意図的なものかどうかはよくわからないが、非常にダイナミックにハーモニーを作るものもある。また東大寺のほら貝の合奏にもハーモニーはある。さらに奈良時代に日本に伝えられたといわれる盲僧琵琶《もうそうびわ》は、経を唱える声と琵琶のメロディが面白いハーモニーを作っている。

これらのものはいずれも大陸から伝えられた音楽をもとにしているのだが、そういう音楽のハーモニーを古代の日本人が受け入れることができたのは、もともと当時の日本人がハーモニーを持っていたからではないか。

まず、藤井の指摘に対しては、私は次のようにコメントしておくことにする。

現在までの時点での現地調査に基づく報告によるかぎりでは、長江流域の「歌垣文化圏」の「歌垣」での歌では、ペー族、ミャオ族、チワン族、ハニ族、ワ族、イ族、モソ人、ブータンなどの事例において、藤井の言う「二声部以上の合唱の形式」で歌を掛け合うものはほとんどない。ただし、「歌垣」の場で同じ旋律のものを「合唱」する例は、ミャオ族、チワン族その他に実例がある。これは、①固定歌詞の「民謡」のようなものになっている恋歌を合唱する場合と、②即興だが、連れの人が主たる歌い手の歌詞を少し聴いただけでそのあとの歌詞が類推できるほど様式化された歌詞だから生じる場合とがある。ペー族のように、その場での即興性の度合いの高い歌垣の歌詞の場合には、このような「合唱」は生じない。それにしても、これら①、②の場合の「合唱」にしても、藤井の言う「二声部以上の合唱の形式」になるものはめったにない[28]。

したがって、「歌垣」で交わされる即興の歌詞の歌に限定すれば、「ヒマラヤ南麓の……集団的歌垣の形が、二声部以上の合唱の形式である」とする藤井の指摘は不正確だということになる。ただし、長江流域において、「歌垣」の歌を除く一般的な歌謡においては「二声部以上の合唱の形式」が存在していることは認めていい（私の印象では藤井の言うほど「圧倒的に多い」わけではないが）ので、その流れが「照葉樹林帯の東部から台湾へと折れまがり、日本とはかかわりをもたない」という指摘は認めてよさそうである。小島の反論は「奈良声明」の例でもわかるように、やはり「いずれも大陸から伝えられた音楽をもとにしている」と考えるべきであろう。

となれば、長江流域の少数民族文化のうちの、音数律定型、「歌垣」、「兄妹始祖神話」は古代日本列島（アマミ・オキナワ地域を含む）に流入したが、「表現態」の「二声部以上の合唱の形式」や、「社会態」の首狩り習俗（吉野ヶ里遺跡の環濠などを根拠にして弥生期には首狩りが存在したという推定も可能だが）は流入しなかったということになる。

再び確認をすれば、アイヌ文化には、音数律定型（特に五音・七音）、「歌垣」、「兄妹始祖神話」のすべてがないのだから、日本古代文学との関係を考えるうえでは、かなり異質な文化だという把握が必要になる。冒頭に紹介した『日本文芸史・古代Ⅰ』の「第四部　オキナワとアイヌの文芸」では、オキナワ文化とアイヌ文化を区別するここまで精密な把握は欠けていた。

また台湾には、「兄妹始祖神話」と「二声部以上の合唱の形式」と首狩り習俗は流入したということになる。しかし、先にも述べたように、台湾には「歌垣」はない。

このように、「話型」「話素」に「表現態」「社会態」の視点を組み合わせることによって、類縁性と異質性の把握が従来より精密になるので、古代日本文化の形成過程のこれからの分析には一段と深さが加わるであろう。

8 これからの展望

なお、フィリピンには「歌垣」的なものがあるという話を聞いたことがあるが、まだ不確実な情報である。それが、私の「不特定多数の男女が……即興的な歌詞を一定のメロディーに乗せて交わし合う」という定義に当てはまるものかどうか、あるいは若い男女が単に恋愛にまつわる歌を歌うものなのかを見極める現地調査が待たれる。

また、長江流域からオキナワ諸島を経て日本列島本州東部に及ぶ「歌垣文化圏」は、その周辺の北、西、南の地域にも〝飛び地〟のように広がっている可能性はあるので、これからは、その「歌垣文化圏」の境界をさらに精密にしていくための、現地調査資料の積み上げが必要だろう。

ともかく、『日本文芸史・古代Ⅰ』が刊行された一九八〇年代には、本書『七五調のアジア』のように、アジアの諸少数民族の歌の、その少数民族自身の言語による発音を重視した調査報告資料がこれほど豊富に用いられた本は存在していなかった。したがって、日本の歌の五音・七音、五七五七七定型の本質を論じるにあたって、二〇一〇年現在の学界は、一九八〇年代に比べて飛躍的に有利な位置に立ったことになる。今後は、言語学・文化人類学・日本文学・歴史学そのほかさまざまな分野の研究者が力を合わせて、本書『七五調のアジア』が切り開いた方向の研究を深めていくことが求められるであろう。

注

(1) 古橋信孝編『日本文芸史・古代I』河出書房新社、一九八六年
(2) 古橋信孝『古代歌謡論』冬樹社、一九八二年
(3) 詳しくは、工藤隆「声の神話から古事記をよむ――話型・話素に表現態・社会態の視点を加える」(『アジア民族文化研究9』二〇一〇年)、参照。
(4) 『南島歌謡大成・宮古篇』角川書店、一九七八年
(5) 本永清「三分観の一考察――平良市狩俣の事例」(『琉大史学』第4号、一九七三年)
(6) 工藤隆『四川省大涼山イ族創世神話調査記録』大修館書店、二〇〇三年
(7) 関口浩「折口信夫と台湾原住民研究」(『成蹊大学一般研究報告第四十三巻』二〇〇九年十月)、参照。
(8) 第二柳田国男対談集『民俗学について』筑摩書房、一九六五年
(9) 例外的なものとしては、アジアの少数民族文化資料を視界に入れたうえで折口理論全体の再検討を試みた、諏訪春雄『折口信夫を読み直す』(講談社現代新書、一九九四年)がある。
(10) 関口浩注(7)同論文
(11) 工藤隆『古事記の起源――新しい古代像をもとめて』中公新書、二〇〇六年
(12) 工藤隆『中国少数民族と日本文化――古代文学の古層を探る』勉誠出版、二〇〇二年、ほか。
(13) 工藤隆『雲南省ペー族歌垣と日本古代文学』勉誠出版、二〇〇六年、ほか
(14) 遠藤耕太郎「音楽的リズムと言語的リズムの交差」(『アジア民族文化研究8』二〇〇九年)

(15) 手塚恵子『中国広西省壮族歌垣調査記録』大修館書店、二〇〇二年
(16) 遠藤耕太郎『モソ人母系社会の歌世界調査記録』大修館書店、二〇〇三年
(17) 工藤隆「中国湖南省鳳凰県苗《ミャオ》族歌垣調査報告」(『アジア民族文化研究7』二〇〇八年)、ほか。
(18) 稲田浩二『昔話タイプ・インデックス』同朋舎出版、一九八八年
(19) 和刻本正史『三国志(影印本)』汲古書院、一九七二年、より。『魏志』倭人伝もこの『三国志』の一部。
(20) 萩原秀三郎・崔仁鶴『韓国の民俗』第一法規、一九七四年
(21) 宋哲来『韓日古代歌謡の比較研究』學文社、一九八三年
(22) 金思燁『朝鮮文学史』金沢文庫、一九七三年
(23) 服部旦「岐美神話と洪水型兄妹相姦神話」(『日本書紀研究第八冊』一九七五年)
(24) 小野明子「日本神話とインドネシア神話」(大林太良編『日本神話の比較研究』法政大学出版局、一九七四年)
(25) 工藤隆「中国雲南省ワ(佤)族文化調査報告」(『アジア民族文化研究4』二〇〇五年)
(26) 藤井知昭「歌垣の世界」(佐々木高明編『雲南の照葉樹のもとで』日本放送出版協会、一九八四年)
(27) 小島美子『音楽からみた日本人』日本放送出版協会、一九九四年
(28) アジア民族文化学会(二〇一〇・六・一九)における梶丸岳の発表「中国貴州省羅甸県布依族の「年歌」—長大なターンテイキングを持つ歌掛け」によれば、貴州省茘波県の「布依歌」(男2人の組と女2人の組が布依語で交わす歌の掛け合い)には、二音声部の「二重唱」になっているものがあるという。なお、この「二重唱」は、一人の歌い手が歌い始めるともう一人が少し遅れて同じ歌詞を歌って合唱し、それが二音声部の「二重唱」になるのだという。しかし、私の知るかぎりでは、現場の「歌垣」(対歌)でこのように「二重唱」になる例はきわめて少ない。

*引用文中の傍線部は、すべて筆者による。

叢書『神の言葉・人の言葉』所収、2001年）

于　暁飛（ウ　ショウヒ）
1955年中国黒竜江省生まれ。黒竜江省佳木斯放送局に国家一級アナウンサーとして勤務後、1990年来日。1990〜2000年NHK「中国語講座」ゲストとNHK国際放送局のアナウンサーを担当。現在日本大学法学部准教授。千葉大学博士（学術）。専門は、北方民族研究―中国ホジエン族の口承文芸。80年代から、ホジエン族の現場取材で、民族調査、資料収集を開始。本研究により2002年、博士学位取得。【著書】『「赫哲族与阿依努文化比較研究』（共著、黒竜江人民出版社、2001年）『大漠神韵』（共著、四川文芸出版社、2003年）『消滅の危機に瀕した中国少数民族の言語と文化』（単著、明石書店、2005年）

エルマコーワ・リュドミーラ
ロシア、モスクワ。モスクワ国立大学大学卒業。ソ連科学アカデミー東洋学研究所 文学修士・文学博士号取得。現職；神戸市外国語大学教授。【著書】『大和物語―ロシア語訳・注釈と研究』（Nauka、モスクワ、1982年）『「延喜式」の祝詞・「続日本紀」の宣命―ロシア語訳・注釈と研究』（Nauka、モスクワ、1991年）『日本の神々の言葉と人々の歌―古代和歌における神話と儀礼』（Nauka、モスクワ、1995年）『古事記　中巻』（ロシア語訳・注釈と研究、Shar、サンクト・ペテルブルグ、1995年）『日本書紀』巻1-16（ロシア語訳・注釈と研究、Hyperion、サンクト・ペテルブルグ、1997年）

工藤　隆（くどう　たかし）
1942年栃木県生まれ。東京大学経済学部卒業、早稲田大学文学研究科大学院（演劇専修）修士課程終了、同博士課程単位取得退学。大東文化大学文学部教授。【主要著書】『日本芸能の始原的研究』（三一書房）『大嘗祭の始原』（三一書房）『古事記の生成』（笠間書院）『ヤマト少数民族文化論』（大修館書店）『中国少数民族歌垣調査全記録1998』（共著、同）『中国少数民族と日本文化』（勉誠出版）『四川省大涼山イ族創世神話調査記録』（大修館書店）『日本・神話と歌の国家』（勉誠出版）『雲南省ペー族歌垣と日本古代文学』（同）『古事記の起源』（中公新書）『日本・起源の古代からよむ』」（勉誠出版）『21世紀　日本像の哲学』（同）ほか。

日本文学、中国少数民族文化など。【著書】『古代の歌　アジアの歌文化と日本古代文学』（瑞木書房、2009年）『モソ人母系社会の歌世界調査記録』『同ビデオ編』（大修館書店、2003年）【論文】「アジア辺境国家の歌表記―中国雲南省ペー族「山花碑」と万葉和歌の比較を通して―」（「日本文学」2011・1）その他。

草山洋平（くさやま　ようへい）
1977年、神奈川県。大東文化大学文学部にて古事記を中心に上代文学を学んだ後、同大学大学院アジア地域研究科にて民俗学を専攻する。現在、同大学院博士課程後期過程に在籍しつつ法学部にて非常勤講師を務めている。沖縄県石垣市の芸能行事を軸として集落の結束意識についての調査・研究をしつつ、中国少数民族であるトン族・ミャオ族の合唱を含む歌についても研究している。

手塚恵子（てづか　けいこ）
1962年、京都市。大阪大学大学院文学研究科博士後期課程修了。京都学園大学人間文化学部准教授。【著書・論文】『中国広西壮族歌垣調査記録』（大修館書店、2002年）「死者とは何か―宗教者と村人の知識と信念」（『人間文化研究』25、京都学園大学人間文化学会、2010年）「壮族の哀悼歌ⅠⅡ」（『アジア民族文化研究』５、６、アジア民族文化学会、2006年・2007年）

飯島　奨（いいじま　すすむ）
1977年埼玉県生まれ。専修大学大学院文学研究科博士後期課程に在籍。【論文】「中国陝西省紫陽県漢族の掛け合い歌―盤歌『十二ヶ月の花』調査報告―」（『アジア民族文化研究』第８号、アジア民族文化学会、2009年３月）「歌詞の音数と旋律との隔たり―中国陝西省紫陽県漢族の掛け合い歌を事例に―」（『アジア民族文化研究』同上）

皆川隆一（みながわ　りゅういち）
1951年新潟県出身。慶應義塾大学院文学研究科博士課程修了。慶應義塾高校教諭。【著書・論文】「鳥居龍蔵撮影〈海辺の景〉の疑問―紅頭嶼古写真調査(1)」（風響社刊、『台湾原住民研究』14号所収、2010年）「神の歌―台湾ヤミ族歌謡の一側面」（『アジア民族文化研究』第３号所収、2004年）「対立構造と反転表現―ヤミ族の掛け合い歌」（武蔵野書院刊、古代文学会

（単著、社会思想社・現代教養文庫、1997 年）『漢詩の事典』（共著、大修館書店、1999 年）『中国離別詩の成立』（単著、研文出版、2003 年）『教養のための中国古典文学史』（共著、研文出版、2009 年）【論文】「柿本人麻呂の殯宮挽歌と中国古代の誄」（所収：雄山閣『墓から探る社会』川崎市市民ミュージアム編・土生田純之企画、2009 年）

波照間永吉（はてるま　えいきち）
1950 年沖縄県石垣市生まれ。法政大学大学院人文科学研究科日本文学専攻博士課程単位取得退学。博士（文学）。沖縄県立芸術大学附属研究所教授。【編著書】『琉球の歴史と文化―『おもろさうし』の世界』（角川書店、2007 年）『定本おもろさうし』（角川書店、2002 年）『南島祭祀歌謡の研究』（砂子屋書房、1999 年）『定本琉球国由来記』（角川書店、1997 年）『沖縄古語大辞典』（角川書店、1995 年）他。

丸山隆司（まるやま　たかし）
1948 年生。京都。東京都立大学大学院博士課程単位取得退学。藤女子大学文学部教授。【著書・論文】『〈アイヌ〉学の誕生―金田一と知里と―』（彩流社、2002 年）『古代日本文学と文字』（おうふう、2004 年）「知里幸恵の詩/死」（西成彦・崎山政毅編『異境の死―知里幸恵、そのまわりに』所収。2007 年）「「海行かば」―万葉の〈近代〉―」Ⅰ～Ⅳ（藤女子大学『国文学雑誌』2005 年 3 月～2010 年．3 月）

李　恵燕（イー　ヘヨン）
韓国出身。明治大学大学院博士後期課程修了（文学博士）。現職、アジア地域文化研究所代表。【著書】『声を発する髑髏―『日本霊異記』と『法華験記』に現れる骨について』（共著）【主要論文】「挽歌から見た喪祭儀礼」「『日本霊異記』においての祭儀の場」「いくつもの済州島―済州島への多角的アプローチ」「済州島のゆりかごと胞衣葬について」「韓国の泰安半島とその周辺離島における産屋の習俗」「古文書からみる韓国の村落における葬式組について―鳥島倉里の事例」

遠藤耕太郎（えんどう　こうたろう）
1966 年長野県生まれ。1998 年早稲田大学大学院文学研究科博士課程単位取得退学。博士（文学）。日本学術振興会特別研究員 PD、共立女子短期大学非常勤講師を経て、現在、共立女子大学文芸学部准教授。専攻は古代

執筆者略歴（掲載順）

岡部隆志（おかべ　たかし）
栃木県出身。明治大学大学院文学部前期課程修了。共立女子短期大学教授。【著書】『言葉の重力―短歌の言葉論』（洋々社、1999 年）『中国少数民族歌垣調査全記録 1998』（共著、大修館書店、2000 年）『古代文学の表象と論理』（武蔵野書院 2003 年）

西條　勉（さいじょう　つとむ）
1950 年（昭和 25）北海道別海町生まれ。早稲田大学大学院文学研究科単位取得満期退学。専攻；日本古代文学・神話学。現職；専修大学教授。博士（文学）。【主要編著】『日本神話事典』（共編、大和書房、1997 年）『古事記の文字法』（笠間書院、1998 年）『万葉ことば事典』（共編、大和書房、2001 年）『古代の読み方』（笠間書院、2003 年）『古事記と王家の系譜学』（笠間書院、2005 年）『アジアのなかの和歌の誕生』（笠間書院、2009 年）『柿本人麻呂の詩学』（翰林書房、2009 年）『千と千尋の神話学』（新典社 2009 年）等々。

真下　厚（ましも　あつし）
1948 年生。京都府。立命館大学大学院文学研究科博士課程単位取得満期退学。博士（文学）。立命館大学文学部教授。【著書・論文】『声の神話　奄美・沖縄の島じまから』（瑞木書房、2003 年）『万葉歌生成論』（三弥井書店、2004 年）「万葉歌と奄美の声の歌との比較研究」（『万葉古代学研究所年報』 8 号、2010 年）など。

山田直巳（やまだ　なおみ）
1948 年群馬県生まれ。1978 年國學院大學大学院文学研究科博士課程単位取得退学。博士（文学）。成城大学教授。【著書】『異形の古代文学』（新典社、1992 年）『古代文学の主題と構想』（おうふう、2000 年）『古代のコスモロジー』（共著、おうふう、2000 年）『民俗と文化の形成』（新典社、2002 年）など。

松原　朗（まつばら　あきら）
1955 年東京に生まれる。1983 年、早稲田大学大学院博士課程（中国文学）退学。博士（文学）。専修大学文学部教授。【著書】『唐詩の旅―長江篇』

七五調《しちごちょう》のアジア——音数律《おんすうりつ》からみる日本短歌《にほんたんか》とアジアの歌《うた》

NDC811／vi, 282p／20cm

初版第1刷——2011年2月15日

編著者————岡部隆志《おかべたかし》・工藤 隆《くどうたかし》・西條 勉《さいじょうつとむ》

発行者————鈴木一行

発行所————株式会社大修館書店

〒113-8541 東京都文京区湯島2-1-1

電話 03-3868-2651（販売部） 03-3868-2290（編集部）

振替 00190-7-40504

［出版情報］ http://www.taishukan.co.jp

装丁者————下川雅敏

印刷所————壮光舎印刷

製本所————牧製本

ISBN 978-4-469-22213-5 Printed in Japan